Le jour où les lions mangeront de la salade verte

Groupe Eyrolles
61, bd Saint-Germain
75240 Paris Cedex 05
www.editions-eyrolles.com

Du même auteur :

Ta deuxième vie commence quand tu comprends que tu n'en as qu'une, Eyrolles, 2015.

Éditeur externe : Guillaume Clapeau

ISBN : 978-2-212-56447-1

RAPHAËLLE GIORDANO

Le jour où les lions mangeront de la salade verte

ROMAN

Un grand merci à toutes les personnes aux penchants burnés que j'ai côtoyées de près ou de loin dans ma vie, qui m'ont inspiré cette histoire et donné envie de réfléchir à comment devenir une meilleure personne…

À mon fils Vadim, que j'aime fort. À son père, Régis, mon éternel complice créatif.

À ma mère, Claudine, pour tout ce qu'elle est et tout ce qu'elle m'a transmis.

À ma sœur jumelle, Stéphanie, pour sa présence unique et son soutien inconditionnel.

À mes éditrices, Stéphanie et Élodie, pour avoir su si bien m'accompagner dans ma belle aventure éditoriale…

À Vanina C. Renard pour son aide sur le Jeu du Phénix.

Aimer plus. Aimer mieux. Aimer mal. Mais aimer.
Faire éclore ce magnifique potentiel de joie, de créativité
et de bonheur, à faire rayonner en soi et autour de soi.

Belle lecture.

Raphaëlle Giordano

1

UNE GICLÉE DE ROUGE SANG est projetée sur le sable de l'arène, comme un dripping sur une œuvre de Jackson Pollock. Au milieu de ce tableau vivant, un taureau, écrasante masse noire opaque, se détache impitoyablement sur le sable. La tauromachie élève sa discipline au rang d'art et la foule agglutinée, le regard avide, boit jusqu'à la lie la coupe de sa fascination morbide...

Le monstre gratte le sable brûlant. Son sabot griffe le sol, tel la fourche d'un mauvais diable, sa puissance mâle incarnant, malgré elle, le Mal en puissance... Face à lui, un homme en habit de lumière, totalement absous de ses parts d'ombre par un public conquis d'avance. Duel des ego. Orgueil mâle piqué au vif par les banderilles. Naseaux et narines frémissent d'un même désir de vaincre. Le toréador anime alors d'un geste leste le drapeau rouge, comme un fulgurant trait de pinceau provocateur. Le manège s'accélère soudain.

La bête bondit à une vitesse ahurissante et tout se met à tourner. La vision des corps, dans ce mouvement anarchique, se déstructure, donnant à la scène un faux air du *Guernica* de Picasso. Stupeur ! Le toréador roule dans la poussière pour esquiver l'attaque. Le taureau achève son tour de la piste, puis revient à la charge et bondit, révélant deux magistrales gonades ballottées, tribut ou fardeau de virilité... Un hurlement sort de la bouche du toréador, se mêlant au râle glauque de la bête. La bouche béante devient de plus en plus grande, jusqu'à devenir un terrifiant trou noir, prêt à tout aspirer dans son néant mortel.

Romane s'éveilla en sursaut. Des perles de sueur suintaient sur son front. Ce n'était pas la première fois qu'elle faisait ce rêve.

C'est le trac, se dit-elle en étirant ses membres douloureux. Le cauchemar revenait avant chaque importante conférence publique à donner. L'insupportable sonnerie de son téléphone portable se remit à strider. La jeune femme grogna avant de glisser son doigt nerveux sur la paroi lisse de l'écran pour mettre un terme à ce supplice sonore.

14 h 30. Les minutes ne faisaient jamais de quartier en pareil cas et s'égrenaient impitoyablement. Pas de temps à perdre. Romane bondit hors de son lit et chassa d'une main preste les signes de sieste sur son visage. Elle noua rapidement ses longs cheveux bouclés bruns en un chignon sauvage dans lequel elle planta le premier crayon venu en guise de peigne. Son négligé tomba à ses pieds sans résistance tandis qu'elle pénétrait dans la cabine de douche. Le pommeau eut tout loisir d'observer les courbes franches de ce joli corps vallonné de trentenaire sportive et ses chromes auraient probablement rougi s'il avait eu forme humaine.

Puis Romane se sarcophagea dans une immense serviette et frotta le miroir d'un poing pressé pour dessiner un trou dans la buée.

Je suis ravie de venir vous parler aujourd'hui d'un thème qui m'est cher et qui nous concerne tous : la burnerie dans notre vie de tous les jours !

La burnerie… C'est le nom qu'elle avait trouvé pour nommer l'ensemble des comportements plus ou moins nuisibles auxquels presque tout le monde était confronté dans son quotidien, au bureau, à la maison ou partout ailleurs : un automobiliste ou un client passant injustement ses nerfs sur vous, un supérieur hiérarchique vous critiquant publiquement, un conjoint manquant du tact le plus élémentaire… Les exemples de burnerie pouvaient varier à l'infini !

Parmi les caractéristiques fréquentes, on retrouvait à des degrés variés chez les sujets à burnerie : une certaine inflation de l'ego (et la part d'égocentrisme qui va avec…), un instinct de domination et un sentiment de supériorité plus ou moins exacerbés, ainsi qu'un penchant naturel pour les jeux de pouvoir ou les rapports de force. Quand elle parlait de burnerie, Romane évoquait aussi souvent les malheureux « petits attentats à la sensibilité » trop souvent perpétrés (manque de tact, manque d'écoute, mesquineries diverses), la regrettable propension à l'agressivité facile ou gratuite, sans oublier la mauvaise foi en toute bonne foi, si tristement répandue. Fréquente également, la tendance au jugement facile et aux critiques « en trois i » : injustes, injustifiées, inappropriées, ou parfois l'irrépressible besoin de mettre des pressions inutiles ou d'avoir raison plus que de raison… Bref, la burnerie pouvait se loger à tous les étages.

Romane avait su très tôt qu'elle tenait là sa vocation : réduire le taux de burnerie partout où elle le pourrait ! En cela, sa mission apparaissait triple : aider les gens à affronter les comportements burnés dont ils pouvaient faire les frais, éveiller les consciences pour amener chacun à réfléchir à ses propres penchants burnés et enfin, accompagner le changement des personnes qui le souhaitaient en leur apprenant à *déburner* efficacement leurs comportements ; une sorte de relooking intégral de posture et de mentalité. L'idée ? Gommer leurs travers burnés polluants ou nuisibles pour l'entourage et développer une *façon d'être* plus juste et harmonieuse.

Aujourd'hui, elle espérait beaucoup de la conférence qu'elle allait donner pour promouvoir son action. La presse serait là. Les retombées pouvaient être importantes pour son entreprise, Sup' de Burnes.

Devant le miroir, Romane répétait son texte pour se rassurer tout en se maquillant pour la circonstance. Elle n'aimait pas le clinquant, aussi avait-elle appris auprès d'une professionnelle à mettre son visage en lumière sans abuser d'artifices trop voyants… Elle tenait ses yeux couleur vert d'eau de son père aux origines lituaniennes. Sa mère, quant à elle, lui avait transmis toute la grâce de sa lignée vénitienne. Ce choc des cultures avait marqué la personnalité de Romane d'une irrémédiable dualité. Elle pouvait être aussi expansive que réservée, aussi sauvage que sociable, aussi douce qu'implacable. Il n'était pas à la portée du premier venu de composer avec ces contradictions. Peter Gardener en avait fait les frais et leur mariage s'était soldé par un échec en moins de deux ans. Romane n'avait gardé de cette expérience maritale que le nom de famille, et avait depuis lors laissé sa vie sentimentale en friche, préférant se consacrer corps et âme au développement de son entreprise.

15 heures. Tandis qu'elle s'habillait, Romane réalisa qu'elle avait faim. Elle ouvrit le frigo : le désert de Gobi. Elle détestait ça, mais elle allait devoir se rabattre sur le fast-food au coin de sa rue… Ventre creux n'a pas d'états d'âme.

Encombrée par son sac à main coincé sous le bras, occupée d'une main à fermer sa porte à clé, c'est avec un troisième bras poussé dans le dos que Romane répondit à son téléphone qui venait de sonner :

— Papa ? Oui, non, je ne peux pas te parler, là, tout de suite. Bien sûr que je serai à l'heure… La presse est déjà là ? Tu as pu convoquer tout le monde ? Parfait. Bon, je te laisse. Oui, moi aussi… Bises.

Son père. Ils étaient devenus tellement proches… Qui l'eut cru ? Lui qui autrefois raflait toutes les palmes de la burnerie… Aujourd'hui, il avait bien changé et s'investissait comme personne dans l'entreprise, aux côtés de Romane. La jeune femme était contente qu'il puisse être présent pour la soutenir lors de sa conférence. Elle s'appuyait beaucoup sur lui ces derniers mois, il est vrai. Depuis son divorce un an et demi plus tôt, il était redevenu un pilier dans sa vie. Le savoir là l'aiderait à dépasser son trac tout à l'heure devant le public. Romane poussa un soupir de soulagement à cette idée tandis qu'elle pénétrait dans le fast-food. Heureusement, à cette heure, il n'y avait pas trop de monde.

— Non merci, pas de ketchup et une eau minérale, s'il vous plaît.

Romane attrapa une paille et coucha sa bouteille d'eau sur le plateau pour éviter qu'elle tombe. Elle s'installa dans un coin tranquille, jusqu'à ce qu'un petit groupe d'adolescents prenne d'assaut la table d'à côté.

Pourquoi fallait-il qu'ils parlent ainsi, aussi gras et lourd que leurs hamburgers ? Les filles, surtout. Burnerie précoce, se dit Romane qui hésitait entre amusement et consternation.

— Non mais hé, ta mère, Dylan, la vérité, tu me casses les couilles à m'parler comme ça !

Voilà des jeunes filles qui adoptaient des traits burnés-mutants : pour s'adapter à leur environnement, elles se croyaient obligées de copier-coller le modèle masculin et se transformer en mec-à-seins. Dommage. Décidément, la burnerie gagnait du terrain et Romane avait du pain sur la planche… Néanmoins, elle quitta le fast-food sans faire de réflexion. Pour l'heure, elle n'avait pas le temps de jouer au Spiderman-sauveur-de-burnées-en-socquettes.

Elle s'engouffra dans un taxi.

— À la Maison des polytechniciens, s'il vous plaît !

Le chauffeur acquiesça sans broncher. Paris défila, démasquant ses penchants burnés avec, en pièce maîtresse, la tour Eiffel, érigeant sans complexes aux regards impudiques sa forme phallique. Elle régnait sur la ville en dame de fer, se mesurant fièrement à son confrère non moins burné, l'obélisque de la Concorde…

Après quelques embûches et détours de circulation, le taxi arriva enfin à destination, stationnant en double file dans un concert de klaxons.

— Gardez la monnaie, sourit Romane en glissant gracieusement sa jambe galbée de noir hors de la voiture.

Son père se tenait à la porte pour l'accueillir. La salle affichait complet. La jeune femme sentit son cœur s'accélérer.

Tout était prêt pour son intervention. Le micro monté sur perche l'attendait, comme déjà prêt à boire ses paroles. Boire. C'est l'idée qui traversa la tête de Romane tandis qu'elle sentait sa gorge se dessécher sous l'effet du trac. Comme d'habitude, elle craignait l'enrouement. *Mâcher de l'eau*, se souvenait-elle comme technique anti-stress au moment d'une prise de parole difficile. *Ce ne sont pas les gens qui te regardent, c'est toi qui les regardes… Ton trac se voit beaucoup moins que ce que tu crois…* Romane se rassurait en répétant en boucle ces conseils. Une grande inspiration, un sourire éclatant : elle pouvait commencer.

À son premier souffle, le micro partit dans un terrible larsen, le traître. L'homme au premier rang grimaça en s'esclaffant : « Ah ! Les femmes et la technologie… » Il dut se croire très drôle, car il sourit grassement à Romane en lui adressant un clin d'œil entendu, lourd d'une connivence univoque.

Romane rendit silencieusement grâce à cet homme, qui lui permettait de confirmer l'importance et l'ampleur de sa mission… Elle retroussa mentalement ses manches.

© Groupe Eyrolles

2

Cɪɴǫ ᴀɴs ǫᴜᴇ Cʟᴇ́ᴍᴇɴᴄᴇ était au service de Maximilien Vogue, directeur général de l'empire Cosmetics & Co. Mais travailler auprès de cet homme, c'était comme pour les vies de chien, ça multipliait le temps par sept... À ceci près que son sort lui convenait tout à fait. « Assistante personnelle », comprendre : bras droit. Même si, dans le principe, c'étaient plutôt plusieurs bras ; Shiva aurait dû être son deuxième prénom. Mais peu lui importait. Clémence adorait se sentir indispensable. Elle n'aurait pas fait ça pour tout le monde, mais pour Maximilien, elle aurait grimpé l'Himalaya. Elle souriait en longeant les couloirs de l'entreprise, pressée d'aller lui apporter la bonne nouvelle : elle venait de recevoir le bon-pour-accord pour une commande de la plus haute importance, un marché que Cosmetics & Co avait remporté de haute lutte. Elle avait regardé Maximilien manœuvrer au fil des semaines et n'avait pu s'empêcher d'admirer une fois encore son incroyable habileté à se couler dans la psychologie de sa cible pour mieux séduire et convaincre... Quand son patron jetait son dévolu sur un client potentiel, plus rien ne pouvait le détourner de son objectif et il s'y accrochait comme un bouledogue féroce, tout en avançant avec le magnétisme d'une panthère noire... Elle repensait à toutes ces soirées où elle était restée pour le soutenir et à l'étrange complicité qui s'était installée entre eux. Clémence goûtait alors le calme apaisant des bureaux vides après l'effervescence presque hystérique de la journée, et savourait de l'avoir un moment pour elle toute seule... N'ayant ni mari ni enfants, elle reculait toujours l'instant de rentrer chez elle : sa vie était ici, entre ces murs… Et si possible, au plus près de cet homme qui la fascinait. Certains soirs où Maximilien Vogue estimait qu'ils avaient bien travaillé, il lui arrivait de lui proposer un verre. Il sortait alors de sa réserve secrète un grand cru de Bordeaux qu'ils sirotaient lentement. Elle le voyait enfin se détendre et déposer, un fugitif instant, son masque de fer. Pour montrer un visage que peu de gens avaient le privilège de connaître !

À cette pensée, un sourire flotta sur les lèvres de Clémence tandis qu'elle traversait la large salle d'attente. Son air de madone triomphante n'échappa pas aux deux standardistes d'élite qui la saluèrent comme la reine mère. Tout le monde connaissait la place privilégiée que Clémence occupait auprès de monsieur Vogue, ce qui lui conférait un statut particulier. Les deux envieuses la suivirent d'un regard sans complaisance, la scannant des pieds à la tête, inspectant son look, la couture des bas impeccablement droite, la fabrique de sa jupe griffée et son chemisier de soie épousant délicatement ses formes généreuses. Avec ses cheveux blond cendré montés en un chignon sophistiqué, ses yeux bleus allongés à l'infini par un trait d'eyeliner noir et ses lèvres habillées d'un rouge audacieux, Clémence affichait un look résolument *old Hollywood* ; on aurait dit une héroïne d'Hitchcock. Elle appartenait sans conteste à la catégorie des jolies femmes, au visage aussi lisse que ses cheveux. Aucun trait ne pouvait trahir ses trente-cinq ans.

Deux personnes attendaient dans un canapé aux lignes raffinées et contemporaines signé d'un célèbre designer, à l'instar de tous les objets présents dans la pièce. Une esthétique qui affichait d'emblée aux visiteurs le positionnement haut de gamme de la maison.

— On s'est occupé de vous ? demanda-t-elle poliment.

— Oui, merci. Nous avons été annoncés, répondit l'un des deux hommes avec un accent anglo-saxon.

— Parfait, sourit Clémence. Je vais voir où en est monsieur Vogue.

Elle s'approcha du bureau de Maximilien et se figea en entendant les éclats d'une conversation houleuse percer la porte. Visiblement, ce n'était pas le moment d'intervenir. Clémence décida de se replier dans son bureau, séparé de celui de Maximilien par une simple paroi… Elle ferma sa porte ainsi que les stores pour jouir d'une parfaite intimité et put alors tranquillement coller son oreille contre la cloison pour écouter la conversation. Au diable les scrupules.

La voix de son patron trahissait une forte contrariété. Elle ne reconnut pas l'autre voix, dont le ton semblait lourd de reproches.

— Est-ce que tu te rends compte de comment tu deviens ?

— Quoi, comment je deviens ? Hein ? Est-ce que tu te rends compte, toi, de tout ce que j'ai à gérer, de tout ce qui pèse sur mes épaules ?

— Toi, toi, toujours toi ! On dirait que tu es le centre du monde ! Et tu penses un peu aux autres, de temps en temps ?

Clémence, depuis son poste d'écoute, tressaillit devant l'audace de la critique. Comment monsieur Vogue allait-il réagir devant une telle impudence ? Elle l'imaginait, blême, sous l'affront de la gifle en mots.

— Oui, figure-toi, beaucoup plus que tu ne le penses… répondit-il, plus calmement que ce que Clémence aurait cru.

— Tu sais ce que je traverse, en ce moment ? Tu sais à quel point c'est dur, pour moi ? martelait de plus belle la voix de femme. J'ai besoin que tu sois là pour moi ! Dix fois, je t'ai appelé, Max, et quoi ? Monsieur était trop occupé avec ses petites affaires pour daigner me répondre ?

Maximilien Vogue répondit d'une voix lasse.

— J'ai une entreprise à faire tourner, Julie. Que ça te plaise ou non, je ne suis pas libre de mon temps, comme toi…

— Ah, merci beaucoup ! Merci de me rappeler que je suis sans contrat en ce moment… Tu crois que c'est facile, dans le mannequinat ? Est-ce que c'est de ma faute, si j'ai moins le vent en poupe ?

La voix commençait à trahir des sanglots.

— Enfin, Julie, tu sais bien : tu n'as qu'un mot à dire pour que je te trouve du travail, si tu en as besoin…

— Mais bon sang, Max ! Tu sais très bien que ce n'est pas tant de travail dont j'ai besoin… C'est de reconnaissance ! D'attention… D'amour, enfin, quoi !

— Et ça tu n'en reçois pas ? Tu n'exagères pas un peu, là, non ?

— Ah ! Toujours à minimiser ! Toujours à te voiler la face sur ton indisponibilité chronique ! Tu n'es jamais là, Maximilien. Et même quand t'es là, t'es pas là… C'est insupportable !

— Comment ça, je ne suis pas là ?

— Oh, écoute, ça va ! La dernière fois qu'on a dîné ensemble, tu t'es absenté trois fois pour passer tes coups de fil tellllllement importants ! Et le reste du temps, tu n'as pas cessé de regarder ton téléphone toutes les trois minutes. Je suis sûre que tu n'as pas entendu un mot sur trois de ce que je t'ai raconté…

Dans le bureau de Clémence, le téléphone se mit à sonner. Agacée de devoir interrompre son écoute à un moment aussi crucial, elle se dépêcha néanmoins d'aller décrocher et fit tout pour expédier l'appel. Puis elle se remit vite en position pour saisir la suite de l'altercation.

— […] Tu me déçois vraiment, Max. Je n'aime pas ce que tu deviens… Je te préviens, si tu ne changes pas, on ne se verra plus !

— Tout de suite les grands mots…

— Oui, les grands mots, Max ! Ça, tu es fort avec les mots. Mais maintenant, j'attends des actes, tu entends, des actes !

À la grande surprise de Clémence, Maximilien resta coi. La voix renchérit.

— Tiens, j'ai pris ça pour toi. Il faut que tu regardes. C'est le programme de Romane Gardener. Tu connais Romane Gardener ? Tu as entendu parler de *burnerie* ? Elle explique très bien dans cet article les effets néfastes des comportements burnés comme les tiens et le mal qu'ils peuvent faire aux autres. Tu devrais regarder ça de près, toi…

— Écoute, Julie ! Je n'ai vraiment pas le temps pour ces c…!

— Si tu n'as pas le temps pour l'essentiel, alors on n'a vraiment plus grand-chose à se dire…

— Julie ! Tu as tort de le prendre sur ce ton !

— Tâche de réfléchir à tout ça… Salut !

Clémence entendit la porte du bureau de Maximilien claquer lourdement. *Ouh là là, ça va barder*, se dit-elle. Elle commençait à bien connaître Maximilien Vogue et elle savait qu'une telle altercation le mettrait d'une humeur massacrante. À pas feutrés, la jeune femme contourna son bureau pour aller s'asseoir et tenter de retrouver son calme. Ses mains tremblaient légèrement tandis qu'elle rangeait dans le tiroir des dossiers «spéciaux». Le bon-pour-accord du gros client italien attendrait. Monsieur Vogue ne serait sûrement pas disposé à avoir dans l'immédiat la moindre conversation, fût-elle annonciatrice d'une bonne nouvelle… Clémence verrouilla le tiroir sensible et remit la petite clé dans son pot à crayons, sa cachette secrète. Puis, l'esprit ailleurs, elle essaya de s'immerger dans le traitement des courriels qui arrivaient en flot incessant. La sonnerie insistante de l'interphone la fit violemment sursauter. C'était lui.

— Clémence ? Vous pouvez venir ? Tout de suite !

Le ton était sec. Acéré. Une lame de scalpel.

Dans ces cas-là, il ne fallait pas courir. Il fallait voler.

Lorsqu'elle poussa la porte du bureau de Maximilien, elle le vit déjà affairé à ses dossiers. Visiblement, il avait décidé de vite passer à autre chose. Il leva vers elle son visage des mauvais jours, celui où la ride du lion durcissait son expression et où son regard froid pouvait vous pétrifier.

Malgré tout, elle le trouva beau. Des cheveux brun foncé aux reflets noirs, suffisamment longs pour laisser miroiter leur texture soyeuse et dans lesquels, mille fois, elle s'était imaginé passer les doigts. Un visage harmonieux, aux mâchoires volontaires, crispées en cet instant par la tension nerveuse. Et enfin ces yeux étonnants, marron glacé, brillants d'un éclat particulier, qui avaient le don de vous figer sur place.

— Clémence, la réponse de Santini est-elle arrivée ?

— Oui, oui ! Mais j'ai pensé que ce n'était peut-être pas le bon moment…

— Vous pensez mal. Amenez-moi ça tout de suite.

Clémence accusa le coup sans broncher et son regard se porta alors sur une boulette de papier jetée au sol.

— Qu'est-ce que vous regardez, Clémence ? Allez ! Au travail !

— Euh. Je… Voulez-vous que je vous débarrasse de ça ?

Il jeta un regard agacé à la boulette.

— Oui, oui, virez-moi ça. Merci, Clémence.

Son merci sonnait creux, mais Clémence n'y prêta pas attention. Pour Maximilien, elle était prête à comprendre. À tout comprendre. Elle se baissa pour ramasser le papier chiffonné et sortit sur la pointe des pieds. Il fallait le laisser reprendre ses esprits…

3

— Papa !

Romane serra son père dans ses bras et sentit son corps se décontracter.

— Alors, comment tu as trouvé ?

— Tu as été très bien ! Je suis fier de toi.

Elle lui sourit, contente. Le flot des participants s'écoulait lentement vers la sortie. Des gens l'arrêtaient encore ici et là pour la féliciter ou lui poser des questions. Un journaliste l'interpella :

— Je voudrais vous interviewer. Avez-vous une disponibilité, prochainement ?

— Voyez ça avec mon père, c'est lui qui gère mon agenda, sourit-elle.

Jean-Philippe donna sa carte de Sup' de Burnes.

— Tu veux aller manger quelque part ? demanda-t-il.

— Volontiers ! Je meurs de faim, à présent…

— On n'a qu'à aller au café Campana, c'est à deux pas d'ici, tout près du musée d'Orsay.

Romane se laissa conduire, ravie d'échapper à la désolation de son frigo vide et certaine que son père lui réservait une soirée beaucoup plus gourmande.

Dès qu'elle pénétra dans le café, elle fut séduite par l'endroit : une grande horloge, qui avait appartenu autrefois à la gare d'Orsay, surplombait la salle, diffusant une agréable lumière. Le décor, ludique et élégant, proposait un cadre agréable pour une pause dînatoire.

Le serveur fut long à s'intéresser à eux, mais Jean-Philippe garda son calme. *Comme il a changé*, songea Romane…

Elle regardait aujourd'hui ce visage sur lequel le temps avait laissé son empreinte. Ses cheveux, si bruns et foisonnants dans ses jeunes années, étaient aujourd'hui grisonnants et clairsemés, son regard bleu-vert strié de petites ridules désormais souligné d'un sillon marqué.

Autrefois, Jean-Philippe était impatient, emporté, intransigeant. À cette époque, il cochait toutes les cases des mauvais travers burnés. Chez lui, il voulait régner en maître. Dans le salon familial, point de table ronde. Car comment trôner, avec une table ronde ? Dans les conversations, il ne cherchait pas à discuter. Il cherchait à *avoir raison*. Même sans raison. Il aimait faire du bruit. Il imposait sa présence en faisant tout claquer, les portes comme les placards, marquage sonore de territoire, pisse symbolique et ô combien animale, archaïsme persistant, résurgence d'une ère préhistorique qui faisait alors douter Romane de l'évolution réelle de la civilisation…

Mais là où sa burnerie dépassait tout entendement, c'était dès qu'il prenait le volant. Avant même de mettre un pied dans l'habitacle de sa voiture, sa jauge de patience descendait en dessous de zéro. La griserie de l'accélérateur le rendait fou.

Romane avait énormément enrichi son vocabulaire d'injures au contact de son père. Il laissait au *vulgum pecus* les classiques connardmerde et autres charmants duconpouffiasse pour déployer une certaine créativité insultatoire : fils de poulpe, cloporte, escargots cacochymes, mollusque mono-neuronal, bulot hydrocéphale… Ce qu'il supportait le moins, c'étaient les mous, les traînards, les lanternes rouges. Il les conchiait. Son sport préféré consistait à les dépasser, faisant rugir le moteur musclé de sa GTI. Quitte à prendre des risques. On n'était pas des pédés.

Jusqu'au risque de trop. Qui coûta la vie à sa femme. La mère de Romane. Rideau.

Le burné mourut aussi ce jour-là. Jean-Philippe ne fut plus jamais le même homme. Autrefois grande gueule qui occupait toute la place, il se fit dès lors tout petit. Une ombre. Un murmure. Un reflet.

Ravagé par la perte de la seule femme qu'il eût jamais aimée, il commença un vrai chemin de rédemption. Jusqu'à s'engager dans le projet de sa fille. Sup' de Burnes devint sa raison de vivre, sa pénitence, sa miséricorde. Romane savait qu'il voyait là une façon de racheter un peu sa faute… Autrefois aussi dur qu'un roc, il apparaissait aujourd'hui encore écorché et sensible. La vie l'avait tamponné : Fragile. Ne pas secouer.

Romane n'aurait jamais cru pouvoir lui pardonner. Ni même pouvoir l'aimer. Toute sa petite enfance, elle n'avait eu que peu de liens avec lui. Une relation pour le moins bas débit. Il brillait par son manque d'implication et le peu d'intérêt qu'il lui portait. Jusqu'à ce que…

Depuis, à force d'abnégation et de dévouement, il avait su regagner son cœur. Pour Romane, on avait le droit à l'erreur tant qu'on comprenait son devoir de changer…

— Ça va, tu te régales ? s'enquit gentiment Jean-Philippe.

Voilà. Typiquement une phrase que l'ancien Jean-Philippe n'aurait jamais prononcée. Le bien-être de l'autre aurait été le cadet de ses soucis. Le terrible drame qu'il avait vécu l'avait sonné. Mais ce K.-O. l'avait aussi réveillé. Et même *éveillé*, dans le sens spirituel du terme. Les yeux de Romane se perdirent dans le vague en contemplant l'horloge magistrale. Combien de temps s'était écoulé depuis que sa mère les avait quittés ? Dix-huit ans… Elle n'en avait alors que quatorze. Un âge où empêcher la dérive d'un père vous fait bien vite quitter les berges de l'enfance.

— Je te raccompagne.

Quand il la déposa chez elle, Jean-Philippe attendit qu'elle soit montée avant de s'en aller. Ce n'est que quand il vit la silhouette de Romane se détacher derrière le rideau qu'il démarra : il la savait à bon port.

— Sacré papa ! soupira-t-elle.

Lasse, Romane s'allongea dans son canapé et alluma machinalement la télévision pour créer une présence. Elle repensa à sa conférence sur la burnerie et à tous les visages que celle-ci pouvait prendre. Il existait différents degrés de burnerie. Burnerie poids plume, burnerie poids lourd, elle avait croisé de tout, au cours de sa carrière…

Elle repassait dans sa tête le film de l'après-midi, elle au micro, face à ces quelque cent vingt personnes avides de mieux comprendre ce qu'elle mettait derrière ce drôle de mot.

— Vous avez des exemples de comportements burnés ? lui demandait-on immanquablement.

— Un patron sans arrêt sur votre dos pour vous mettre la pression, un conjoint qui a le dénigrement facile (mais ce n'est pas méchant, c'est vous qui êtes trop susceptible…), une bonne copine qui, en société, accapare toujours l'attention et avec qui vous ne pouvez pas en placer une, un parent qui juge systématiquement vos décisions ou votre manière de faire… Et mille autres encore !

— Mais alors, quand on a des « travers burnés » comme vous le décrivez, ça veut dire qu'on n'est pas quelqu'un de bien ? était intervenu un monsieur inquiet.

— Non. C'est important de comprendre qu'on ne juge pas la personne, on remet juste en question ses comportements, et l'impact négatif qu'ils peuvent avoir sur l'entourage. C'est très différent!

— Mais à quoi on la repère, cette burnerie? avait demandé une dame.

— Certains traits reviennent souvent. Manque d'écoute, d'empathie, de bienveillance. Impatience. Promptitude à critiquer ou à juger. Typique aussi: se prendre trop au sérieux, laisser l'égocentrisme gagner du terrain et l'humour rapetisser comme peau de chagrin…

— Mais la burnerie, ça vient bien du mot…

— Burnes! Oui, exactement. Car les comportements burnés sont bourrés de testostérone! Et parce que la burnerie est un concept très masculin en soi. D'ailleurs, même si aujourd'hui ce phénomène touche aussi des femmes, c'est vous, messieurs, qui restez les plus concernés. Et pour cause. Des siècles d'héritage culturel et d'éducation burnée à votre actif! Vous avez été élevés au biberon du pouvoir, de la domination, de la force, du machisme, c'est difficile pour vous d'enrayer d'un claquement de doigts des comportements aussi enracinés. L'homme, le vrai, ne doit-il pas être capable de taper du poing pour mieux se faire entendre, bref, de savoir montrer en toutes circonstances *qu'il en a*?

Romane aimait bien laisser un blanc à ce moment-là, pour laisser ses paroles s'insinuer dans l'esprit des spectateurs, avant d'enchaîner…

— Mais attention, mesdames! La burnerie gagne aussi du terrain de votre côté car, pour conquérir une place en terres Gonades, vous avez dû vous en laisser pousser deux (même si ce n'est qu'au niveau céphalique) et adopter des attitudes de plus en plus burnées: abandonner l'empathie au vestiaire, piquer,

© Groupe Eyrolles

dans l'entreprise, vos rivaux mâles à coups de talons aiguilles, remplir vos caddies de mecs à adopter…

Romane savait que ses propos bousculaient toujours un peu son auditoire. Mais l'objectif de ce type de conférence n'était-il pas de provoquer un électrochoc, une prise de conscience qui pourrait conduire à un passage à l'action?

Elle sourit tout en se dirigeant vers la cuisine pour se préparer une infusion. Elle était plutôt contente d'elle : la conférence s'était achevée dans un tonnerre d'applaudissements et des dizaines de personnes s'étaient montrées intéressées par ses programmes. Que demander de plus?

Son ordinateur portable émit un petit signal caractéristique. Elle venait de recevoir un nouveau message. C'était son père.

23 h 24. Ma chérie. Merci pour ce bon moment passé ensemble ce soir. Je t'ai trouvée très en forme! Ça y est, j'ai la liste de ton prochain groupe de participants pour ton programme de déburnerie. Je te l'ai mise en pièce jointe. Tu verras : ça fait un joli panel! En attendant, repose-toi bien, c'est important. Tu te donnes à fond, mais même une Formule 1 ne peut rouler sur les jantes ;-) Baisers tendres, Daddy.

Excellent! Elle avait hâte de découvrir le profil des futurs participants, mais un bâillement irrépressible vint la couper dans son élan.

Je devrais peut-être remettre à demain, songea-t-elle, épuisée.

Elle décida d'écouter son corps… et l'appel du lit! La lecture des fiches attendrait…

4

7 H 30. MAXIMILIEN déposa son élégant attaché-case en cuir noir au pied de son luxueux fauteuil, en cuir également, et tenta d'allumer machinalement son ordinateur lorsqu'il trouva, à côté de son pot à crayons, la même étrange surprise que chaque matin depuis dix jours : un pliage origami réalisé chaque fois avec le même fichu prospectus ! Aujourd'hui une cocotte, hier une grenouille, avant-hier un cygne... Quand cela s'arrêterait-il ? C'était insupportable ! Il bouillonnait intérieurement lorsqu'il s'empara brutalement du joli pliage pour le jeter à la poubelle. Inutile de lire : il savait déjà ce qu'il y avait écrit. Il aurait pu le réciter par cœur maintenant. Et blablabla, l'étonnante méthode de Romane Gardener, et blablabla, son programme de déburnerie comportementale qui permettait de se débarrasser définitivement de ses « penchants autoritaires, dominateurs, égocentriques, narcissiques, agressifs, jugeants, castrateurs »... Ben voyons. Il se rappelait encore les mots de cette pseudo-praticienne du savoir-être : « Bannissez ces comportements excessifs qui vous empêchent de révéler le meilleur de vous... » Comme s'il avait besoin de quelqu'un pour révéler le meilleur de lui ! Ridicule. Il repensait à la photo de cette femme un peu trop jeune pour accompagner qui que ce soit, dont le regard déterminé et bienveillant semblait lui lancer un défi muet : cap ou pas cap ?

Clémence va m'entendre ! se dit-il, rageur. Si son assistante se mettait aussi à essayer de le convaincre de participer à ce programme, où allait-on ? Sans parler de Julie, qui n'avait cessé de le harceler par textos… Qu'avaient-elles donc toutes ? Maximilien se leva pour marcher de long en large dans la pièce tel un lion en cage. Il ne voyait pas très bien ce qu'on avait à lui reprocher. Oui, bien sûr que parfois il se montrait incisif et autoritaire dans sa communication… Mais n'était-ce pas là l'apanage des dirigeants ? Bien sûr aussi qu'il était souvent trop débordé pour accorder suffisamment d'attention à son entourage, mais pouvait-on tenir la barre d'un navire aussi gros sans rester à toute heure sur le pont ? Qu'avaient donc les gens dans la tête ? S'imaginaient-ils qu'on pouvait assumer de si hautes fonctions en étant mou et gentil comme une héroïne de Walt Disney ? Foutaises ! Cela nécessitait une poigne de fer dans un gant de velours. Pour ça, il savait faire. Mécontent, il ressortit le prospectus froissé de la poubelle : il voulait confronter Clémence et l'obliger à cesser son petit manège.

Il appuya d'un doigt implacable sur le bouton de l'interphone, aucun doute ne l'effleurant sur la présence de Clémence à son poste aussi tôt le matin.

— J'arrive tout de suite, monsieur.

Il vit son assistante marquer un temps d'arrêt sur le pas de la porte. Elle devait avoir peur de ce qui allait suivre. Peut-être n'avait-elle pas tort.

Il s'approcha d'elle et lui agita l'origami éventré sous le nez.

— Clémence, vous allez m'expliquer une fois pour toutes ce que tout ça veut dire !

Clémence sembla tressaillir à ce ton de voix qui, il le savait, pouvait en déstabiliser plus d'un. Elle se racla la gorge et releva son menton comme pour compenser l'écart de hauteur entre sa stature et la sienne.

— Monsieur, vous savez tout le bien que je pense de vous, toute l'admiration que j'ai pour votre façon de travailler…

Une couche de crème. Un peu épaisse. Mais malgré lui, Maximilien apprécia, se rendant aussitôt compte qu'il entrouvrait ainsi une porte… Bien évidemment, son assistante s'y engouffra.

— Je me suis bien renseignée sur ce programme… On en parle beaucoup dans les médias et il paraît que les méthodes sont tout à fait innovantes : tout ce que vous aimez !

Maximilien leva un sourcil circonspect tout en gardant un visage fermé, sur la défensive.

— Mmm… Et après ?

Il lisait le trouble sur les traits de Clémence et ne put s'empêcher de remarquer sa poitrine se soulever au rythme de ses battements de cœur accélérés. En imposait-il tant que cela ? Son assistante rassembla son courage pour poursuivre.

— Savez-vous que nombre de personnalités y ont participé ?

— Ah oui ?

Diable, elle savait parler son langage et choisir les arguments qui pourraient faire mouche… L'intérêt qu'il manifesta incita Clémence à poursuivre. Elle lui déballa quelques grands noms du monde des affaires et du show-business qui avaient vanté les effets bénéfiques du programme, tant sur leur carrière que sur leur vie privée ! Puis elle prit une voix suave pour lui déclamer un argumentaire digne des plus grandes agences publicitaires :

— Ce programme, c'est comme un relooking intégral de mentalité ! L'idée fait un malheur ! C'est tellement *in*… Imaginez : vous vous formez en quelques semaines aux techniques du savoir-être dernier cri et vous vous offrez un mode de conduite irréprochable, estampillé 100 % conforme à l'esprit du troisième millénaire…

Maximilien Vogue ne put s'empêcher d'esquisser un sourire devant tant d'efforts déployés.

— Que d'arguments ! Mais dites-moi, Clémence, pourquoi tant d'acharnement à vouloir me faire participer à ce programme. Que voulez-vous à ce point que je change ?

Clémence écarquilla les yeux, visiblement inquiète à l'idée de livrer sans détour ses quatre vérités à son patron. Mais Maximilien avait l'habitude de ce genre de réactions et se montra encourageant.

— Allez-y, Clémence ! Parlez sans crainte… Dites ce que vous avez à dire !

Son assistante le regardait, pas tout à fait rassurée par son attitude qui n'était pas aussi engageante que ses propos, mais finit par se jeter à l'eau.

— Eh bien… Je pense que vous gagneriez parfois à être moins… autoritaire. Un peu plus à l'écoute… Un peu plus souple, quoi !

Elle rougit de sa propre audace, tressaillit mais soutint son regard un instant. Manifestement elle était prête à faire face. Cela plut à Maximilien, qui avait toujours apprécié le cran.

— Je vois… Merci, Clémence, je vais y réfléchir.

Maximilien rompit le contact visuel pour se remettre à sa table de travail et faire comprendre à Clémence que l'entrevue était terminée.

Il la rappela néanmoins sur le pas de la porte.

— Clémence ?

— Oui, monsieur ?

— Plus d'origami, n'est-ce pas ?

Clémence lui sourit et sa sincérité le désarma. Puis il regarda le papier tout froissé déplié sous ses yeux et la photo de Romane Gardener qui semblait l'appeler. *Joli bout de femme*, songea-t-il… Il parcourut une fois de plus l'article pour se remettre en tête les idées générales. Pas mal. Par contre, le programme avait l'air de proposer uniquement une approche de groupe. Or, l'idée de se mêler au quidam lui semblait impensable. Quelqu'un de son niveau ne pouvait se permettre d'exposer ses éventuels points faibles devant des inconnus, et encore moins devant des personnes qui ne seraient pas du même standing… Maximilien repensa à la scène que lui avait faite Julie, puis à l'insistance de Clémence pour l'amener à se poser des questions sur sa façon de se comporter. À vrai dire, cela faisait un moment qu'il y pensait. Dans les cercles de dirigeants qu'il côtoyait, nombre de ses homologues s'offraient les services de coaches de haut niveau pour faire évoluer leurs pratiques. Songeur, ses yeux se reportèrent sur le bas de l'article où l'on trouvait le numéro de Sup' de Burnes. Quel nom loufoque ! Mais un tel succès et un tel pedigree ne pouvaient tenir du hasard… Et après tout, cela ne coûtait rien de les contacter. Peut-être cette Romane Gardener proposait-elle des séances de coaching individuel ? Qui plus est, l'idée d'un tête-à-tête avec ce joli minois était loin d'être déplaisante…

5

On sonna à la porte de Sup' de Burnes. Mon dieu! Étaient-ce déjà les participants qui arrivaient? Les pas de Fantine, la jeune collaboratrice embauchée quelques mois auparavant, résonnèrent dans le couloir alors qu'elle allait ouvrir. Enfermée dans les toilettes depuis un quart d'heure, Romane tentait de chasser à coup de retouches maquillage les signes de stress sur son visage. C'était toujours la même chose avant la première session d'un groupe de déburnerie comportementale: elle était nouée de trac. Peut-être parce qu'elle savait que le premier contact pouvait s'avérer décisif? Chez des personnes à la burnerie prononcée, la première impression comptait démesurément. Réflexe de jugement trop enraciné. La jeune femme souleva l'abattant des toilettes et s'y assit pour la troisième fois. Ce besoin de faire pipi quand elle était stressée! Puis elle réajusta sa tenue devant le miroir avant de consulter une ultime fois les fiches d'inscription, histoire d'avoir bien en tête le profil de ses participants. Enfin, surtout de l'un de ses participants, avec qui il avait fallu lutter pour le convaincre de venir faire un essai en groupe. Et pas n'importe qui. Il s'agissait ni plus ni moins de Maximilien Vogue, le célèbre homme d'affaires, régulièrement à la une des magazines financiers, directeur général d'un des plus grands groupes cosmétiques du monde!

Assise sur les toilettes, Romane relisait fébrilement sa fiche, regrettant le peu de détails que celle-ci offrait. Âge: 35 ans. Statut marital: non renseigné. Contexte: non renseigné.

Motivation : non renseignée. Attentes : «Identifier les points d'amélioration et viser des changements rapides et ciblés, avec résultats tangibles». Romane fut tout d'abord contrariée devant le nombre de champs restés vides. Puis elle nota le vocabulaire directif et péremptoire, ce qui ne l'étonna pas outre mesure. C'était le profil même, exigeant et impatient, qui attendait souvent que les transformations arrivent d'un claquement de doigts. Et qui, s'il n'était pas satisfait, ne manquerait pas de le manifester haut et fort. Typique de la burnerie de pouvoir, surtout quand elle était marquée à ce point. Les traits caractéristiques apparents chez le sujet : une autorité naturelle, soulignée par une haute estime de soi, une aisance à diriger et à prendre le pouvoir pour assigner aux autres des objectifs conformes à ses volontés. Les deux mamelles de la burnerie de pouvoir : puissance et performance. Pas question d'avoir des rêves de pacotille. Voir grand, s'élever, gravir les échelons… Quitte à en oublier parfois le b.a.-ba du savoir-être que ces profils ambitieux sacrifiaient alors sur l'autel de la réussite. Piétinée parfois, la communication, piétiné parfois, le respect de l'autre. Certains négligeaient à tort d'investir leur intelligence dans la sphère relationnelle et, à force de manquements en empathie élémentaire, finissaient coupés des autres… Maximilien Vogue n'échappait sans doute pas à la règle du genre. La difficulté serait de lui faire prendre conscience de tout cela en douceur, sans le braquer. Regarder en face les facettes les moins glorieuses de soi n'était déjà facile pour personne. Mais encore moins pour quelqu'un comme lui.

Pour l'heure, Romane avait chaud. Très chaud. Elle essuya ses mains moites sur sa jolie jupe texturée tandis qu'elle observait une nouvelle fois la photo de ce monsieur. Plutôt bel homme. *Non, soyons honnête*, rectifia Romane… *Très bel homme !* Elle scruta l'image comme un joaillier examine une pierre rare à la loupe, cherchant l'imperfection qui trahit le diamant synthétique. Traduire, chez l'homme, la faille.

— Trop parfait, murmura-t-elle.

C'est dans l'éclat du regard de Maximilien Vogue que Romane sentit qu'elle tenait une piste.

— La voilà, ta faille, James Bond ! sourit-elle. Elle crut lire les traces d'émotions trop bien gardées, prisonnières derrière ce masque de fer et ce personnage d'homme d'affaires bien calibré, toujours *under control*.

— Il va falloir faire sauter tous ces verrous !

Romane sentait que ce monsieur Vogue allait lui donner du fil à retordre. Qu'à cela ne tienne, elle aimait la difficulté. Après un dernier regard vers le miroir où la lueur déterminée qui brillait dans ses yeux la rassura, elle tendit la main pour déverrouiller la porte des toilettes. Elle était fin prête pour faire la connaissance de son nouveau groupe…

6

SA MAIN GANTÉE DE NOIR tapotait nerveusement sur son attaché-case. Les vitres teintées de sa Jaguar XJ filtraient étrangement la lumière et n'offraient qu'une vision déformée et bien pâle de la réalité. Ces minces parois coupaient l'occupant du monde extérieur et le maintenaient à distance de la vraie vie.

Maximilien Vogue consulta sa montre, une Calibre de Cartier Chronograph à plus de 10 000 €, offerte par son père pour ses trente ans (les luxueux cadeaux offraient l'avantage de compenser par l'argent la difficulté plus coûteuse d'exprimer des sentiments). Il s'était résolu à faire une séance d'essai dans un des groupes de travail de Romane Gardener. Il aurait grandement préféré une séance individuelle, mais la jeune femme avait su se montrer persuasive. Maximilien n'était pas resté insensible à la pertinence de ses arguments et avait apprécié la manière douce et ferme avec laquelle Romane Gardener lui avait tenu tête. Il s'était donc résolu à lui donner une chance. Et si sa participation à ce programme pouvait enfin calmer les reproches de Julie et les demandes pressantes de son assistante Clémence, cela valait la peine. Malgré tout, insérer cette activité dans son emploi du temps déjà surchargé l'irritait ; il n'aimait pas perdre son temps.

— On est encore loin, Dimitri ?

Le chauffeur, imperturbable, répondit de sa voix neutre que non, ils n'étaient pas loin, et que monsieur ne s'inquiète pas, il serait à l'heure à son rendez-vous.

Tout Maximilien Vogue qu'il était, il n'en menait bizarrement pas si large à l'idée de cette séance de déburnerie comportementale. Le concept, à vrai dire, l'effrayait un peu. Maximilien ne savait pas où il mettait les pieds. En outre, il n'était pas du tout confortable de s'imaginer devoir s'exposer devant des inconnus et reconnaître avoir « besoin de travailler sur ses penchants burnés ». Il se surprenait à être nerveux. Lui, nerveux ! Voilà qui sonnait tout à fait impropre. Il n'était pas dans sa constitution d'être nerveux. Il avait vécu des rencontres au sommet sans être nerveux le moins du monde. Ne lui avait-on pas toujours appris que la nervosité était la caractéristique des faibles ? Dans sa famille, on était fort de père en fils. Dès son plus jeune âge, on lui avait tricoté une carapace en cotte de mailles. Pas question de laisser filtrer ses émotions ni de se laisser atteindre. Ça marchait dans les deux sens. L'homme fort devait rester semblable au lézard : garder le sang froid et la tête haute. Et si par malheur on lui coupait la queue, qu'il se débrouille pour la faire repousser ! Ainsi avait-il été élevé, et ce n'était pas près de changer. Changer. Ah, oui. C'était pourtant de cela qu'il s'agissait. Il regarda pour la millième fois le courriel envoyé la veille par Sup' de Burnes validant son inscription : « Nous aurons le plaisir de vous accueillir en nos locaux le jeudi 18 octobre à 18 heures pour votre première séance. Bienvenue dans le programme et félicitations ! »

Félicitations ! Il ne voyait pas en quoi il fallait se féliciter… Ce qu'il voyait surtout, c'est que tout ce programme viendrait fichtrement perturber la mécanique bien huilée de sa vie d'homme d'affaires de haut vol, rythmée par des prises de décisions en rafale, l'évaluation d'enjeux capitaux, le brassage de fonds pharaoniques et le management de marées humaines…

Maximilien Vogue prenait son rôle très au sérieux et avait vaguement conscience de se prendre lui-même très au sérieux. Année après année, le sérieux avait gagné du terrain dans sa vie, jusqu'à lui coller à la peau. Dorénavant, il s'habillait de sérieux comme on se drape de noir. Au fil du temps, son visage s'était même un peu «droopysé». Comme le chien anthropomorphe du dessin animé de Tex Avery, son sourire s'était cadenassé. Un petit verrou intérieur l'empêchait de sourire librement. Il avait perdu la clé du sourire spontané. Étirer ses commissures lui donnait l'impression d'accomplir un effort démesuré. Car dans son monde, même un sourire se devait d'être rentable.

Maximilien pianotait des textos à un rythme effréné, comme pour ne pas penser à ce qui l'attendait. À l'approche du rendez-vous, il sentait ses réticences reprendre du poil de la bête. Trop tard : ils arrivaient bientôt à destination.

— C'est au bout de la rue, monsieur, dit son chauffeur.

— Merci, Dimitri. Déposez-moi là. Je préfère marcher.

— Bien, monsieur. Dans combien de temps monsieur souhaite-t-il que je revienne le chercher ?

— Ils disent que la réunion durera environ deux heures et demie.

— Très bien, monsieur. Je serai là.

L'homme en costume sombre et aux manières millimétrées vint ouvrir la porte à un Maximilien pressé de sortir et de respirer. Oui, de l'air ! Il marcha sans se retourner en direction du numéro trente-sept.

Deux personnes arrivèrent en même temps que lui. Allaient-elles au même endroit ? Il leur jeta un œil scrutateur. Y avait-il des signes extérieurs de burnerie ? Quand la dame appuya sur l'interphone de Sup' de Burnes, il n'y eut plus de doutes possibles : il s'agissait bien là d'autres participants.

Ils furent tous les trois accueillis par une jeune femme court vêtue, à la queue-de-cheval haut perchée et au sourire accrocheur aussi accueillant qu'un portemanteau. Celle-ci leur proposa de les suivre jusque dans la salle dévolue à ce type de réunions et Maximilien ne put s'empêcher d'apprécier ses jolies formes, moulées dans cette robe taillée bien plus haut que la sagesse du genou ne l'aurait voulu. Trois autres personnes étaient déjà installées et se regardaient en chiens de faïence dans un silence de mort.

Les chaises avaient été placées en arc de cercle et possédaient toutes une sorte d'accoudoir-tablette sur lequel on pouvait s'appuyer pour prendre des notes. Au centre, une petite table, sur laquelle trônait une chaîne hi-fi. Un paper-board. Quelques stylos.

Classique, songea Maximilien, se demandant ce que la méthode de Romane Gardener pourrait bien avoir de si original…

Il décida de se mettre en mode observation. Chacun se toisait discrètement. On entendait çà et là quelques discrets raclements de gorge. Personne n'osait parler. La tension était palpable.

Tiens, il y a quand même deux femmes, constata Maximilien. *Comment diable une femme pourrait-elle être capable de burnerie?* se demanda-t-il, curieux.

L'un des hommes, sec et mince, s'agitait nerveusement sur sa chaise et montrait des signes d'impatience. Le monsieur corpulent de l'ascenseur, quant à lui, avait choisi de faire semblant de somnoler. La jolie brune à la robe avantageuse croisait et décroisait les jambes et jetait des regards en biais pour vérifier si on la regardait. L'autre dame, une femme rondelette aux cheveux jaunes, semblait par son attitude digne et hiératique vouloir d'emblée prouver à qui on avait affaire. Son regard océanique perdu dans le lointain montrait son détachement de la présente situation.

Plusieurs longues minutes s'égrenèrent ainsi, ce qui irrita Maximilien qui avait horreur qu'on le fasse attendre. Puis il y eut un frémissement. Des bruits de couloir. Un petit rire cristallin. Comme les autres, Maximilien retint son souffle. Et la porte s'ouvrit sur Romane Gardener.

7

ROMANE GARDENER s'avança dans la salle en reine du bal, sereine, souriante, souveraine. On se sentirait presque tenu de lui faire une révérence, se dit Maximilien, soufflé par cette entrée en scène. Il la détailla un instant et nota son goût vestimentaire très sûr, ce qui comptait beaucoup dans ses critères. Même si elle n'était pas très grande, elle possédait une jolie silhouette parfaitement proportionnée et des traits harmonieux. Mais ce qui frappa le plus Maximilien, c'était l'intensité de son regard vert d'eau, qui révélait un tempérament affirmé et passionné. Romane Gardener vint se poster près de la petite table centrale ; tout le monde était suspendu à ses lèvres. Elle regarda tour à tour chaque membre de l'assistance, sans prononcer un mot. *Ma parole, elle ménage ses effets !* songea Maximilien. Le silence devenait électrique. Puis tout à coup, très lentement, Romane Gardener se mit à applaudir. Un peu, beaucoup, de plus en plus fort. Et elle leur intima d'applaudir eux aussi. Maximilien regarda tout autour de lui et vit les autres participants suivre le mouvement, d'abord timidement, puis avec engouement, jusqu'à ce qu'un tonnerre d'applaudissements vibre dans la pièce. Lui-même n'avait applaudi que du bout des doigts, interloqué par cette étrange entrée en matière. Quand le silence revint enfin, Romane Gardener prit la parole.

— Bonjour à tous. Je suis Romane Gardener. Merci à tous d'être là. Et en premier lieu, bravo. Oui, bravo ! C'est vous qu'on applaudissait à l'instant. Je sais à quel point il peut être difficile d'entamer une démarche comme celle-ci. Croyez-moi, il faut un sacré courage pour oser se remettre en question et entreprendre de changer. D'ores et déjà, vous pouvez être fiers de vous !

C'était sacrément gonflé de commencer une première séance comme ça… Maximilien voyait bien, au regard incrédule des autres participants, qu'il n'était pas le seul à penser ça. Il ne détestait pas le côté culotté, qu'il encourageait lui-même dans ses équipes commerciales pour convaincre sa clientèle exigeante et blasée. Mais tout de même. Ce côté presque show-biz lui semblait quelque peu déplacé.

Romane Gardener proposa de commencer par un tour de table. Classique. Plus original, elle demandait aussi de se présenter par le biais d'un objet que chacun pouvait avoir dans sa poche ou dans son sac, et qui pourrait raconter quelque chose de sa personnalité…

Maximilien ne portait pas grand-chose sur lui, à part son smart-phone. Cela irait très bien. Pourquoi se compliquer la tête ? Les autres s'affairaient avec plus ou moins bonne grâce pour trouver une idée.

— Bien. Nous allons pouvoir commencer, sourit Romane. Je vais lancer cette balle en mousse rouge à l'un d'entre vous. En la recevant, cette première personne devra dire son prénom, ce qui l'amène ici et présenter son objet symbolique. Puis elle enverra la balle à un autre participant et ainsi de suite. Ça va pour tout le monde ?

Ils n'allaient quand même pas crier un ouiiiiiiiii enthousiaste comme s'ils étaient chez Guignol ? s'agaça Maximilien. Romane les regarda un par un et décida d'envoyer la balle à la jeune femme brune qui l'attrapa avec un grand sourire, visiblement ravie de jouer le jeu.

— Alors, bonjour à tous ! Moi, c'est Nathalie. Dans la vie, je suis responsable de communication interne, enfin, j'étais… J'ai été… licenciée…

Ah, première ombre au tableau, se dit Maximilien. Qu'est-ce qu'elle allait leur déballer comme problème ?

— Ce sont des choses qui arrivent…

Elle essayait tant bien que mal de cacher son émotion.

— Je suis ici parce que j'ai eu l'occasion de beaucoup réfléchir à la suite de tout ça et que… je crois que ma manière d'être avec les gens me joue parfois des tours… Alors, je voudrais comprendre…

— Merci, Nathalie ! Et quel est votre objet ?

La jeune femme souleva une espèce de grosse boule de poils en fourrure rose.

Ravissant, ironisa Maximilien…

— J'adooooooore ce porte-clés, minauda-t-elle. J'aime bien ce côté très voyant, qui attire l'attention, qu'on a envie de toucher. Il ne passe pas inaperçu… Comme moi !

Maximilien vit Romane décoder mentalement ces informations. Elle remercia Nathalie pour sa présentation et lui souhaita à nouveau la bienvenue dans le groupe. Nathalie regarda alors les autres participants, se demandant à qui envoyer la boule. Au hasard, elle l'envoya à la dame-bien-propre-sur-elle, très bobo-chic, qui, contre toute attente, l'attrapa avec assurance avant de clamer haut et fort son prénom. Émilie. Pour sûr, cette dame ne venait pas là pour un manque de confiance en elle…

— Je viens ici, parce que… mon fils a fait une fugue récemment… et je veux comprendre ma part de responsabilité là-dedans.

Aïe. Voilà qui cassait un peu l'ambiance… L'atmosphère du groupe changea. Comment faisait cette femme pour livrer quelque chose d'aussi personnel à des inconnus, comme ça, de but en blanc ? Fallait-il être totalement impudique !

Maximilien n'avait aucune envie d'écouter son petit drame familial ni de se retrouver coincé dans une séance qui tournerait au pathos. Heureusement, la dame ne s'épancha pas plus que ça. On sentait qu'elle prenait sur elle. Son objet : un énorme trousseau de clés. Bizarre… Elle s'expliqua :

— Nous avons une grande propriété. C'est très important pour moi, ce lieu. J'ai toujours voulu un grand domaine, pour accueillir ma grande famille et recevoir beaucoup d'amis. Je suis très attachée à nos terres, aux traditions… Ce trousseau, c'est l'objet qui symbolise tout cela et aussi ce que je suis : une maîtresse des lieux.

Maximilien se demanda ce qui avait poussé son fiston à prendre la poudre d'escampette. Mais après tout, il n'avait pas de mal à imaginer combien ce genre d'ambiance «famille vieille France» pouvait être pesante…

Romane la remercia et Émilie-la-châtelaine lança à son tour la boule rouge au petit homme mince et sec : Bruno. Au premier coup d'œil, pas un rigolo. Plutôt une tête de Bruno-tolérance-zéro. Manager dans une grosse boîte de produits de consommation destinés à l'hygiène personnelle et aux soins. Passionnant… Et sous ses ordres, une équipe de huit femmes. Apparemment, l'une d'elles avait pleuré misère en haut lieu pour dénoncer ses méthodes, à la suite de quoi la direction avait gentiment demandé à Bruno de mettre de l'huile dans son management et l'avait inscrit à ce programme. Son objet fétiche : sa montre. Sobre. Efficace. Multifonctions. *Ah, si seulement le monde était semblable à cette montre !* comprenait Maximilien à travers les propos à demi-mot de Bruno.

Mister Robot, comme eut envie de l'appeler Maximilien, transgressa la consigne de Romane et se leva pour remettre la boule au monsieur ventripotent. Stratégie 100 % efficace, zéro risque qu'elle tombe à côté. Le monsieur s'appelait Patrick. Maximilien n'écouta que d'une oreille. Il commençait à trouver le temps long. Ah, si : seule information à retenir, le Patrick venait de se faire quitter par sa femme après vingt-cinq ans de mariage. Comme d'autres ici, il voulait comprendre pourquoi. *Regarde toi dans la glace et tu comprendras vite !* fut tenté de dire Maximilien, sarcastique. L'objet fétiche du bonhomme ? Ses clés de voiture. Sûrement le genre de gars à la bichonner plus que sa propre femme. Maximilien grimaça : maintenant qu'il connaissait un peu la petite histoire de ces gens, il se demandait de plus en plus ce qu'il faisait là. Pas un ne correspondait, ni de près, ni de loin, à son univers. Ils ne pourraient certainement rien lui apporter, et encore moins le faire progresser en quoi que ce soit... Agacé à l'idée de perdre son temps, il se renfrogna.

Perdu dans ses pensées maussades, Maximilien ne vit pas Patrick-le-fraîchement-largué lui envoyer la boule rouge, qui lui cogna le front. Elle était en mousse, donc ne lui fit pas mal. Sauf à son orgueil. Il dut en plus se mettre à quatre pattes pour la ramasser. De mieux en mieux ! Très agacé, il se présenta de mauvaise grâce, d'un air détaché et hautain. Il vit le regard de Romane scruter son visage et s'attarder sur ses bras croisés contre sa poitrine dans une attitude fermée. Il s'efforça de rendre son expression impénétrable et, mâchoires serrées, jeta quelques mots en pâture au groupe sans rien dévoiler de personnel.

— Je travaille dans une grosse entreprise de cosmétiques à l'international, dit-il, évasif. Je suis ici parce qu'il paraît que j'ai tendance à être un peu trop... indisponible. Et parfois... trop directif.

Tout le monde avait l'air d'attendre qu'il en dise plus, mais Maximilien se contenta de clore sa présentation d'un « Voilà... » sans appel. Il n'allait tout de même pas raconter sa vie à ces gens qu'il connaissait depuis moins d'une heure et qui, en outre, n'étaient pas du même standing que lui. Il présenta son smartphone comme l'objet qui l'incarnait et s'expliqua. Un homme comme lui se devait d'être toujours joignable, connecté

24 heures/24. Il traitait avec le monde entier, et le monde n'attend pas ! Telle était sa devise.

Romane le remercia et il chercha dans ses yeux une lueur d'admiration qu'il ne trouva pas. Un brin dépité, il se cala au fond de sa chaise en attendant la suite, et sentit une certaine mauvaise humeur le gagner. Il s'attendait maintenant à un laïus sur la burnerie et ses mauvais travers, mais ce ne fut pas le cas ; Romane leur proposa un jeu. C'était comme ça qu'elle comptait les mettre au travail ? Maximilien jeta un coup d'œil à sa montre et songea à la montagne de dossiers qui l'attendait pendant qu'il était là à faire mumuse.

— Êtes-vous prêts à résoudre une petite énigme tous ensemble ?

Avaient-ils le choix, de toute façon ?

— Alors, voilà. C'est l'histoire d'un monsieur qui habite au huitième étage d'un immeuble. Chaque jour, il prend l'ascenseur pour aller promener son chien. Au retour, il s'arrête au cinquième et monte les trois derniers étages à pied. Sauf les jours de pluie où il monte jusqu'au huitième en ascenseur. Pourquoi ?

Tous les participants se regardèrent en chiens de faïence. Une mouche vola. Où Romane voulait-elle en venir avec cette stupide énigme ?

Ce fut Patrick-le-mari-fraîchement-largué, qui se lança en premier.

— Ben, c'est parce qu'il est sportif, tout simplement !

Bruno, alias Mister Robot, cassa son idée d'emblée.

— Mais non, réfléchissez ! Si c'était pour faire du sport, il monterait tous les étages à pied ! Pas seulement trois !

Nathalie, la jolie trentenaire m'as-tu-vu en rajouta un peu :

— Et pour les jours de pluie, vous justifiez comment ? demanda-t-elle.

— Euh… Eh bien, la pluie, ça le démoralise complètement, alors ces jours-là, il n'a même pas le courage de monter trois étages à pied !

— Vous n'y êtes pas du tout, critiqua Émilie-la-châtelaine. Il s'arrête tout simplement au cinquième étage pour rendre visite à quelqu'un, c'est une évidence ! Et les jours de pluie, il préfère d'abord repasser chez lui pour se changer avant d'aller voir son voisin !

— Non ! Moi je dis qu'au cinquième étage, il s'arrête pour faire faire pipi à son chien sur le paillasson de quelqu'un qu'il n'aime pas ! Mais qu'il ne le fait pas les jours de pluie parce que lui et son chien, ils pourraient laisser leurs empreintes !

Maximilien s'agaçait dans son coin. C'était effrayant, cette Nathalie qui commençait toutes ses phrases par « moi je »… Insupportable.

Lui, ça faisait longtemps qu'il la connaissait, cette énigme. Il se dit qu'il était temps de mettre fin à ce grand n'importe quoi.

— Désolé tout le monde. Ce n'est pas ça du tout. En fait, le type est un nain. Il est juste assez grand pour appuyer sur le bouton du cinquième étage. Sauf quand il pleut, où il peut s'aider de son parapluie pour appuyer sur le bouton du huitième.

Cinq regards noirs se portèrent sur lui.

— Vous la connaissiez ? demanda Romane.

— Qui ne la connaît pas ? rétorqua Maximilien.

Il guetta la réaction de la jeune femme. Allait-elle être décontenancée ? Il avait *spoilé* son histoire… Mais non. Elle restait calme et sereine. Énervante de patience bienveillante.

Bruno ne tarda pas à exiger un débriefing sur la finalité de l'exercice.

— Mais bien sûr, Bruno, j'allais y venir. Romane sortit un dictaphone du tiroir de la petite table et appuya sur le bouton « Play ».

— Je vous propose de réécouter vos échanges en décodant au fur et à mesure les traits de burnerie…

L'enregistrement de la conversation qui venait d'avoir lieu se déroula alors impitoyablement, mettant à nu les différents travers burnés.

— Manque d'écoute. Ton acerbe. Jugements. Sans parler de tout votre non-verbal…

— Notre quoi ? demanda Patrick.

— Le non-verbal ! ne put s'empêcher d'intervenir Maximilien, agacé, comme si c'était une évidence. C'est l'ensemble de vos gestes, expressions faciales ou corporelles, intonations, qui trahissent le fond de votre pensée et qui ne passent pas par la parole.

Maximilien ruminait en regardant Patrick. Il avait dit tout à l'heure être employé de bureau… Alors évidemment qu'il ne comprenait pas ce genre de notions qu'on apprenait plutôt dans les formations en management ! Ce type allait sûrement les retarder toutes les deux minutes avec ses questions. Voilà ce qui se passait quand on voulait mélanger des personnes de niveaux trop différents ! Maximilien s'agaçait tout seul et se confortait dans l'idée que des séances individuelles auraient bien mieux convenu… Comment allait gérer Romane Gardener ? Il perçut un petit tressaillement de stress sur son visage, tandis qu'elle répondait d'une manière rassurante à Patrick :

— Il n'y a pas de souci, Patrick. Vous avez le droit de poser des questions.

Puis elle se tourna vers Maximilien en lui lançant un regard insistant :

— N'est-ce pas, Maximilien ?

— Quoi donc ?

— Qu'il a le droit ?

— Mmm… maugréa l'homme d'affaires.

Elle fit ensuite noter à son auditoire ce qu'elle s'était amusée à appeler les «dix plaies de la burnerie»: l'orgueil, le jugement, l'égocentrisme, le manque d'écoute, le sentiment de supériorité, la soif de domination, la tendance à l'agressivité, l'impatience, l'intolérance, le manque d'empathie et d'altruisme.

— Bien sûr, personne n'est affublé de tous ces mauvais travers, heureusement! Le travail que nous allons faire ensemble va vous amener à réfléchir sur vos propres comportements et à vous demander dans quelle mesure ceux-ci sont affectés par certaines de ces «plaies de burnerie». Une fois ces traits identifiés, vous pourrez alors efficacement agir dessus…

— Le portrait que ça renvoie de nous n'est pas très reluisant, se plaignit Émilie-la-châtelaine, un brin vexée par cette énumération.

— Ne vous inquiétez pas, Émilie! Encore une fois, ce n'est pas votre personne que nous remettons en question, mais certains de vos comportements. Vous verrez, avec un peu d'efforts et de persévérance, cela se corrige très bien et vous ne tarderez pas à en apprécier les bienfaits dans votre vie…

C'était très joli tout ça, mais Romane Gardener n'avait pour l'instant donné aucune clé très concrète pour passer à l'action. Maximilien craignait une approche beaucoup trop théorique… Les médias n'avaient-ils pas, comme à leur habitude, enjolivé le côté innovant de ce programme pour mieux vendre leur papier? De plus, Clémence avait réussi à le convaincre en lui parlant de célébrités qui avaient suivi le cursus… Or, pour l'instant, il était bien le seul *people* dans le cercle et se retrouvait au milieu de quidams. Il ruminait donc sa contrariété en suivant Romane du regard, tandis que celle-ci se dirigeait vers un petit placard caché dans un coin de la pièce. La jeune femme l'ouvrit et en sortit un gros sac bien rempli. Elle en extirpa un objet rectangulaire emballé dans son cartonnage et en distribua un à chacun.

— Tenez. Il s'agit d'un cadre photo. Pour la prochaine fois, je voudrais que vous cherchiez l'image d'un personnage réel ou fictif qui, pour vous, incarne un modèle de non-burnerie. Imprimez cette image et mettez-la dans le cadre. Nous décorerons la salle avec vos trouvailles. Si vous vous sentez inspirés, vous pouvez même en amener plusieurs !

Romane prit alors une voix légère pour conclure la séance.

— Merci à tous pour votre participation aujourd'hui. Vous avez presque fait le plus dur : le premier pas ! Je sais combien cette démarche de changement est difficile, aussi je vous demande d'être particulièrement doux avec vous-même dans les semaines à venir. Mais si chacun de vous joue le jeu à 100 %, vous verrez qu'ensemble, nous allons faire un sacré bout de chemin !

Elle tendit alors un doigt vers la chaîne hi-fi posée devant elle.

— Je vous propose qu'on se quitte en musique…

Un titre de Georges Brassens retentit dans la pièce : *Quand on est con…*

— À écouter au second degré, bien sûr. J'ai choisi cette chanson-là pour vous faire rire et pour vous rappeler que l'humour et l'autodérision sont aussi deux précieux remèdes anti-burnerie ! Et pourquoi ne pas placer votre prochaine semaine sous le signe de la tolérance et de l'indulgence ?

De mieux en mieux, songea Maximilien, interloqué par ce choix de chanson. Les paroles de Brassens claquaient dans l'air comme autant de petits coups de fouet, tandis que les membres du groupe saluaient Romane en partant.

Le temps ne fait rien à l'affaire. Quand on est con, on est con ! Qu'on ait vingt ans, qu'on soit grand-père, quand on est con, on est con ! Entre vous, plus de controverses, cons caduques ou cons débutants, petits cons de la dernière averse, vieux cons des neiges d'antan.

Romane s'affairait déjà à ranger la salle lorsque Maximilien s'approcha d'elle pour lui parler. Il la fit sursauter.

— Je voulais vous voir un instant… amorça-t-il.

— Oui, Maximilien ?

— Écoutez, je ne sais pas si je vais revenir la prochaine fois.

Il vit la jeune femme se troubler.

— Ah…

— J'avoue que je ne m'attendais pas à un groupe aussi… hétéroclite ! Je vais vous parler franchement : je ne vois pas ce que j'ai à voir avec certaines personnes, vous comprenez ? Une mère de famille avec un problème d'ado fugueur, un homme laissé sur le carreau par sa femme, sans parler des autres cas… Il n'y a aucun jugement, bien sûr ! Mais je ne vois pas en quoi suivre le programme avec eux va pouvoir me faire avancer moi !

Romane se redressa, droite comme un i pour mieux lui faire face.

— Maximilien, ce serait vraiment dommage que vous vous arrêtiez à ça. Croyez-moi, chaque problématique amenée par les autres participants va vous permettre d'avancer sur la vôtre. Ce mélange des genres fait d'ailleurs partie du processus d'évolution…

— Je ne vois pas en quoi.

Quels arguments allait-elle opposer à ses résistances ? Il l'attendait au tournant.

— Déjà parce que cela vous met d'emblée dans une posture d'ouverture d'esprit et vous oblige à vous intéresser à des cas de figure très différents du vôtre. À Sup' de Burnes, tout le monde est logé à la même enseigne, au même niveau. Rien que cela, en soi, est excellent pour gommer les excès de burnerie… Les égocentrismes, les sentiments de supériorité exacerbés et tutti quanti…

— Mais dans votre publicité, vous parliez de profils VIP… Or, je suis le seul VIP du groupe.

— Un profil comme le vôtre par groupe, c'est déjà pas mal, non ?

Elle dut voir qu'il n'était pas d'humeur à plaisanter.

— Plus sérieusement, j'ai en effet eu de nombreux VIP qui sont passés par là et se sont parfaitement bien intégrés parmi les « Less Important Person ». Je vous engage à lire leur témoignage sur le site… Si vous n'étiez que parmi des gens « comme vous », comment pourriez-vous faire l'expérience de l'altérité, la vraie ? Vous resteriez une fois encore dans votre zone de confort…

— Mmm… Je vois, je vois… concéda Maximilien, circonspect. Merci de ces explications, Romane. Je vais réfléchir à tout ça et je vous tiens au courant, si je continue le programme…

— Pas de problème…

Jouait-elle la désinvolture ? Elle ajouta :

— Simplement, prévenez-moi rapidement, que je puisse accorder la place à quelqu'un d'autre si vous décidiez de renoncer.

Il se sentit un peu piqué au vif. Lui ? Être interchangeable avec quelqu'un d'autre ? Lui, renoncer ? Il dut reconnaître qu'elle savait bien jouer ses cartes. Elle avait dû sentir que pour intéresser quelqu'un comme lui à son programme, il fallait lui donner envie d'en découdre. Malgré tout, il afficha à son tour une feinte indifférence. *Pokerface* contre *pokerface*.

— Entendu. Bonne soirée, au revoir…

Maximilien s'éloigna sans se retourner, conscient du regard posé sur lui, et prit soin d'adopter le pas ferme et la démarche assurée de l'homme qui sait toujours où il va. Enfin presque.

8

TANDIS QUE MAXIMILIEN se faisait raccompagner chez lui par Dimitri, il regretta de ne pouvoir partager avec quelqu'un ce qu'il venait de vivre. Mais entre lui et le chauffeur, nul dialogue possible. Rang oblige. Il se repassa donc en solo le film de sa séance à Sup' de Burnes, qui l'avait laissé très mitigé. Tout d'abord parce que se mêler à des personnes aussi éloignées de son univers l'agaçait. Leurs problématiques n'avaient tellement rien à voir avec la réalité de ce qu'il vivait lui! Et puis, pour l'instant, il trouvait l'approche de Romane Gardener plus fantasque que réellement concrète et il doutait de l'efficacité de sa méthode. L'affaire était-elle donc réglée? Oui. Fin du débat. Alors pourquoi n'arrivait-il pas à trancher la question en décidant de ne plus y retourner? Maximilien poussa un soupir contrarié. Après tout, rien ne l'engageait. Il n'avait rien à prouver, ni à ces gens, ni à cette Romane. Pourtant, leur échange en fin de séance l'avait piqué au vif. Ce qu'il avait senti ne lui avait pas plu: elle semblait ne pas le croire capable d'aller au bout de ce programme. Peut-être s'imaginait-elle qu'il avait peur de cette remise en question? Lui, peur? Absurde! Il avait bien envie de lui montrer qu'il n'était pas du genre à se défiler. Sursaut d'orgueil? Oui, il avait bien conscience des leviers qu'elle avait utilisés… Mais qu'elle ne crie pas victoire trop vite: s'il retournait à Sup' de Burnes, il se ferait un plaisir de donner du fil à retordre à la jeune femme. Elle aussi aurait à prouver ce dont elle était capable! La perspective de la mettre à l'épreuve séduisit l'homme d'affaires. À vrai dire, il était assez curieux de la voir à l'œuvre. En outre, elle offrait un spectacle plutôt charmant, et il était connaisseur… Peut-être cela valait-il finalement la peine de faire abstraction des autres spécimens pour continuer l'expérience auprès d'elle et voir où cela menait ?

Arrivé au pied de son immeuble, Maximilien décida de grimper les huit étages à pied, pour se fatiguer le corps et offrir une récréation à ses pensées. Il introduisit avec hâte sa clé dans la serrure, puis pénétra dans l'immense appartement plongé dans la pénombre. Pour la première fois, cela lui fit une drôle d'impression. Il fut frappé par la grandeur glacée du lieu. Tant d'espace et tant de vide à la fois. Beau, luxueux, design… Impersonnel. Un appartement de fonction, qui n'avait jamais réussi à devenir autre chose que ce qu'il était : un lieu de passage. Maximilien avait pourtant confié la déco aux plus grands designers, mais lui-même n'y avait pas apposé la moindre touche personnelle. Il n'avait jamais pris le temps de s'impliquer et avait totalement délaissé sa vie personnelle au profit de son entreprise.

Sur la table basse, le répondeur clignotait. Un message de Julie : *Rappelle-moi, j'ai besoin de t'entendre. As-tu commencé ton programme à Sup' de Burnes ?* Bip. Il rappellerait plus tard. Il adorait Julie, mais il avait toujours peur que la conversation dure des heures. Un autre message. Francesca. Une sublime directrice marketing qui ne voulait pas le lâcher. C'était bien ce qui n'allait pas : il détestait qu'on lui jette le grappin dessus. Ça l'étouffait ; il y mettrait bon ordre. Il songea à quel point le pouvoir s'avérait érogène. Sa réussite attirait incroyablement les femmes, comme des papillons vers la lumière. Maximilien avançait dans son salon et caressa au passage la jolie sculpture qui ornait un angle de la pièce. Un nu de femme, très coté, qui l'avait séduit et pour lequel il avait dépensé une petite fortune. Mais il ne renvoyait aujourd'hui à sa main tiède que la froideur de sa chair de bronze. Homme prisé, homme célèbre, et pourtant homme seul… Il repensa alors à une phrase que Romane avait prononcée pendant la séance, une citation de

Victor Hugo : « *Vivre pour soi seul est une maladie. L'égoïsme est la rouille du moi.* » Cette pique avait irrité Maximilien, qui n'avait pas aimé l'image que cela renvoyait de lui. Était-ce sa faute s'il travaillait plus de quatre-vingts heures par semaine, s'il n'avait le temps de rien à part brasser des tonnes d'affaires complexes qui aspiraient toute son énergie et le laissaient ivre de fatigue ?

Votre vie est ce que vous en faites, avait martelé Romane. *Vous devez mesurer votre part de responsabilité dans ce qui vous arrive.*

Maximilien repensa à ces paroles avec un brin d'ironie : elle ne savait rien de leur vie, et elle essayait déjà de les culpabiliser avec leur part d'ombre ?

Il passa furtivement devant le grand miroir de sa salle à manger et s'arrêta sur l'image qu'il renvoyait.

Vous verrez : quand vous aurez gommé les travers burnés qui entravent votre personnalité profonde, vous rayonnerez d'énergie positive ! C'est aussi l'éclat dont on brille quand on a trouvé sa paix intérieure et qu'on s'est reconnecté à la joie de vivre. Générosité, créativité, amour... Ouverture à l'autre et au monde. Voilà ce qui se passe quand on fait ressurgir le meilleur de ce qu'on a en nous !

Son visage renvoyait-il cet éclat ? Discernait-on dans son regard ce genre d'étincelles ? Maximilien poussa un soupir d'agacement. Quelle importance cela avait-il ? Il savait qu'il ne manquait pas de charisme, c'était là l'essentiel. Pourquoi aurait-il besoin de rayonner autrement ?

Il se jeta sur son splendide canapé et étala ses jambes sur la table basse. Il savoura un instant l'incroyable vue qu'offraient ce dernier étage et ses immenses baies vitrées, et se dit qu'il était vraiment un homme comblé. Mais malgré tout, une petite partie de lui agitait un drapeau pour attirer son attention. *Si comblé que ça ?* soufflait narquoisement une voix intérieure. Maximilien ne voulait pas se prendre la tête avec ces questions existentielles et se leva d'un bond pour aller se servir un verre. Bien sûr qu'il savait profiter de la vie ! D'ailleurs, un peu plus tard dans la soirée, il ne manquerait pas de sortir son carnet jaune, qui consignait les numéros d'une centaine de jolies femmes toutes prêtes à chasser son spleen. Voilà qui comblerait parfaitement ce «vide» passager.

À condition de ne pas être trop regardant sur l'artifice du procédé.

9

Depuis plusieurs jours, Romane guettait les messages sur son smartphone et son ordinateur. Mais rien. Maximilien Vogue n'avait pas jugé nécessaire de l'informer s'il poursuivait ou non le programme. Négligence ? Manque de courtoisie ? Ou sabotage avéré ? Romane penchait pour un travers de VIP et une incapacité assumée à s'abaisser aux rudiments du savoir-vivre élémentaire. Même si ce n'était pas une surprise, elle en concevait une certaine irritation, qui allait grandissant au fil des heures. Elle dut néanmoins maquiller son agacement pour faire bonne figure devant les autres participants, tous présents dans la salle pour commencer la deuxième séance du programme. Contre toute attente, ils avaient étonnamment bien joué le jeu des « modèles de non-burnerie » et étaient arrivés, comme elle l'avait demandé, avec des photos reprographiées de leurs mentors. Romane sourit devant le panaché hétéroclite des personnages. Plusieurs Gandhi, Bouddha, Jésus, un John Lennon (pour sa musique au service de la paix), Martin Luther King, Nelson Mandela, Mère Teresa et une Audrey Hepburn pour son combat en faveur des enfants auprès de l'Unicef.

— Vous avez été bien inspirés, bravo ! dit Romane tandis qu'elle accrochait au mur les photos encadrées. Cette participation lui avait redonné un peu d'enthousiasme et fait oublier un instant l'absence contrariante de Maximilien Vogue.

Puis voilà que quelqu'un frappa à la porte. *Quand on parle du loup…* Maximilien apparut dans l'embrasure. Tout le monde s'arrêta de parler pour le regarder, ce qui ne l'étonna pas le moins du monde. Il était de ceux dont la simple présence imposait le silence. Il balaya l'assistance du regard à la recherche de Romane puis lui sourit comme si de rien n'était, ce qui la désarçonna. Comment réagir ? Le renvoyer dans ses vingt-deux ? Cela ne lui ferait pas de mal ! Lui donner une leçon de morale en public ? Voilà qui le braquerait définitivement. Romane soupira et dut se résoudre à le laisser entrer sans lui exprimer le moindre reproche. Pour le manque de courtoisie et le retard, elle mettrait son mouchoir par-dessus. Pour l'instant du moins.

Maximilien s'avança vers la place libre, ôta son luxueux manteau noir qu'il accrocha au dos de sa chaise, puis se dirigea vers Romane, imperturbable malgré tous les regards posés sur lui.

Il avait dans les mains un petit paquet qu'il lui tendit.

— Ma participation, dit-il. Encore toutes mes excuses pour mon retard. Je suis d'ordinaire très ponctuel. Mais j'ai été retenu par une affaire de première importance…

Que répondre à cela ?

— Ce n'est pas grave, ça peut arriver, maugréa Romane en ouvrant le paquet. Puis elle écarquilla les yeux en signe d'incompréhension.

— Qu'est-ce que… Je…

Maximilien lui sourit innocemment tandis qu'elle dégageait de l'emballage sa propre photo mise sous verre.

— J'ai décidé que ce serait *vous*, mon mentor. Ça ne vous embête pas ? demanda-t-il en affichant une expression taquine.

Est-ce qu'il se fichait d'elle ? Elle eut un doute. Ce qu'elle voyait surtout, c'est qu'il ne prenait pas le programme très au sérieux et qu'il avait trouvé le moyen de ne pas faire le travail demandé. *Trop facile, monsieur Vogue !* Peut-être était-il habitué aux femmes que l'on pouvait facilement flatter ? Il ne savait pas encore sur qui il était tombé…

— C'est très aimable à vous, Maximilien. Je suis flattée que vous me placiez au même niveau que Mère Teresa, même si je la dépasse de quinze bons centimètres.

Allez! Maintenant, prends une voix bien ferme, Romane! Fais-lui comprendre que tu ne transigeras pas!

— Mais je pense surtout que vous n'avez pas eu trop envie de vous fouler.

— Ah oui? Et donc?

Il affichait un sourire goguenard. Elle ne faiblit pas.

— Et donc vous choisissez le pape, Michel Drucker, ou votre grand-mère, je m'en fiche, mais je veux impérativement une photo d'un modèle de non-burnerie qui vous parle pour la prochaine fois!

Le sourire s'effaça. À présent, l'homme d'affaires la jaugeait de toute sa hauteur.

— Sinon quoi? osa-t-il en la défiant du regard.

Les autres n'en perdaient pas une miette et guettaient la réaction de Romane. La jeune femme savait qu'il en allait de sa crédibilité. Un groupe, c'était comme une mayonnaise. Ça prenait ou ça ne prenait pas, et il suffisait parfois d'un élément perturbateur pour que tout retombe…

— Sinon vous serez tout simplement exclu du programme.

On aurait pu se croire à un match de Roland-Garros. On attendait de savoir qui allait marquer le point.

Romane vit les yeux de Maximilien se plisser de contrariété. Visiblement, il évaluait rapidement le pour et le contre.

— Vous êtes dure en affaires.

— Juste ce qu'il faut.

— Très bien. Ce sera fait, *chef.*

Il avait pris un ton burlesque de cantinier. Le groupe se mit à rire. Romane rumina dans sa barbe. *Toi, tu ne t'en tireras pas comme ça,* se dit-elle. Pour l'heure, Maximilien Vogue semblait muré dans sa forteresse, dont la porte était sans doute fermée à double tour de l'intérieur ! Il faudrait faire en sorte qu'il trouve les clés, et y parvenir suffisamment vite avant qu'il n'ait eu le temps de renoncer. Une mission qui s'annonçait de la plus grande difficulté… Romane afficha un sourire de façade et contint discrètement un soupir d'inquiétude comme on avale un chewing-gum de travers.

En regardant Maximilien regagner sa place, elle ne put s'empêcher de noter l'élégance de sa démarche et le charme de sa désinvolture. Puis elle appela au calme pour pouvoir poursuivre la séance. Une demi-heure plus tard, les murs de la salle s'étaient couverts de ces modèles de non-burnerie, exposition temporaire pour inspirer au groupe de nouvelles valeurs phares. Romane remercia tout le monde chaleureusement pour cette belle participation qui démontrait un niveau de motivation très encourageant.

— À votre échelle, vous avez le pouvoir de vous consacrer jour après jour à cultiver autour de vous le Bon, le Beau et le Bien, dit la jeune femme qui aimait parfois que ses conseils sonnent comme des slogans publicitaires. Si cela pouvait marquer les esprits…

Mais elle vit les sourcils de Bruno se froncer.

— Romane, désolé, mais franchement, ce que vous dites ne me parle pas, je ne me sens vraiment pas l'âme d'un bon Samaritain.

— O.K., Bruno. Vous avez raison d'exprimer votre ressenti. Évidemment, quand je parle « du Bon, du Beau, du Bien », c'est à prendre avec de gros guillemets. Bien sûr que vous n'allez pas vous transformer en Abbé Pierre ! Cela étant, tout comme on pose un tuteur à une plante pour qu'elle pousse droit, cette notion de Bon, de Beau, de Bien est censée vous donner une sorte de ligne directrice inspirante pour réaligner vos comportements, comprenez-vous ?

Bruno prenait méticuleusement des notes. Sans doute les relirait-il ultérieurement pour analyser si ce qu'elle avait dit méritait d'être validé. Pour l'heure, il fallait enchaîner.

— Bien. La dernière fois, nous avons parlé des dix plaies de la burnerie. Mais lesquelles entachent réellement vos comportements ? C'est ce à quoi j'aimerais que vous réfléchissiez au fur et à mesure en vous auto-observant. Dans quelles circonstances ces traits de burnerie apparaissent-ils ? Y a-t-il des éléments déclencheurs ? C'est intéressant, de noter tout cela. C'est pourquoi je vous ai fabriqué un joli carnet, qui sera votre Burnobook. Chacun de vous en a un exemplaire sur sa tablette.

Les participants saisirent l'objet joliment façonné, à la couverture noire pelliculée sur laquelle avait été imprimé en lettres d'or le titre : «Burnobook». Romane s'était donné du mal pour la conception et la fabrication de ce carnet et elle espérait qu'ils y seraient sensibles.

— C'est très joli, réagit spontanément Nathalie.

Romane bénit intérieurement la jeune responsable de communication. Les compliments n'étaient pas si fréquents chez les personnes sujettes aux excès de burnerie, souvent peu habituées à donner des signes de reconnaissance… Mais Nathalie poursuivit.

— Alors moi, je voudrais savoir si ce n'est pas plutôt la burnerie des autres qui me pousse à avoir des comportements burnés. Je m'explique… Dans mon ancien travail…

Et la voilà partie à raconter en long, en large et en travers ses anecdotes de réunions où elle se montrait active et participative, amenant moult idées, offrant au groupe une énergie débordante… pour finalement être rejetée ! Elle ne comprenait pas. N'était-elle pas une perle dans une équipe ? Toujours à fond, toujours partante… Mais une fois qu'on avait été méchante et injuste avec elle, alors là, fini la gentillesse : œil pour œil, dent pour dent ! Elle sortait les griffes.

La jeune femme n'avait pas conscience de sa burnerie moi-je-iste et de sa panoplie de comportements exaspérants pour les autres : tendance à parler trop haut, trop fort, à monopoliser l'attention, à faire son intéressante, à en mettre plein la vue… Romane plongea ses yeux dans ceux de Nathalie. Des yeux pétillants qui trahissaient une propension à l'agitation. Une personnalité cent mille volts. *Attentiopathe* et *énergiphage*.

— Vous avez raison, Nathalie. La burnerie appelle la burnerie. Mais comme vous ne pouvez changer que vous, c'est en agissant sur vos propres travers burnés que vous changerez aussi votre rapport aux autres.

— Pouvez-vous être un peu plus précise ? exigea Bruno qui s'agaçait depuis un moment de l'attention accordée au « dossier Nathalie ».

— Prenons l'exemple de Nathalie. Nathalie, si vous réalisez peu à peu que, dans votre cas, il est important de laisser plus de place à l'autre dans la relation, si vous arrivez à ressentir les bénéfices d'être mieux à l'écoute et dans l'échange, si vous comprenez que *se mettre en valeur* ne veut pas forcément dire *se mettre en avant*, alors l'attitude de vos interlocuteurs va changer elle aussi, comprenez-vous ?

Nathalie poussa un bruyant soupir.

— Et comment y arrive-t-on, à tout ça ?

— En suivant ce programme jusqu'au bout. En me faisant confiance.

— Et justement, qu'allez-vous nous faire faire, concrètement ? s'impatienta Maximilien qui trépignait sur sa chaise.

Romane tressaillit en croisant son regard qui, aussi beau qu'il fût, ne laissait nulle place à l'indulgence. Elle ressentit dans sa question tout le poids de ses attentes, qui ne souffriraient pas d'être déçues.

La jeune femme mit discrètement une main sur son plexus pour calmer la tension qu'elle sentait poindre à cet endroit et respira un grand coup. Puis elle adressa à Maximilien un sourire qu'elle avait spécialement mis au point pour ce genre de circonstances et qui avait le don de désarmer ses interlocuteurs.

— Maximilien, vous avez raison. Commençons sans plus attendre une première technique essentielle pour vous amener à ajuster vos comportements : changer de « fréquence intérieure » ! Je m'explique : comme on choisit sa fréquence radio, vous allez, vous aussi, apprendre à établir un autre état intérieur empreint de paix, de bienveillance et de tolérance. Et vous verrez : les ondes que vous dégagerez seront telles que, comme par hasard, toutes vos relations s'en trouveront transformées. Si vous dégagez de l'agressivité, vous attirerez de l'agressivité. Mais si vous dégagez de l'amour, vous attirerez de l'amour… Moralité : devenez ce que vous voulez attirer à vous !

Les mots de Romane semblèrent avoir un certain impact auprès des participants.

— D'ailleurs, je vais vous prouver à quel point il est dans votre intérêt d'être attentif aux ondes que vous dégagez… Suivez-moi, je vais vous montrer quelque chose d'étonnant…

Romane sentit qu'elle avait réussi à interloquer son public. Le groupe la suivit à travers les couloirs de Sup' de Burnes jusqu'à une pièce qui indiquait « Zen Room ». À l'entrée, à droite de la porte, un indicateur lumineux renvoyait une lumière verte. La jeune femme se tourna vers le groupe pour expliquer.

— Quand la lumière est rouge, cela signifie que la salle est occupée et qu'il ne faut entrer sous aucun prétexte ! Mais là, nous pouvons y aller…

La porte s'ouvrit sur une étonnante salle, merveilleusement intrigante. Le mur du fond avait été transformé en fontaine zen et des spots diffusaient de douces couleurs qui changeaient en s'évanouissant l'une après l'autre. Au mur s'alignait une série de photographies en tirages numérotés.

— C'est imprimé sur de l'alu Dibond, fit remarquer Maximilien, en connaisseur.

Romane fut surprise par cette expertise inattendue, mais s'abstint de l'en complimenter. Maximilien avait déjà bien assez confiance en lui. Il scrutait les images, de splendides cristaux d'eau, certainement photographiés avec un puissant objectif macro, et semblait goûter la richesse de leurs formes et la saisissante diversité de leurs graphismes. Au moins, il est sensible au Beau, songea Romane. Au bas des images étaient inscrits des mots ou des bouts de phrases, tels que «Amour et gratitude», «Joie», «Je peux le faire»…

Sur un autre pan de mur, une bibliothèque au design audacieux, translucide et ronde, offrait aux regards une étrange et séduisante création artistique : des tubes remplis d'eau sur lesquels avaient été collés des mots calligraphiés en noir. «Paix». «Compassion». «Joie». «Merci». L'œuvre, mise en valeur par un rétroéclairage, frappait le regard tout autant qu'elle apaisait l'esprit. Mais Romane sentait son groupe perplexe quant à l'interprétation à donner à cette étrange exposition.

— Vous voici donc dans notre Zen Room. Vous vous demandez sans doute quelle signification donner à tout cela ? Mes explications vont vite vous éclairer !

— Il vaudrait mieux, en effet, lança Bruno.

Romane fit celle qui n'avait pas entendu et ne se départit pas de son sourire d'hôtesse des lieux.

— Pour créer cette salle, nous nous sommes inspirés de l'extraordinaire travail de monsieur Masaru Emoto.

© Groupe Eyrolles

Personne ne connaissait monsieur Emoto, pas même Maximilien. Romane poursuivit.

— Masaru Emoto, éminent professeur de médecine alternative à l'université de Yokohama, a réussi à mettre au point avec son équipe une méthode d'observation des cristaux d'eau gelés par la photographie. Ce sont des reproductions de ses œuvres que vous voyez au mur. Eh bien, figurez-vous que Masaru Emoto a pu mettre en évidence l'impact des vibrations sur la structure des cristaux d'eau. Mais il a aussi montré que l'eau réagit avec une très grande sensibilité à l'énergie émise par des paroles, des images, de la musique et même des pensées !

— C'est dingue, ce truc ! réagit Nathalie dont la voix résonna dans toute la pièce.

Quelques « Chuuuut » impatients fusèrent du groupe. Romane reprit.

— D'ailleurs, bien avant lui, les travaux d'Albert Einstein et de Thomas Edison avaient déjà mis ce point en évidence : lorsque le cerveau émet une fréquence, la matière autour de lui en est affectée. Vous allez bientôt comprendre où je veux en venir… Observez les cristaux d'eau en photo autour de vous. Ils ont tous été exposés à des mots positifs. Et ils forment de merveilleux dessins. Je vous montrerai dans les livres de Masaru Emoto le phénomène inverse, c'est-à-dire des cristaux exposés à des mots ou des pensées négatives comme « Haine », « Je n'y arriverai pas », « Désespoir », « Épuisement », « Stupide », et vous verrez à quel point c'est fascinant : la forme des cristaux est alors déstructurée, incomplète, hideuse…

— Et quel rapport avec nous, humains, et avec l'histoire de fréquence intérieure dont vous parliez tout à l'heure ? intervint Bruno, pressé de comprendre et visiblement mal à l'aise face à cette théorie que son esprit cartésien avait du mal à accueillir.

— Le rapport, Bruno, va vous paraître évident : quand on sait qu'environ 70 % de notre planète est recouverte d'eau, que notre corps adulte se compose lui aussi de plus de 70 % d'eau, et qu'on discerne l'impact des vibrations que l'on émet sur la structure des cellules qui nous composent… Plus la peine de vous faire un dessin ! Voilà pourquoi le travail de Masaru Emoto nous semble être une belle invitation à prendre conscience de la qualité des mots que nous émettons, des vibrations que nous dégageons, et même de nos pensées ! Chaque jour, en veillant à prononcer des mots positifs et à vous mettre dans un état d'esprit résolument serein et bienveillant, non seulement vous vous transformerez de l'intérieur, mais vous transformerez aussi la vie des personnes qui vous entourent…

— Et comment il a fait, ce monsieur Emoto, pour réussir à prendre en photo ces molécules d'eau ?

— Bonne question, Émilie. Eh bien, il expose des gouttes d'eau à des mots ou des sons, puis il les dépose dans des boîtes de Petri (ces petites boîtes rondes qu'on trouve dans les laboratoires), et les congèle à −25 °C.

Romane remarqua la distraction de Maximilien qui consultait discrètement son smartphone. Agacée, elle poursuivit néanmoins.

— Trois heures plus tard, les cristaux peuvent être observés au microscope et photographiés rapidement (sous peine de fondre) dans un laboratoire maintenu à −5 °C. Extraordinaire… N'est-ce pas, Maximilien ?

Maximilien sursauta et, vaguement embarrassé, acquiesça tout en glissant son téléphone dans sa poche.

— Et finalement, à quoi vous sert cette pièce ? s'enquit-il pour donner le change.

— Comme son nom l'indique, notre Zen Room est un lieu que nous mettons à la disposition de nos participants pour qu'ils puissent venir s'y détendre et s'initier aux bienfaits du calme et de la méditation. Pour ne pas être dérangé, il vous suffit d'appuyer sur ce bouton, montra Romane. À l'extérieur, le voyant rouge s'allumera.

— Oh oh ! Voilà un dispositif très pratique qui donne envie d'utiliser la Zen Room pour des raisons beaucoup moins zen !

Le sous-entendu de Maximilien fit rire le groupe, mais beaucoup moins Romane. Elle s'en voulut de ne rien trouver d'intelligent à rétorquer. Parfois, malheureusement plus souvent qu'elle ne le souhaitait, le trouble lui enlevait son esprit d'à-propos. Elle quitta la pièce contrariée, en songeant qu'à cet instant, ses cristaux d'eau intérieurs devaient être tout brouillés…

10

QUELQUES JOURS PLUS TARD, Romane eut la surprise de voir arriver Émilie à Sup' de Burnes, bien en avance sur le début de la séance. Elle devina, face aux yeux cernés et légèrement rougis de sa stagiaire, que cela n'allait pas fort.

— Bonjour, Émilie, comment allez-vous ? Vous vouliez me parler ?

— Bonjour, Romane. Oui, j'aimerais m'entretenir quelques instants avec vous, si vous avez le temps…

— Venez. Allons-nous mettre dans une salle au calme.

Émilie la suivit dans les couloirs, la posture légèrement voûtée, comme écrasée sous le poids d'un chagrin trop grand.

— Asseyez-vous, dit gentiment Romane.

Puis la jeune femme l'amena doucement à se confier, avec beaucoup de tact et de pudeur. Le visage d'Émilie se décomposait tandis qu'elle faisait tomber son masque de femme forte et Romane vit ses lèvres trembler, comme si elle était sur le point de pleurer.

— J'ai reçu tout à l'heure un appel de l'inspecteur Denis Bernard. Ils ont retrouvé Thomas, mon fils…

— Ah, excellente nouvelle ! s'exclama Romane, qui du coup ne comprenait pas la tête d'enterrement d'Émilie.

— C'est son oncle qui l'a recueilli et couvert depuis deux mois… Deux mois, vous vous rendez compte !

— Mmm. Je comprends… Mais si vous savez où il est, les choses vont s'arranger !

Le visage d'Émilie s'anima violemment.

— Rien ne va s'arranger ! Vous ne comprenez pas ! Il refuse catégoriquement de revenir à la maison ! Il ne veut même pas… me parler !

Les sanglots menaçaient sérieusement.

— Pleurez, si ça vous fait du bien…

— Pleurer ne fera pas revenir mon fils !

— Mais cela vous soulagera le cœur. Ce n'est déjà pas si mal.

Émilie s'autorisa enfin quelques larmes, encouragée par la gentillesse de Romane qui posa sa main sur son avant-bras en signe de soutien.

— Tout ça, c'est de ma faute ! Je voyais pour lui un avenir si brillant ! J'ai voulu l'obliger à suivre la même voie que moi, à suivre des études prestigieuses, et je n'ai pas su voir sa nature profonde…

— Et quelle est sa nature profonde ?

— Il veut être… cuisinier ! Vous vous rendez compte du scandale dans la famille ?

— Et qu'y a-t-il de si scandaleux là-dedans ?

— On voit bien que vous ne connaissez pas notre clan…

— S'il en va de l'équilibre de votre fils, je suis sûre qu'à la longue, tout le monde se fera à l'idée…

— Je ne sais pas… J'en doute.

— Pour l'heure, vous douteriez de n'importe quoi, sourit gentiment Romane.

— Et comment voulez-vous que je ne doute pas, quand je reçois ça !

Émilie donna une violente claque sur le papier qu'elle tenait entre ses mains. Puis elle le tendit à Romane pour qu'elle le lise. C'était une lettre de Thomas.

Maman,

Non, je ne reviendrai pas. Je ne peux plus supporter que tu essayes de diriger ma vie, que tu m'imposes des choix qui ne sont pas les miens. On n'est pas fabriqués pareil. Pourquoi veux-tu m'obliger à te ressembler ? Quand est-ce que tu vas enfin arrêter de vouloir tout contrôler et surtout me contrôler, moi ? Mais tu n'en as rien à faire de qui je suis, de ce qui me rendra heureux ! C'est fini, maman. Je reprends ma vie en main. Je ne te laisserai pas la foutre en l'air pour satisfaire ton petit ego de bourgeoise des familles. Tu veux que je rentre dans ton moule. Mais moi, je n'ai jamais eu envie de ressembler à ça ! Je veux être libre !

Rassure-toi, je vais bien. J'ai tout ce qu'il me faut. Je ne rentrerai pas à la maison… J'espère que tu comprendras. Et puis, si tu ne comprends pas, c'est pareil. Salut.

Thomas.

Romane releva la tête vers le visage blême d'Émilie et comprit sa détresse.

— Pourquoi m'impose-t-il ça ? Moi qui n'ai jamais voulu que son bien ?

C'était précisément le problème, avec la burnerie pour-ton-bien. Les personnes y étant sujettes adoptent trop souvent des comportements qui, sous couvert de bonnes intentions, les conduisent à imposer leur vision, à user de leur influence pour faire passer leur point de vue, considéré comme le seul valable. Et comment se protéger de gens qui vous veulent tellement de bien ? Ils jurent agir dans votre intérêt, persuadés d'être dans le vrai, et font alors tout pour que vous vous conformiez à leurs attentes. Quitte à faire rentrer les carrés dans des ronds sans se rendre compte que finalement, vouloir à tout prix le bien de quelqu'un finit par faire plus de mal…

C'était certainement ce qu'Émilie était en train de réaliser et les mots de son fils devaient lui lapider le cœur.

— Calmez-vous, Émilie. Votre fils parle sous le coup de la colère. Vous devez entendre sa détresse derrière la brutalité des mots. Quand on en arrive à ne plus savoir comment dire les choses, on ne peut plus communiquer autrement qu'avec agressivité...

— Mais alors, qu'est-ce qu'on va devenir ?

— D'abord, vous allez laisser un petit peu de temps au temps. Vous allez suivre tranquillement le programme qui va vous permettre de mieux comprendre le pourquoi du comment. Et après, faites-moi confiance, les choses vont se remettre dans l'ordre.

Romane sentit que ses paroles faisaient mouche. Émilie avait un peu retrouvé son calme et la jeune femme lut dans ses yeux une lueur de détermination : pour sûr, cette maman se battrait pour reconquérir la confiance de son fils. Elle espérait simplement que le parcours ne serait pas trop semé d'embûches...

11

Romane se gara prestement et mémorisa d'un coup d'œil son numéro de place. Elle se saisit dans son coffre d'un sac à dos chargé de matériel et gagna rapidement la sortie du parking. Elle avait donné rendez-vous à son groupe dans un lieu qu'elle affectionnait particulièrement : la Cité des sciences, à la Villette, aux portes de Paris. Elle aimait la vocation de ce site : rendre accessible à chacun, quel que soit son bagage, la découverte de la culture scientifique et technique. La jeune femme se réjouissait du programme qu'elle avait préparé pour ses participants. Elle les apercevait déjà, piétinant à l'entrée. Étaient-ils tous là ? Elle guettait les visages. Enfin, un surtout… Un pincement au cœur lui indiqua la réponse. Elle serra machinalement son sac plus fort contre son ventre, comme pour se donner du cran.

— Bonjour à tous, lança-t-elle joyeusement, donnant le change sur son invisible trac. Vous allez bien ? Prêts pour une nouvelle séance ?

— Où allons-nous ? demanda Bruno avec méfiance.

— Surprise ! Suivez-moi !

— Jusqu'au bout du monde ! lança Maximilien, mi-railleur, mi-séducteur.

Rêvait-elle ou essayait-il de lui faire son numéro de charme ? *À d'autres !* Les petits jeux burnés, elle était immunisée… Ou presque. À une époque de sa vie, avant son mariage avec Peter Gardener, elle avait été un vrai aimant d'hommes à burnerie !

S'il y en avait un à cent mètres à la ronde, c'était pour elle ! Elle connaissait tous leurs petits travers burnés et les voyait venir de loin… C'était son ambivalence : elle avait choisi de consacrer sa vie à la déburnerie comportementale mais finissait toujours invariablement par être attirée par des profils burnés. À croire qu'elle aimait la rugosité de leur caractère et le sel de leur tempérament. Lorsqu'elle avait fini par suivre la raison et épouser un homme comme Peter Gardener, dépourvu de toute burnerie, doux, gentil et patient, elle s'était rapidement ennuyée à mourir et s'étiolait dans la relation. Pourtant, Peter incarnait l'homme idéal ! Mais avec lui, elle ne vibrait pas. Le cœur a ses raisons… Elle s'en était beaucoup voulu et encore aujourd'hui se demandait parfois si elle n'était pas passée à côté du couple parfait.

Mais pourquoi ces réflexions l'assaillaient-elles au moment même où elle marchait aux côtés de Maximilien ? Un coup d'œil dans sa direction lui offrit la réponse : un magnétisme pareil ne pouvait pas laisser indifférent. Pourtant, Maximilien Vogue ne cessait de l'irriter depuis le début ! Elle aurait dû avoir envie de se tenir à distance mais ressentait au contraire une forte attraction difficile à ignorer. Romane s'expliquait mal ce paradoxe. Quelque chose la poussait irrémédiablement à se mesurer à lui, à le pousser dans ses retranchements… Peut-être pour remporter la partie ? Mais quelle partie ? Romane songea qu'il serait bien plus prudent d'écouter le signal d'alarme qui résonnait dans sa tête : *attention, danger, garder ses distances, sous peine de…* Elle ne connaissait que trop bien le risque de s'intéresser de trop près à un profil burné… Âmes sensibles, s'abstenir. Ou alors, prévoir une bonne armure. C'est donc avec un bouclier virtuel et un détachement de rigueur que Romane s'approcha de Maximilien pour revenir à la charge concernant l'exercice des mentors. Il n'allait pas s'en tirer avec une pirouette.

— Alors, ces mentors ? Vous avez pensé à les ramener, j'espère ?

— Oui. Enfin, pas là. Je n'allais pas me charger pendant la visite, non ?

Toujours réponse à tout, hein ? Romane camouflait mal son agacement. Il n'y avait aucune raison pour que Maximilien ne soit pas logé à la même enseigne que les autres, elle mettait un point d'honneur à ce qu'il remplisse son engagement. C'est lui qui plierait. Elle ne céderait pas.

Elle émit un ultimatum.

— Maximilien, je suis très sérieuse : vous devez sans faute m'amener ce travail la prochaine fois, d'accord ? Sinon…

— Sinon la porte, j'ai bien compris, lui sourit-il d'une façon désarmante.

Comment une seule et même personne pouvait-elle à la fois vous exaspérer et vous émouvoir ? Romane avait conscience de se mettre une grosse pression pour faire rentrer Maximilien Vogue dans le rang ! Il était hors de question qu'elle le laisse participer au programme à sa guise, comme bon lui chante. Elle devait réussir à dompter ses réticences et faire cesser ses provocations. Ces incartades étaient autant de bâtons dans les roues de son évolution, devenue un défi personnel pour Romane. Elle n'échouerait pas, songea-t-elle tandis qu'elle continuait à marcher aux côtés de Maximilien.

Des liens commençaient à se créer entre les participants. Contre toute attente, Émilie et Patrick, malgré leur différence de milieu social, s'étaient rapprochés. Émilie l'aristocrate et Patrick, simple employé de l'administration. Ils se trouvaient des affinités dans la couleur de leur souffrance. L'un comme l'autre n'avaient-ils pas vu un être cher partir pour fuir leur comportement ? Patrick et Émilie se confiaient à voix basse, dans la tonalité sourde des confessions pudiques, lui sur sa femme, elle sur son fils…

Bruno avait du mal à en placer une aux côtés de la volubile Nathalie, intarissable sur les petits drames de la vie de bureau et la souffrance qu'elle y avait connue. Bruno semblait subir cette conversation, qui devait lui rappeler ce qu'il vivait à longueur d'année avec son équipe de femmes. *N'arrêtent-elles donc jamais de se plaindre ?* semblait dire son visage crispé.

Romane les observait, notant mentalement tout ce qu'elle aurait à leur transmettre pour faire évoluer leur façon d'être et de percevoir les choses...

Et c'est accompagnée de cette drôle de troupe qu'elle gagna le niveau 2, celui du planétarium.

— Qu'est-ce qu'on fait là ? maugréa Bruno, assez mal luné.

— Vous allez assister à une projection sur les mystères de l'univers, dit Romane. Puis je vous convierai à un atelier thématique juste après. Allez-y, entrez, prenez place...

La salle était déjà bien remplie. Il ne restait plus qu'une rangée de libre, où s'installa le groupe. Romane alla saluer le projectionniste et médiateur scientifique qu'elle connaissait bien en coulisses. Quand elle revint dans la salle, il ne restait plus qu'un siège disponible. À côté de Maximilien Vogue.

En essayant de caser à ses pieds son énorme sac à dos, Romane fit maladroitement tomber le manteau et l'écharpe de Maximilien. Elle s'empêtra et eut soudain très chaud quand il se pencha pour l'aider à ramasser ses affaires.

— Désolée... bafouilla-t-elle.

— Pas de souci.

Alors qu'il ramenait ses affaires auprès de lui, les mains de Maximilien frôlèrent celles de Romane. La jeune femme tressaillit. Elle ne pensait pas qu'un manteau pouvait contenir autant d'électricité... Elle s'enfonça dans son siège sans plus le regarder et se laissa envelopper par le noir du planétarium, en prenant soin de laisser un vide intersidéral entre leurs deux fauteuils.

Le film commença et, sous leurs yeux, l'univers se mit à révéler quelques-uns de ses visages. Romane avait beau être venue à de multiples reprises, elle n'en demeurait pas moins éblouie à chaque fois. La magie de cet écran de projection en forme de voûte opérait à merveille. Face à un tel spectacle, elle retrouvait son âme d'enfant et ses yeux brillaient comme ceux d'une petite fille. Bien calée dans son fauteuil, elle savourait la présentation. Le médiateur expliquait que la galaxie pouvait compter entre 100 et 200 milliards d'étoiles, et que l'univers pouvait potentiellement compter quelque 100 milliards de galaxies… N'était-ce pas vertigineux ? De quoi se sentir très petit… C'était précisément ce que Romane voulait que les membres de son groupe ressentent : une mise en abyme électrochoc pour reconsidérer leur place dans le monde. Ces fascinantes images à 360° auraient-elles l'impact escompté ?

Néanmoins, les regards furtifs que Maximilien lui jeta tout au long de la séance lui mirent les nerfs à vif et Romane poussa un soupir de soulagement quand la lumière revint. Branle-bas de combat des écharpes et couvre-chefs, petite bousculade vers la sortie, étirements des membres engourdis, premiers échanges d'impressions. Visiblement, le groupe avait apprécié l'immersion galactique.

Romane leur indiqua l'emplacement de la salle qu'on avait mise à leur disposition pour l'atelier et proposa de se retrouver vingt minutes plus tard, après une pause-café. Personne ne se fit prier.

12

MAXIMILIEN ACCOMPAGNA le groupe au niveau −1 où se trouvait la cafétéria. Il mourait d'envie de boire un café. La projection, à vrai dire, ne l'avait guère passionné ; en revanche, la proximité de Romane l'avait davantage diverti. Il l'avait sentie... agitée, à ses côtés ! Lui-même avait eu un peu de mal à se concentrer sur la séance. Une fois plongé dans le noir, le défilé des planètes l'avait laissé de marbre comparé au croisé et décroisé de jambes de Romane, qui n'avait cessé de gigoter. D'ailleurs, plutôt que de s'intéresser à sa place dans l'univers, ce qui n'aurait manqué d'ouvrir une brèche à d'assommantes questions existentielles, il avait trouvé beaucoup plus distrayant d'essayer de deviner quel type de sous-vêtements Romane portait sous sa jupe un peu trop courte pour ce contexte professionnel. Et au moment où leurs mains s'étaient frôlées, il aurait juré sentir un trouble. L'agaçait-il ou la séduisait-il ? Il n'aurait su le dire. Mais cela donnait de l'attrait à ce programme qui le laissait quant à lui encore sur la réserve.

Au comptoir de la cafétéria, le groupe s'abattit sur la pauvre serveuse avec une déferlante de commandes. Force était de reconnaître les penchants burnés de ses acolytes qui parlaient fort, faisaient de grands gestes, hésitaient, changeaient d'avis. Maximilien jeta un regard désapprobateur à Patrick, qui avait commandé trois pains au chocolat, ce qui n'allait sûrement pas arranger sa ligne. Sa bedaine trahissait un manque de volonté et de discipline dont Maximilien avait horreur. Comment pouvait-on se laisser aller comme ça ?

— L'appétit va, à ce que je vois… ne put-il s'empêcher de lui lancer.

Le haussement d'épaules de Patrick lui répondit un « de quoi je me mêle » bien senti.

— Faut bien nourrir son homme, je ne suis pas une minette de magazines, moi ! Dites-moi, vous l'avez mis où, votre pingouin ?

— Mon quoi ?

— Ben, votre pingouin. Votre homme à tout faire, là, qui vous suit partout ? ricana Patrick.

— Très drôle.

Ce gars est pathétique.

— Et dites-moi, ce n'est pas trop dur d'avoir comme ça tout le temps une nounou sur son dos ?

Patrick ricana et donna une lourde tape dans le dos de Maximilien.

— C'est de l'humouuuuuuuuuuur !

Puis il s'éloigna, en enfournant à pleine bouche l'une de ses viennoiseries.

Bonjour le niveau, grommela Maximilien, dont c'était le tour de passer commande.

— Un double café, s'il vous plaît.

La jeune femme, qui semblait débuter dans ses fonctions, affichait un stress de niveau dix derrière sa caisse. Malgré lui, Maximilien en rajouta une couche :

— Non. Pas de sucre raffiné. Du stevia. Deux dosettes. Et allongé, le café, s'il vous plaît, ordonna-t-il avec son sens de l'autorité naturel. Vous avez oublié la petite cuillère…

Les autres donnèrent leurs ordres avec le même aplomb. Comme Maximilien s'y attendait, la serveuse perdit ses moyens face à un tel condensé de burnerie. Elle se trompait dans les commandes et chacun de ses gestes prenait un temps fou.

— Ce qu'elle est lente, souffla Bruno. Puis il se pencha vers Maximilien, en mode confidence. Vous devez connaître ça, vous aussi, qui êtes manager. Vous avez remarqué, non ? Les femmes au travail, au premier coup de chauffe, elles perdent leurs moyens, ya plus personne, pas vrai ? Puis après, elles vous font leur crise de Calgon, se mettent à pleurer, ou quoi ou qu'est-ce, et vous collent un arrêt maladie pour un oui ou pour un non… Et qui c'est qui trinque ? Le boss, comme toujours… Elles vous font ça aussi, dans vos équipes ?

Maximilien resta pantois. *Sympathique, sa vision de la femme…* Que répondre à ça ?

— Euh, non. Moi, ça ne se passe pas vraiment comme ça… Mais j'imagine que ça peut arriver… Ah ! Votre boisson est prête !

Mieux valait couper court à cette conversation qui pourrait l'entraîner sur un terrain glissant. Et pourquoi chercher à convaincre quelqu'un comme lui ? Ce n'était pas son affaire…

— Allez ! Dépêchons-nous, on va être en retard…

Maximilien sursauta. Il avait horreur qu'on lui parle sur ce ton. Mais visiblement, Émilie-la-châtelaine s'était autoproclamée gardienne du temps et s'était mis en tête de rameuter les troupes comme une cheftaine scoute. *Si on échappe aux rangs par deux, on aura de la chance…*

Tous les cinq se hâtèrent donc vers la salle de réunion.

Romane avait laissé la porte de la salle ouverte. Visiblement, elle avait profité de leur absence pour préparer son atelier dans le calme. Nathalie lui remit au nom du groupe un thé et une viennoiserie, ce qui la fit sourire.

Maximilien allait s'asseoir quand Patrick lui piqua sa chaise sous le nez en lui lançant un «Vous permettez ?» qui justement se permettait tout. Il était clair qu'ils ne pouvaient pas se sentir. L'idée d'avoir à gérer les mauvaises ondes de Patrick-bedon fit soupirer Maximilien, qui s'installa à l'autre bout de la salle et commença à observer le matériel disposé sur la table : des baguettes en bois, des boules en polystyrène de toutes tailles, des tubes de colle, des feutres… Leur première séance avec le jeu d'énigme les avait renvoyés à l'école primaire. Et voilà qu'aujourd'hui ils allaient revenir à la maternelle avec des travaux manuels… De mieux en mieux.

Sous le regard interrogateur de ses participants, Romane prit alors la parole.

— Aujourd'hui, j'ai eu envie de vous amener dans ce lieu et de vous proposer cette projection très symbolique sur votre place dans l'univers. Par rapport à votre démarche personnelle, cette mise en abyme m'a semblé intéressante. Je m'explique : quand on a développé certains travers burnés, on a tendance à être autocentré, à se croire le centre du monde. Le film que vous avez vu au planétarium vous invite à garder en mémoire notre petitesse : nous sommes d'infimes petits points qui s'agitent dans l'infiniment grand… Et qui, finalement, ne sont guère plus que de la poussière d'étoiles ! Cela aide à rester humble, n'est-ce pas ?

Les membres du groupe intégraient ses paroles en silence. Allait-elle maintenant les mettre en génuflexion pour leur faire ressentir ce qu'était l'humilité ? *Elle en serait bien capable,* se dit Maximilien, un brin sarcastique.

Quelqu'un frappa à la porte.

— Oui, entrez.

— Madame Gardener ? Voici la mappemonde que vous avez demandée.

— Ah, très bien, merci.

L'employé posa l'objet sur la table et s'éclipsa sans mot dire.

© Groupe Eyrolles

Romane fit tourner le globe terrestre de sa main longue et fine, puis prit une voix radiogénique, sans doute pour mieux capter leur intérêt.

— Le monde. Votre monde. N'est pas le même que celui de votre voisin. Vous devez prendre conscience que chacun perçoit le monde de son point de vue. Or, croire que son point de vue est le meilleur conduit à bien des problèmes de communication et d'entente avec les autres. Pour élargir votre vision du monde, il vous faut changer de point de vue, vous décentrer, changer de place et de perspective… Mais avant cela, il est important de vous le représenter, votre monde ! C'est ce que je vous propose de faire maintenant, avec cet exercice que j'ai appelé « Mon monde dans le monde ».

Romane s'approcha alors des petits objets étalés sur la table pour en expliquer l'usage.

— Avec les boules de polystyrène mises à votre disposition, vous allez créer une maquette qui sera la représentation symbolique de votre univers personnel. Par exemple, au centre, la plus grosse boule vous représentera. Parce que pour l'instant, dans votre système actuel, vous êtes au centre. Puis, comme dans un système solaire, vous placerez d'autres personnes comme si elles étaient des planètes : plus ou moins grosses, plus ou moins éloignées de vous, selon leur importance dans votre vie. Vous marquerez au feutre le prénom de ces personnes sur la boule de polystyrène. À vous de relier ces planètes avec les baguettes en bois. Je vous laisse une heure. Bonne création !

Les participants s'avancèrent vers le matériel pour faire leur marché, non sans afficher une certaine perplexité. Maximilien, lui, ne cherchait même pas à cacher son air carrément dubitatif. Les uns et les autres manipulaient les boules de polystyrène, les regardaient, les faisaient tournoyer, encore incertains de la façon dont ils allaient les utiliser. Quelqu'un pouffa dans un coin. Patrick n'avait pu s'empêcher d'exploiter deux boules et une baguette pour créer sur la table un dessin sans équivoque. La taille de son ventre ne semblait pas proportionnelle à celle de son cerveau…

— S'il vous plaît, un peu de concentration, merci! L'exercice n'est pas si facile et demande pas mal d'introspection. Je vous conseille même de faire quelques croquis de vos idées sur un papier brouillon.

Romane fit passer des feuilles blanches et des crayons à papier. Le groupe finit par s'immerger dans l'exercice, à en juger par le silence qui s'était enfin installé. Maximilien tripotait les boules de polystyrène et préférait rêvasser plutôt que de réellement chercher une idée. Il leva les yeux vers Romane et la regarda siroter discrètement son thé et croquer une bouchée de viennoiserie. Elle essuyait une miette au coin de sa bouche lorsqu'elle prit conscience qu'il l'observait. Elle fronça les sourcils et rangea vite le reste du croissant dans son papier, sous son regard amusé. Puis elle commença son tour de table en passant voir les participants un à un. Elle expliqua que l'exercice était beaucoup moins anodin qu'il n'y paraissait et faisait rapidement apparaître les dysfonctionnements, incohérences, déséquilibres relationnels d'un plan de vie. Ce qui pouvait provoquer certaines réactions émotionnelles, plus ou moins fortes.

Maximilien, lui, ne ressentait rien de spécial et s'étonnait de voir d'autres participants être gagnés par l'émotion. Comment pouvait-on se laisser aller ainsi, sans pudeur, devant des inconnus? À commencer par Émilie-la-châtelaine. Elle avait placé une boule au nom de son fils Thomas, presque collée à la sienne. Pas de distance. Pas d'air. Émilie devait être en train de réaliser qu'elle avait tout fait pour garder le contrôle sur son fils… Elle levait ses yeux embués vers Romane, en quête de réconfort. *Ne fait-elle pas un peu pitié?* jugea Maximilien, acide.

— C'est très bien, Émilie, encouragea Romane. N'hésitez pas à noter aussi toutes les émotions qui vous viennent. Bravo, continuez!

Que de sucre, songea Maximilien. *On se croirait au pays des Bisounours !*

Romane se rendit ensuite auprès de Patrick, qui avait créé quasiment le même schéma qu'Émilie, avec sa femme placée au centre de son univers. Ses deux enfants gravitaient beaucoup plus loin et étaient beaucoup plus petits. Prendre ainsi conscience de l'extrême importance qu'avait pour lui son épouse semblait l'émouvoir au plus haut point. Patrick-bedon avait-il donc un cœur ? Maximilien imaginait sans peine la question qui devait tarauder l'esprit de cet homme : comment avait-il pu traiter aussi mal une personne qu'il aimait autant ? Évidemment, ça rigolait moins que tout à l'heure…

Romane vint ensuite regarder la composition de Bruno-Mister Robot, qui ressemblait fort à un univers autarcique : une très grosse boule centrale le représentant et, beaucoup plus loin, une dizaine de petites boules anonymes, sans doute les femmes de son équipe, dont il n'avait pas jugé nécessaire de noter les prénoms.

— Eh bien, Bruno ? Vous n'avez marqué aucun nom ?

Mister Robot haussa les épaules.

— Pas la peine, ce sont des gens du bureau… Qui ne comptent pas vraiment dans ma vie.

— Mais vous avez bien de la famille, par ailleurs ? Des parents ?

— Ils sont morts.

Froid. Maximilien écoutait l'échange, qui l'intéressait plus que de se casser la tête avec sa propre maquette.

— Et des amis ?

— Pas l'temps.

— Enfin, il n'y a vraiment personne, personne ? insistait Romane.

Au bout de longues minutes, une nouvelle boule fit son apparition dans la constellation. Astrée, expliqua-t-il, une tante qu'il n'avait pas revue depuis des lustres. Astrée, qui lui confectionnait toujours des pâtisseries quand il allait chez elle, enfant, pendant que sa mère disparaissait pendant de longues heures pour des occupations qu'elle ne jugeait pas bon de partager avec lui.

— Je ne sais pas pourquoi je l'ai tant délaissée, confessa Bruno à mi-voix. Elle était toujours si gentille avec moi.

On va pleurer! songea Maximilien, mi-goguenard, mi-touché.

— Cette tante Astrée, c'est un peu votre madeleine de Proust. Elle ramène à votre mémoire le parfum de l'enfance et le goût de l'insouciance. Des souvenirs avec des petits morceaux de bonheur dedans. C'est formidable, ça, Bruno! Capitalisez là-dessus, c'est excellent! encouragea Romane.

L'expression du visage de Bruno s'en trouva transformée. Plus lisse, plus douce… Malgré son scepticisme, Maximilien dut bien reconnaître que Romane savait y faire, et se demanda comment elle allait s'y prendre avec la participante suivante.

La composition de Nathalie ressemblait beaucoup à celle de Bruno: une grosse boule centrale et quelques petites boules anonymes alentour. La gorge serrée, Nathalie s'expliqua en quelques mots. D'une manière que Maximilien jugea très impudique, elle confessa qu'elle avait sans doute laissé peu de place aux autres dans son univers. Pas mariée, pas d'enfants. Un cercle familial qu'elle avait tenu à distance. Des collègues dont elle ne s'était que peu souciée. Des amis qui lui avaient reproché sa burnerie moi-je-iste et qu'elle avait perdus en cours de route. Sa façon de toujours vouloir accaparer l'attention finissait par être étouffante et ne laissait pas la place aux autres pour exister. Quant à sa vie sentimentale: une catastrophe. Bien sûr, avec son physique, elle plaisait au début. Mais elle faisait aussi peur aux hommes, avec son caractère trop fort, ses sentiments envahissants, ses comportements excessifs… *Il faut toujours qu'il n'y en ait que pour toi*, lui avait-on souvent reproché. Alors, de fil en aiguille, elle avait fait le vide autour d'elle. Un schéma familier, songea Maximilien. Mais pour l'heure, il n'avait aucune envie de se laisser surprendre par un effet miroir. Nathalie, elle, subissait de plein fouet l'impact de l'exercice et maintenant qu'elle prenait conscience de toutes ces choses, la boule de polystyrène semblait s'être logée au fond de sa gorge… Romane mit la main sur son épaule en signe de soutien et lui parla avec beaucoup de douceur. Ferait-elle de même avec lui, maintenant que son tour était venu ? Vu le peu d'efforts qu'il avait fourni, Maximilien en doutait fort.

À présent, Romane scrutait sa composition, sans comprendre.

— Mais qu'est-ce que… Qu'est-ce que c'est que ça, Maximilien ? On dirait… Une brochette !

L'homme d'affaires avait en effet distraitement embroché plusieurs boules de polystyrène sur une même baguette de bois. Avec une certaine mauvaise foi, il répondit avec aplomb.

— Je n'avais pas d'idées.

Maximilien était certain que Romane fulminait intérieurement et qu'elle était en train de rassembler tout ce qu'elle avait de professionnalisme pour ne pas exploser devant lui. Dans cette colère contenue, il la trouva charmante. Néanmoins, il se crispa au son de sa voix cinglante.

— Venant de vous, ça me paraît très surprenant.

Son ton sec cachait mal son irritation et sa déception.

— Oh ! Je dois prendre ça pour un compliment ? susurra-t-il.

Il adorait jouer avec elle. Romane mit les mains sur les hanches, visiblement prête à lui faire une remontrance, puis sembla se reprendre. Ses hanches basculèrent dans une posture encore plus féminine, et ses yeux se plissèrent d'une manière féline pour riposter. *Ma parole!* se dit Maximilien. *Se lancerait-elle dans un petit bras de fer avec moi?*

— Dommage! Moi qui étais sûre que vous alliez être capable de m'étonner...

Puis elle se pencha vers lui pour lui dire à mi-voix:

— Dans mon programme, ceux qui ne rentrent pas dans le jeu finissent souvent perdants. Et c'est drôle, mais... je ne vous imaginais pas comme un perdant!

Et tac! Maximilien n'en revenait pas qu'elle ose lui parler comme ça. Essayait-elle de le prendre, lui, à son propre jeu? Mais son audace n'était pas pour lui déplaire, même s'il n'aimait pas se sentir piqué au vif.

— Je vous laisse retravailler, dit-elle en s'éloignant nonchalamment.

Maximilien la suivit des yeux, agacé d'être agacé.

Les uns et les autres avaient sorti leur smartphone pour prendre leur travail en photo.

— Je vous félicite tous. Je sais que ce n'est pas toujours facile de réaliser à quoi ressemble votre univers, la place que vous avez et celle que vous donnez aux autres. Mais le jeu en vaut la chandelle! Cet exercice était une première étape dans votre prise de conscience. Maintenant, je vous propose d'aller encore plus loin avec mon expérience du «Troc-fauteuil»...

Bon sang, qu'allait-elle chercher? s'inquiéta Maximilien.

— Du quoi? s'exclama Patrick qui devait détester se frotter à ce qu'il ne connaissait pas.

— Du Troc-fauteuil! L'idée est simple: il s'agit de passer une journée dans la peau d'une personne de votre entourage, pour mieux comprendre son point de vue et ce qu'elle a pu vivre à cause de vos excès de burnerie! Un panorama ultra-bénéfique pour votre cheminement personnel...

Un blanc s'abattit sur l'assistance embarrassée. Maximilien faisait mine de ne pas écouter et continuait sa composition en polystyrène. Romane le rappela à l'ordre et il leva enfin le nez.

— Alors ? Qui serait tenté ?

Les participants se regardèrent tous en chiens de faïence ; personne ne semblait très pressé de s'engager dans ce changement de peau peu confortable. Le regard de Romane les mettait au défi. Émilie-la-châtelaine fut la première à se porter volontaire. Pour prouver à son fils qu'elle pouvait changer, elle était prête à tout. Le jeu des ego fit le reste : d'autres participants levèrent la main pour montrer qu'eux non plus n'avaient pas peur d'en découdre ! Seuls lui et Bruno ne s'étaient pas portés volontaires.

Romane les fixa, espérant sans doute un revirement. Mister Robot restait campé dans une attitude réfractaire. Il la foudroyait même du regard. Voilà qui promettait sans doute à Romane une houleuse confrontation tout à l'heure… Puis les yeux de la jeune femme accrochèrent ceux de Maximilien. Trois battements de cils. Il ne se reconnut pas. Était-ce bien lui qui levait cette main comme un serpent sous le joug de son charmeur ? Qu'est-ce qui avait bien pu le pousser à se porter volontaire d'un jeu de rôle qui paraissait aussi idiot ? À croire que Romane avait réussi à piquer au vif son orgueil mâle. Il ne voulait pas qu'elle croie qu'il se défile, qu'il ait peur, ou quelque chose de ce goût-là…

Le petit air satisfait de Romane l'agaça. Maximilien sentait que quelque chose dans la situation lui échappait, et il n'aimait pas ça. Romane passa l'heure suivante à expliquer comment allaient se dérouler les opérations. Elle étala sur la table du matériel qui ressemblait fort à une panoplie d'espionnage : caméra miniature avec micro intégré.

Où est-elle allée chercher tout ça ? Dans une mauvaise série B ?

— Pour mieux rendre compte de l'expérience, je vous propose de filmer votre journée grâce à ce matériel que je mettrai à votre

© Groupe Eyrolles

disposition! Ainsi, nous pourrons mieux débriefer ensemble par la suite.

Les membres de son groupe n'avaient pas l'air franchement rassuré.

— Et avec qui ferons-nous le Troc-fauteuil ? demanda Nathalie.

— Soit avec des personnes de votre entourage, consentantes bien sûr, soit avec des complices de Sup' de Burnes prêts à jouer le jeu… Nous en discuterons ensemble.

Les participants râlaient à hauteur de leurs inquiétudes. Seule Nathalie semblait réjouie et fanfaronna malgré elle.

— Moi, j'adore ce genre d'exercice ! J'ai toujours été très forte pour jouer la comédie…

Miss « moi-je » a encore frappé ! fut tenté de dire Maximilien. Le reste du groupe, quant à lui, jeta un regard noir à Nathalie, qui dut se rendre compte qu'elle avait encore oublié de cocher la case humilité… Puis des questions-reproches commencèrent à fuser.

— Ne vous inquiétez pas ! Pour une fois, n'essayez pas de tout contrôler et laissez-vous porter par l'expérience. Soyez juste observateur de ce que vous allez vivre et ressentir.

La réunion fut levée et chacun rassembla ses affaires sans trop laisser paraître ses appréhensions. Standing de burnerie oblige. Un à un, les membres du groupe saluèrent Romane en partant, sauf Bruno qui passa devant elle sans un regard, l'attitude chargée d'une électricité mauvaise. Maximilien, qui était juste derrière, surprit le soupir de Romane. *Je suis sûr qu'elle a du mal avec les tempéraments agressifs.* Lui qui passait sa vie à gérer les personnalités difficiles dans ses affaires s'estimait maître en la matière. *C'est moi qui aurais des leçons à lui donner,* songea-t-il avec satisfaction. Prise dans ses pensées, Romane ne l'entendit pas approcher et sursauta.

— Ah, Maximilien… Ça va ? Vous vous sentez bien avec le fait de participer à l'expérience ?

— Je suppose, oui…

— Et cette maquette, ça y est ? Vous avez terminé quelque chose ?

— J'ai commencé, oui.

— Voulez-vous que nous regardions ensemble cinq minutes ?

— Malheureusement, je ne vais pas avoir le temps…

La jeune femme parut dépitée. Mais il n'allait quand même pas faire du zèle !

— Comme vous voulez. À bientôt, alors. Nous vous contacterons pour fixer les détails du Troc-fauteuil.

— Entendu. À bientôt, Romane.

Avant de s'éloigner, Maximilien lui jeta un petit regard par en dessous, très « What else ? », et fut frustré qu'il tombe à l'eau. Visiblement, Romane Gardener avait mis son écran total anti-George-Clowneries…

Son chauffeur l'attendait au coin de la rue.

Maximilien s'engouffra avec soulagement dans la voiture et laissa Dimitri le ramener au bureau où il comptait encore traiter quelques affaires urgentes. Une fois de plus, le chef d'entreprise ne ressortait pas aussi serein qu'il l'aurait pensé de ces séances avec Romane Gardener. Au début, il n'avait vu en elle que la jolie femme, attirante, qu'il aurait volontiers courtisée, comme toutes les autres… Aujourd'hui, force était de reconnaître qu'il lui trouvait autre chose. Il n'aurait pas encore su dire quoi. La manière qu'elle avait de provoquer chez eux, personnes sujettes à des excès de burnerie, les bonnes prises de conscience. Une tendre ténacité. Une volonté bienveillante. Étonnant. Pour ça, elle était forte. Les carapaces des autres membres du groupe semblaient se craqueler assez vite. Maximilien avait été surpris d'en voir certains au bord des larmes pendant l'expérience des boules de polystyrène.

Aucun risque qu'elle parvienne à me mettre dans des états pareils, songea Maximilien. Lui, depuis sa plus tendre enfance, avait été habitué à un tout autre régime. Chez les Vogue, la gentillesse n'avait pas vraiment droit de cité. L'image de son père s'imposa un instant. Cet homme avait toujours encouragé la force et la fermeté. Il était de ceux qui pensaient plus efficace la dureté que les encouragements. On ne faisait pas des hommes avec de la gentillesse. Un bon système de pression et ce qu'il faut de punitions, voilà ce qui donnait des résultats. La réussite actuelle de son fils devait d'ailleurs valider son schéma, songea Maximilien, un brin amer. Combien de fois s'était-il senti négativement irradié par l'état d'esprit de son père ? Jusqu'à quel point avait-il été contaminé ? Il fut distrait de ses pensées par l'arrivée d'un texto. C'était Julie. Encore. Un soupçon de culpabilité l'assaillit : il avait une fois de plus oublié de lui répondre. *Max. Tu es où ? Me sens vraiment au trente-sixième dessous… J'ai besoin de toi. Rappelle-moi ! Ju.*

Maximilien sentait sa détresse, mais lui en voulait de ne pas mieux se prendre en main. Ne comprenait-elle pas la charge de travail qui lui incombait ? Il supportait mal les reproches sourds qu'il lisait entre les lignes. *Je ne peux quand même pas être partout !* Il se sentit écrasé par tout ce qu'il avait à faire et aurait voulu un instant, rien qu'un instant, appuyer sur « pause ». Que quelqu'un s'occupe de lui, au lieu d'être éternellement celui sur qui l'on compte… Il poussa un soupir las.

— Tout va bien, monsieur ? s'inquiéta son chauffeur.

— Oui, tout va bien, Dimitri, merci.

Il n'allait tout de même pas montrer ses états d'âme à son chauffeur. Il entreprit de répondre à Julie. Que lui dire ?

Ju. Suis super occupé les prochains jours. Mais promis, on se voit bientôt. Je te connais, ma belle ! Tu as plein de ressources... Alors, haut les cœurs ! La prochaine fois, je t'emmène dîner dans un endroit sensationnel. Juré.

Maximilien s'apprêtait à appuyer sur « envoi » lorsque son téléphone sonna. C'était Clémence, son assistante, qui lui apportait une mauvaise nouvelle. Le marché anglais tournait mal. Le client n'était pas content de sa dernière commande. Il fallait qu'il intervienne au plus vite pour arranger ça.

— J'arrive.

Il raccrocha sèchement, préoccupé par l'altercation qui se profilait, puis rangea machinalement son portable dans la poche de sa veste...

13

Romane n'était pas mécontente d'être enfin chez elle. L'après-midi l'avait épuisée. Il faut dire qu'elle s'impliquait énormément dans son programme de déburnerie comportementale. Son père lui dirait sûrement qu'elle prenait les choses trop à cœur, et il aurait raison. Elle se prépara une agréable collation en guise de récompense et s'assit confortablement dans son canapé pour savourer cet instant de répit. Globalement, la fondatrice de Sup' de Burnes était contente de l'avancée des membres du groupe. Elle voyait les premiers effets positifs se manifester chez la plupart d'entre eux. Exceptions faites de Maximilien et de Bruno. Elle croqua dans son toast tartiné de confiture à l'orange amère tandis qu'elle pensait à Maximilien : avec lui, impossible de savoir sur quel pied danser. Quand commencerait-il à prendre vraiment le programme au sérieux ? Sa désinvolture face aux exercices lui mettait les nerfs en pelote. Quand elle s'était approchée de sa composition en polystyrène, une fois tout le monde parti, elle était restée perplexe : pourquoi avait-il coupé en deux la grosse boule centrale ? Les deux moitiés étaient reliées par une baguette de bois, mais tenues éloignées l'une de l'autre. Étrange schéma... Elle s'était vraiment demandé ce que tout cela voulait dire et restait frustrée de ne pouvoir décoder quoi que ce soit de sa création...

Il fallait se rendre à l'évidence : elle avait fait de son cas une affaire personnelle, tenait absolument à réussir sa mission pour l'amener à changer et ne supportait pas l'idée d'échouer. Elle avait bien conscience que vouloir les choses en force pouvait s'avérer improductif et qu'il fallait que le déclic ait lieu chez le sujet avant tout. Malgré cela, elle serrait les poings, déterminée à y arriver coûte que coûte. Certains détracteurs lui avaient parfois reproché ce penchant burné et Romane savait que sa route serait encore longue avant de devenir parfaitement *aburnée*. Mais c'était plus fort qu'elle. Elle serait bien trop vexée de ne pas atteindre les objectifs qu'elle se fixait à l'égard de Maximilien Vogue. Sursaut d'ego ? Certainement. Bien que ce ne soit pas l'unique raison. Elle avait perçu chez lui une sorte de faille qui l'intriguait et lui donnait envie de creuser, de savoir ce qui se cachait derrière sa carapace d'homme d'affaires parfait, toujours sous contrôle. Elle finirait par faire sauter ses petits verrous intérieurs, ou elle ne s'appelait plus Romane Gardener ! Cet excitant défi professionnel l'empêcherait peut-être de penser à un autre aspect des choses : l'attrait magnétique que Maximilien Vogue exerçait sur elle. Son éternelle fascination pour les tempéraments burnés allait-elle encore lui jouer des tours ? Il fallait vraiment qu'elle garde ses distances, qu'elle reste professionnelle à tout prix. De plus, elle avait réussi, ces derniers mois, à trouver un équilibre, une sérénité depuis son divorce. La vérité, c'est que Romane n'avait aucune envie que quelqu'un vienne perturber cette quiétude. Et dieu sait si un homme tel que Maximilien Vogue pourrait semer la zizanie dans son esprit… Il représentait un danger et pourrait, sans le savoir, ouvrir la boîte de Pandore d'émotions plus que perturbatrices. La jeune femme frémit rien que d'y penser. Elle but une gorgée de thé et fit la grimace : elle avait oublié d'enlever le sachet. Elle se leva jusqu'à la cuisine pour rajouter un peu d'eau bouillante.

Le cas de Bruno refit alors irruption dans un coin de sa tête. Celui-ci semblait furieux lorsqu'il avait quitté la salle de la Cité de sciences. Romane ne pouvait pas se permettre de laisser perdurer une situation de tension, ni s'installer chez l'un de ses participants une insatisfaction caractérisée. Pas d'échappatoire :

il fallait qu'elle l'appelle. Elle dut prendre son courage à deux mains, car elle avait horreur des confrontations. La sonnerie retentit quatre fois avant que Bruno ne décroche.

Un iceberg aurait été plus chaleureux. Romane l'invita à se confier sur ce qui n'allait pas. Elle dut le mettre très à l'aise, car il en profita pour déverser sa colère comme un torrent de boue. Il ne mâcha pas ses mots.

C'était inadmissible de placer les gens comme ça en porte-à-faux! De quoi avait-il eu l'air devant les autres? À cause d'elle, il passait pour un dégonflé! Pourtant, il fallait bien qu'elle comprenne: il ne pouvait pas se permettre de passer une journée dans la peau d'une de ses collaboratrices: il n'avait aucune envie de perdre sa crédibilité! Plus jamais son équipe de femmes ne lui obéirait s'il avait le malheur de faire ça. Un manager se devait de rester dans son rôle et d'en imposer comme il se doit pour se faire respecter! Un point, c'est tout!

Romane écarta le combiné pour atténuer la force des vociférations. Elle ne pouvait pas lui en vouloir: il ne connaissait sans doute pas la différence entre la colère saine et légitime exprimée sans agressivité, et la colère défouloir qui ne résout rien et n'engendre qu'une escalade de violence.

Pour garder son calme et ne pas se laisser gagner par ce flot d'ondes négatives, Romane respira très profondément et prit même deux secondes pour faire venir à son esprit son image de calme mental: elle, allongée dans un hamac sous un bel arbre baigné de lumière projetant sur son corps un kaléidoscope de reflets vert chlorophyllé, enveloppée par la douceur de l'air et captivée par la beauté hypnotique d'un ciel bleu pur… Elle se sentit immédiatement mieux.

— Vous m'entendez, Romane? hurlait encore Bruno.

— Oui, oui, je vous entends, Bruno…

Romane imaginait très bien comment pouvait se manifester au bureau la burnerie hiérarchique de Bruno. Elle s'était

90

d'ailleurs entretenue avec son supérieur direct, qui finançait le programme. Bruno était apprécié par la direction : il donnait d'excellents résultats. Très sérieux, très travailleur, ne comptant jamais ses heures... Mais il fallait qu'il y aille mollo avec le personnel... Avec toutes ces histoires de risques psychosociaux... La direction ne voulait pas d'histoires...

Le cas de Bruno était limpide, songea Romane : sans femme et sans enfants, il pouvait consacrer toute son énergie à sa carrière et ne songeait pas un instant que tout le monde n'avait peut-être pas envie d'en faire autant. Jusque-là, il n'avait jamais fait l'effort de se mettre à la place de ses collaboratrices pour comprendre leur vie et leurs contraintes familiales : enfants à aller chercher à l'école, rendez-vous médicaux, course perpétuelle contre la montre... Quand elles quittaient le bureau un peu plus tôt, il devait lancer des piques acerbes que Romane entendait d'ici : *« Vous avez pris votre demi-journée ? »*

Romane souhaitait aussi sincèrement que Bruno prenne conscience des différences structurelles de personnalité d'un individu à l'autre. Tout le monde possédait de belles qualités propres, mais aussi, sous stress, des « revers de personnalité » caractéristiques et moins reluisants. Lui, rigoureux, organisé, méthodique et efficace pouvait certainement devenir tranchant, tyrannique d'exigence, castrateur, colérique...

Il jugeait sans doute trop souvent la manière d'être de ses collaboratrices, sans imaginer que c'étaient certainement ses comportements à lui qui induisaient chez elles des réactions négatives... Autre raison qui devait creuser le fossé entre eux encore davantage : il n'accueillait pas leur différence de personnalité, celle qui fait pourtant la richesse dans un groupe. Emporté par ses travers burnés de perfectionnisme abusif et d'obsession du résultat, il passait probablement son temps à chercher la petite bête, à repasser derrière elles, sans accorder sa confiance ni offrir les signes de reconnaissance ou d'encouragement... Un vrai saccage relationnel ! Et à coup sûr, une démotivation généralisée des troupes… Comment lui faire comprendre que la façon de dire les choses comptait autant que les choses en elles-mêmes ? Et que tenir compte de la sensibilité féminine constituait un enjeu primordial ?

D'où l'importance capitale d'enrôler Bruno dans un Troc-fauteuil, pour l'amener à réaliser tout ça !

— Bruno, je sais combien il est important pour vous de réussir dans vos fonctions de manager. Vous êtes très apprécié par votre direction et vous avez toutes les qualités pour être un excellent dirigeant…

— Merci.

— Mais, vous êtes d'accord, cela n'a pas toujours été facile avec votre équipe ces derniers mois ?

— C'est vrai…

— N'avez-vous pas envie que les choses se passent mieux, d'une manière plus fluide et harmonieuse avec vos collaboratrices ?

— Si, bien sûr…

— Alors, voulez-vous bien me faire confiance ?

— Mmm, pourquoi pas, mais hors de question d'accepter votre Troc-fauteuil !

— Et si je vous propose une immersion dans une autre entreprise que la vôtre ?

— Comment ça ?

— Être stagiaire d'un jour dans une équipe de femmes qui ne vous connaissent pas.

— Je ne sais pas… Pourquoi pas. Il faut voir…

— Je vous laisse y réfléchir tranquillement et on se rappelle demain ?

— D'accord, Romane.

© Groupe Eyrolles

— Bonne soirée, Bruno…

— Romane?

— Oui?

— Euh… Pardonnez-moi si… si tout à l'heure, j'ai été un peu… emporté.

— Ne vous inquiétez pas, Bruno, j'ai l'habitude! Mais vous vous apercevrez bientôt qu'il y a beaucoup à gagner à dire les choses autrement…

— Je crois que je commence à comprendre… Merci, Romane, et à demain.

Romane raccrocha, soulagée de l'issue favorable de l'entretien. Satisfaite, mais vidée, elle décida de se faire couler un bon bain pour chasser les ondes de stress qui encrassaient son esprit et délasser son corps fourbu. Pour ce soir, elle laisserait au vestiaire sa cape de déburnificatrice et signerait d'un R qui voudrait dire… repos!

14

Maximilien arriva tôt au bureau, avec l'humeur des mauvais jours : il avait mal dormi. Cette expérience de Troc-fauteuil lui avait trotté dans la tête une bonne partie de la nuit, le privant de sommeil. Il ne voyait pas d'un très bon œil cette inversion des rôles avec son assistante Clémence et son intuition lui disait que cela n'amènerait rien de bon. L'ascenseur s'ouvrit à son étage et l'homme d'affaires se dirigea à pas rapides vers son bureau. Il jeta nonchalamment sa sacoche au sol et se laissa tomber dans son large fauteuil en allumant machinalement son ordinateur. Quelqu'un frappa à la porte. C'était Clémence. Matinale, elle aussi.

— Bonjour, monsieur Vogue.

— Ah, oui, bonjour, Clémence.

— Monsieur Vogue… Qu'est-ce que vous faites là ?

Maximilien la regarda sans comprendre.

— Comment ça, qu'est-ce que je fais là ? Eh bien ça paraît évident, non ? Je commence ma journée de travail.

— Mais, monsieur Vogue, votre place n'est pas ici aujourd'hui…

— Comment ça, ma place n'est pas… Qu'est-ce que…

Clémence lui sourit d'un air satisfait en lui montrant du doigt le bureau d'à côté. Son bureau à elle.

Ah oui. Fichu Troc-fauteuil. Souriez, Clémence, vous ne perdez rien pour attendre…

Maximilien hésita un instant à jouer le jeu. Après tout, qu'est-ce qui l'empêchait d'envoyer tout ça balader une fois pour toutes et de remettre illico son assistante à sa place ? Néanmoins, il s'était engagé devant le groupe et son ego d'homme d'honneur le taraudait. Il se leva donc avec lourdeur et marcha à reculons vers la pièce voisine tandis que Clémence prenait ses aises dans son propre bureau. Visiblement, elle s'en donnait à cœur joie. Elle le rappela sur le pas de la porte.

— Maximilien ? Vous avez oublié ceci.

Elle lui tendait la panoplie remise par Romane pour immortaliser cette journée maudite : caméra et micro embarqués. Maximilien s'en saisit rageusement et sortit de la pièce. Rebelle, il jeta l'attirail dans un tiroir dès qu'il fut hors de vue de Clémence. Il n'irait pas jusque-là. Jamais de la vie. Il prit place sur la petite chaise de Clémence, nettement plus inconfortable que la sienne, et alluma l'ordinateur. Peut-être que depuis ce poste il pourrait quand même travailler sur certains dossiers présents sur le serveur ? Cette idée le rasséréna un peu. Mais alors qu'il commençait à pianoter en ligne, une sonnerie stridente le fit bondir. Un truc pareil, ça pouvait vous coller une crise cardiaque ! Qu'est-ce que c'était que ça ? La voix de Clémence, impérieuse, sortit du petit boîtier noir qui servait d'interphone.

— Maximilien ? Pouvez-vous m'apporter un café, s'il vous plaît ? Maintenant !

Quoi ? Il fallait que quelqu'un le pince ! Il s'était téléporté dans la quatrième dimension. Il était en train d'halluciner et le pire, c'est qu'il ne savait même pas sur quel bouton appuyer pour lui répondre d'aller chercher elle-même son café en enfer…

La voix revint, plus autoritaire encore.

— Maximilien ? Bouton orange pour me répondre. J'attends mon café, merci.

Option A : envoyer balader Clémence sans autre forme de procès. Option B : mettre temporairement son orgueil dans sa poche et honorer son engagement d'aujourd'hui, quitte à remettre les pendules à l'heure dès demain. Le B l'emporta *in extremis*. Maximilien appuya sur le bouton orange.

— Très bien, Cléééémence.

Il prononça son prénom comme on déclare la guerre à quelqu'un. L'interphone résonna de nouveau.

— Mademoiselle Mercier !

Nom de nom ! Clémence ne manquait pas de toupet ! Elle était en train de lui interdire de l'appeler par son prénom ? Quelle aisance dans ce jeu du Troc-fauteuil… N'y mettait-elle pas un peu trop de zèle ?

— Alors, ce café, ça vient ? Vous m'apporterez aussi un croissant, merci.

Le ton sec, impératif, fit siffler les oreilles de Maximilien qui se sentit profondément offusqué ! Lui, servir de laquais ? Il bouillonnait ! Qui plus est, où diable trouverait-il tout ça ?

Il sortit du bureau pour aller voir les réceptionnistes.

— Euh, bonjour… Savez-vous où je peux trouver un café et un croissant ?

Elles le regardèrent comme s'il débarquait de la planète Mars, mais lui répondirent quand même avec amabilité. Elles avaient beau avoir été prévenues de cette drôle d'expérience, elles ne voulaient pas laisser leur patron s'enliser trop profondément.

— Oui, monsieur Vogue. Pour le café, vous pouvez aller en salle de repos où il y a une machine à disposition. Pour le croissant, en revanche, il va vous falloir sortir. Il y a une boulangerie au coin de la rue, vous devez sûrement la connaître ?

Bien sûr que non, il ne la connaissait pas ! Quand diable serait-il descendu dans une boulangerie pour s'acheter quelque chose ? C'était toujours quelqu'un d'autre qui y allait à sa place…

Maximilien donna la priorité au croissant. Cela lui semblait plus rationnel dans cet ordre, parce qu'il fallait que la boisson arrive chaude. Il se retrouva dans la rue et se mit en quête de la fameuse boulangerie. Au coin de la rue, avait dit la réception-niste. D'accord, mais *de quelle rue* ? Un peu désorienté, il dut se résoudre à demander à un passant. Quel temps il perdait ! Bien sûr, une fois devant la maudite boulangerie, il y avait une file d'attente digne des époques de rationnement. Est-ce que personne ne travaillait, dans ce pays ? Que faisaient tous ces gens à vouloir se remplir la panse à cette heure ? Son tour arriva enfin.

— Un croissant, s'il vous plaît.

— Ça fera quatre-vingt-dix centimes, répondit la boulangère d'une voix neutre.

Maximilien dégaina sa carte Golden Prestige, nonchalamment tenue entre l'index et le majeur. La boulangère lui roula des yeux ronds et lui répondit d'une voix agacée.

— La carte seulement à partir de dix euros.

Invraisemblable ! Ces petits commerces vivaient-ils encore à l'âge de pierre ? Agacé de ce contretemps, Maximilien entre-prit de fouiller son portefeuille pour trouver un autre moyen de paiement. Il bloquait la file et les personnes derrière lui commençaient à lui jeter des regards mauvais. Il avait beau chercher, il ne trouva aucune pièce. Ah ! Sauvé. Il avait un billet. De cinquante euros. Une nouvelle fois, la boulangère ne cacha pas son irritation.

— Vous n'avez pas de monnaie ?

Maximilien lui lança son regard de Robespierre des mauvais jours et dit d'un ton tranchant :

— Non. Pas de monnaie. Ça vous pose un problème ?

La boulangère haussa les épaules avec l'air de le prendre pour un cas irrécupérable, ce qui augmenta encore l'exaspération de Maximilien. Elle lui rendit un billet de vingt, deux billets de dix, un billet de cinq, quarante pièces de dix centimes et cinq pièces de deux centimes. Mesquine vengeance. Il pourrait à lui tout seul assurer l'opération pièces jaunes cette année… Son portefeuille, qui pesait maintenant le poids d'un âne mort, vint déformer la poche arrière de son beau pantalon Versace. Tout ça pour un pauvre croissant. Et il n'avait rempli que la moitié de la mission ! Trouver la salle de repos fut une autre paire de manches ; il n'y avait jamais mis les pieds. Quand enfin il la trouva, non sans avoir demandé deux fois son chemin dans les méandres de l'entreprise, il fut frappé par la tristesse de l'endroit. Depuis combien de temps les murs n'avaient-ils pas été rafraîchis ? Quelques pauvres chaises à la peinture écaillée et une table maculée de taches plantaient le décor. Dans la poubelle ouverte, des gobelets parfois encore à demi pleins et des restes de nourriture s'amoncelaient, peut-être depuis des jours ! Quant aux abords de la machine à café, c'était l'Hiroshima de l'arabica. Partout des éclaboussures, comme si la machine mal réglée avait pétaradé ses expressos… Une telle crasse contrastait singulièrement avec le reste des locaux, qui rivalisaient de luxe et de beauté. Pourquoi personne ne lui avait parlé du problème de la salle de repos ? Mais il revint à son objectif : le café de son assistante. Quelle farce ! Maximilien tripota la cartouche de café, comme face à un nouveau casse-tête. Il l'inséra dans la fente et appuya rageusement sur le bouton. La machine émit un bruit inquiétant, poussa un cri rauque à fendre l'âme, puis fit gicler des gouttes brûlantes un peu partout, sauf dans le gobelet. Maximilien prit peur et décida, un peu penaud, d'aller demander de l'aide à l'une des réceptionnistes. Bien évidemment, Clémence choisit ce moment-là pour sortir de son bureau, l'air furieux.

— Alors, ça y est? J'attends depuis trop longtemps! Qu'est-ce que vous fichez?

Maximilien s'entendit répondre:

— Ça y est presque... J'arrive!

Il perçut dans le regard des réceptionnistes une totale sidération devant tant de docilité. Ce ne serait pas facile de remettre les choses à leur place le lendemain. L'une d'elles vint tout de même l'aider pour le café. Il s'avéra qu'il avait mis la cartouche à l'envers. La jeune femme eut du mal à réparer sa bêtise et s'en mit plein les doigts. Maximilien se sentit confus: jamais il n'aurait cru si difficile de faire un café! Enfin, il fut en possession de la commande de Clémence et alla frapper à la porte de son bureau pour la lui apporter. Quand il entra, il fut frappé par son air de reine mère. Son assistante devrait se mettre au théâtre, elle avait des prédispositions. Clémence ne lui jeta pas un regard. Le prenait-elle pour son chien?

— Posez-moi ça là.

Bien, madame. Non mais, je rêve. Maximilien allait regagner son bureau lorsque Clémence le rappela.

— Vous avez mis le temps, dit-elle d'une voix lourde de reproches. Vous avez sans doute raté beaucoup d'appels. Écoutez vite votre messagerie et répondez sans attendre. Tenez-moi au courant des urgences. Vous pouvez disposer...

Maximilien hallucinait comme s'il avait pris de mauvais ecstas. *Very bad trip.* Sonné, il ne trouva rien à répondre et retourna à son poste d'assistant.

En effet, il y avait quatorze appels en absence. Maximilien passa les heures qui suivirent en Stakhanov des bureaux, alternant coups de fil et corvées administratives. Clémence le dérangea quatre fois. Comment parvenait-elle, *elle*, d'ordinaire, à tout faire simultanément ? À 13 h 30, harassé, hagard, il crut qu'il pourrait enfin aller déjeuner. C'était sans compter sur le zèle de Clémence, qui lui assigna trois urgences supplémentaires. Zioup. Sa pause-déjeuner lui passait sous le nez.

— À tout à l'heure. Je reviens vers 16 heures, j'ai réservé à la Dame de Pique…

Quoi ! Ce célèbre restaurant gastronomique ? Pendant que lui se serrait la ceinture pour traiter les dossiers urgents ? Ah, elle voulait la jouer comme ça ? Qu'elle se méfie, car demain, c'est lui qui redeviendrait Roi de Pique…

À 15 heures, une collaboratrice eut pitié de lui et vint lui apporter un petit sandwich avec une pomme et une bouteille d'eau.

Le sandwich avait un goût de plastique et aucune saveur. Il avait dû rester trop longtemps au frigo et son pain avait perdu tout moelleux. Maximilien ne croqua qu'une bouchée de pomme, qu'il jugea farineuse et insipide.

Clémence revint à 16 h 30. Pour ce qui était de jouer le jeu, elle ne faisait pas les choses à moitié ! Fallait-il la féliciter, ou l'étrangler ? Elle avait organisé une réunion à 17 heures et obligea Maximilien à servir des jus de fruits à tous ses collaborateurs, goguenards. Un grand moment de solitude. Maladroit, Maximilien renversa un verre sur la table et salit tout un dossier. Il dut d'abord éponger, à grand renfort de Sopalin, et nota que personne ne levait le petit doigt pour l'aider ; ils semblaient tous être à la fête. Mais c'est bien connu, les lendemains de fête déchantent toujours… Ensuite, il fallut réimprimer d'urgence le document souillé. Bien sûr, l'imprimante décréta une grève surprise et refusa de produire le moindre signe. Quel stress ! Une fois encore, Maximilien s'interrogea sur l'exceptionnelle résistance de Clémence à l'implosion quotidienne.

La mascarade dura jusqu'à 20 heures, moment où il décida de rendre son tablier.

Clémence, imperturbable, trônait sur son fauteuil de PDG. Qu'attendait-elle ? Un tableau d'honneur ? Elle dut sentir son irritation, car elle reprit spontanément sa posture habituelle de subordonnée et lui souffla d'une voix gentille :

— Ça va, monsieur Vogue ? Vous savez, j'ai fait tout ça pour le jeu, parce que vous me l'avez demandé…

— Bien sûr, Clémence. Je ne vous en veux pas. C'est simplement toute cette histoire qui était une mauvaise idée. Une très mauvaise idée…

— Bonne soirée quand même, monsieur…

— Çà, elle sera forcément meilleure que ma journée !

Clémence le suivit du regard tandis qu'il s'approchait des ascenseurs. Pourquoi avait-elle ce petit air dépité et malheureux ? Qu'espérait-elle de cette stupide expérience ? À bout de nerfs, Maximilien se hâta de gagner la sortie, où son chauffeur l'attendait. Il se glissa sur la banquette confortable, heureux de se fondre à nouveau dans sa peau de patron privilégié.

15

ROMANE AVAIT PU RÉCUPÉRER tous les petits films tournés pendant le Troc-fauteuil sauf celui de Maximilien Vogue. Depuis cette expérience, ce dernier n'avait donné aucune nouvelle et restait inscrit aux abonnés absents. Romane en conçut une vive contrariété. Elle lui avait laissé plusieurs messages, vocaux et écrits, qui étaient restés lettre morte. La contrariété tourna alors à l'inquiétude. Mais la jeune femme se devait de remobiliser son énergie pour les autres membres du groupe. Elle n'allait pas les pénaliser à cause d'un élément perturbateur !

Sup' de Burnes possédait un salon audiovisuel où elle put visionner les différentes séquences. Elle prit consciencieusement des notes tout du long : elle n'était pas au spectacle, mais bel et bien en séance de travail. Elle devait pouvoir leur fournir un débriefing constructif et concret. Les images, souvent, la touchèrent. La firent rire aussi, parfois. Mais le sentiment dominant en fin de projection fut la fierté. Fierté pour eux, qui malgré l'immense difficulté de l'exercice avaient accepté de jouer le jeu. Romane avait hâte de leur livrer ses impressions et leur avait proposé une visioconférence le soir même. Ce serait aussi l'occasion de recueillir leurs réactions à chaud.

À 19 heures pile, tous étaient connectés. Le groupe s'étonna de l'absence de Maximilien. Romane dut improviser.

— Il a eu un empêchement…

Embarrassée, elle tenta d'enchaîner comme si de rien n'était, mettant dans sa voix un entrain qu'elle ne ressentait pas vraiment.

— Alors, comment s'est passée cette expérience de Troc-fauteuil ? Comment avez-vous vécu ce changement de rôle ?

Les membres du groupe prirent la parole tous en même temps ; Romane régula.

— Bruno ?

Bruno se racla la gorge pour s'éclaircir les idées et bomba le torse :

— Franchement, contre toute attente, ce fut une expérience... vraiment enrichissante.

Romane se frotta l'oreille, doutant d'avoir bien entendu. Bruno poursuivit.

— J'ai passé la journée aux côtés de Mia depuis l'aurore jusqu'au coucher et je n'ai qu'un mot à dire : chapeau à elle. À la fin de la journée, j'étais totalement rincé tandis qu'elle continuait à s'occuper de mille tâches sans broncher... Ça m'a bluffé...

— Et au bureau ?

— À vrai dire, j'ai découvert pour la première fois la vie en open space et je me suis demandé comment l'équipe arrivait à se concentrer pour produire quoi que ce soit dans de telles conditions. À un moment, Mia a été convoquée par son supérieur, et moi avec. Elle s'est fait passer un savon pour une erreur qu'elle avait commise et...

— Et qu'avez-vous ressenti, Bruno ?

— Sincèrement, j'ai eu mal pour elle. D'autant que ce n'était pas vraiment de sa faute : il y avait eu un problème de communication et de circulation de l'information dans l'équipe.

Intérieurement, Romane buvait du petit-lait. Elle sentait que Bruno avait réellement ouvert les yeux sur beaucoup de choses et s'en félicitait !

— Quelles conclusions tirez-vous de cette expérience ?

— Je pense que je n'aborderai plus jamais de la même manière mon rôle de manager et qu'il va y avoir de sacrés changements !

Romane faisait une petite danse brésilienne dans sa tête.

— Merci, Bruno, de votre témoignage précieux ! Et les autres ?

Patrick prit la parole.

— Moi, tout comme Bruno, je suis vraiment tombé de haut en découvrant le quotidien de Bénédicte, qui doit beaucoup ressembler à celui de ma femme… Je ne pensais pas que c'était aussi dur de jongler avec autant de choses : les enfants, l'intendance, et en plus essayer de faire tourner une petite entreprise depuis chez soi. Franchement, c'est presque surhumain ! Moi qui ne suis capable de ne bien faire qu'une seule chose à la fois…

— Et de quoi avez-vous pris conscience, par rapport à votre femme ?

— Eh bien… que j'ai dû être souvent injuste avec elle. Je ne l'ai pas assez valorisée, ni encouragée… Je ne réalisais pas la lourdeur de sa tâche. Je pensais que c'était facile de rester à la maison et de «bossouiller» avec sa petite entreprise. Je la taquinais souvent avec ça… Au fond, je ne la prenais pas vraiment au sérieux.

— Mmm… Merci, Patrick.

— Moi, j'ai passé une journée horrible, intervint Nathalie, avec un monsieur épuisant qui n'a parlé que de lui. Il ne m'a pas écoutée une seule seconde, je n'ai pas pu en placer une… Il ramenait tout à lui, c'était affreux ! Et au restaurant, la honte : il en faisait des tonnes pour qu'on le regarde, il parlait et riait

© Groupe Eyrolles

si fort que les tables alentour se retournaient sur nous avec des regards désapprobateurs.

— Et qu'avez-vous retenu de l'expérience, Nathalie ?

— Si ça veut dire que j'ai tendance à être comme ça, alors là, je me fais hara-kiri tout de suite !

— Ne vous inquiétez pas, Nathalie : on a exprès forcé le trait pour rendre l'expérience plus pédagogique…

— J'espère bien, soupira Nathalie. En tout cas, c'était très fort. J'ai clairement ressenti combien c'était odieux, les personnes qui s'écoutent parler en se fichant des autres… Je crois que ça va beaucoup me faire réfléchir…

— Bravo, Nathalie… Merci !

Quant à Émilie, qui avait passé une journée comme commis dans la cuisine d'un grand chef afin de comprendre la passion de son fils, elle était ravie de l'expérience et considérait elle aussi avoir accompli un grand pas.

Tout en écoutant et réagissant avec le groupe, Romane ne pouvait s'empêcher de guetter son smartphone du coin de l'œil et vérifiait toutes les cinq minutes l'hypothétique arrivée d'un nouveau message de Maximilien. Mais rien. Toujours rien…

Elle embraya ensuite sur la finalité de l'expérience, qui était censée amener chacun à s'interroger sur son propre égocentrisme. Contre toute attente, cela fit surréagir Émilie, qui s'offusqua :

— Désolée, Romane, mais dans mon cas, on ne peut pas parler d'égocentrisme ! Dans cette histoire, je n'ai pas pensé à moi ! C'est à mon fils que je pensais, à son avenir ! se courrouça-t-elle. Tout ce que j'ai fait, c'était pour l'aider ! Je ne lui ai jamais voulu que du bien…

Romane se voulut réconfortante. Elle lui parla doucement.

— Bien sûr, Émilie, que vous ne lui vouliez que du bien! Mais parfois, aider n'aide pas comme on le croit. Et il arrive de faire du mal en voulant faire du bien… C'est le fait de vouloir à la place de quelqu'un, que vous devez questionner. Vous projetiez sur votre fils votre vision du monde et vos désirs, en oubliant de vous mettre à sa place. Souvenez-vous de l'exercice des planètes: il faut décentrer votre univers et accueillir les points de vue différents du vôtre. Vivre et laisser vivre…

— Mais quand même, le rôle des parents est de guider! Les jeunes, si on les écoutait, ils se contenteraient toujours du minimum! Ils se nourriraient de fast-food et de bonbons, et abuseraient de l'école buissonnière…

— Un temps, peut-être, Émilie. Bien sûr qu'il faut guider et donner un cadre. Mais on peut aussi parallèlement apprendre la confiance. En faisant toujours les choses à leur place, on prive les enfants de leurs ressources personnelles et de leur confiance en eux. Des fois, ils ne savent même plus qu'ils sont capables d'accomplir tout seuls…

Le blanc laissé par Émilie dans la conversation montra que les paroles de Romane avaient fait mouche… Mais celle-ci voyait l'heure tourner. Il ne fallait pas non plus saturer les participants et Romane songea qu'il était temps d'arrêter la séance. C'est à ce moment-là que le tintement d'une notification arriva. Le message tant attendu.

Il faut qu'on parle.

Décidément, Maximilien ne s'embarrassait pas de manières superflues! Et le «Il faut qu'on parle» était rarement de bon augure… Romane frissonna et prit sur elle pour conclure aimablement la réunion virtuelle.

— Bien, je vous remercie tous pour cette séance de débriefing à chaud. Nous aurons l'occasion d'en reparler ensemble vendredi à Sup' de Burnes. D'ici là, n'hésitez pas à noter toutes vos impressions dans votre Burnobook. Bonne soirée !

— Bonne soirée, Romane ! répondirent en chœur tous les participants.

Romane coupa la communication et saisit son téléphone pour répondre à Maximilien.

R : Voulez-vous qu'on s'appelle ?

M : Non. Je préfère qu'on se voie.

R : Quand ?

M : Demain ? Café à l'angle de Sup' de Burnes. 14 h, ça vous va ?

Voilà ce qui s'appelait être directif. Romane accepta le rendez-vous ; elle appréhendait ce face-à-face, mais ne pouvait s'y soustraire.

Il ne faut pas que je passe ma soirée à me tourner les sangs.

Une fois chez elle, elle alluma donc une bougie, s'assit en tailleur sur son coussin fétiche et tenta de se laisser aller à une douce rêverie méditative. Mais rien n'y fit. Malgré tous ses efforts, son esprit la ramenait irrémédiablement vers Maximilien et le ciel de ses pensées s'obscurcissait de nuages gris d'inquiétude.

16

LE LENDEMAIN, ROMANE arriva un peu en avance au café à deux pas des locaux de Sup' de Burnes. Nerveuse, elle ne sentait pas de bonnes ondes autour de ce rendez-vous et c'est à reculons qu'elle pénétra dans le bistrot. Celui-ci ne payait pas de mine, et la mine du serveur non plus. La jeune femme choisit tout de même un recoin avec banquette et prit soin avant de s'asseoir de balayer les miettes laissées là par les clients du midi et que certainement personne d'autre qu'elle ne prendrait la peine de nettoyer. Monsieur Grise-mine lui apporta un déca fort serré dont l'amertume arracha à Romane une grimace écœurée. Elle ouvrit le sachet de sucre, renversa quelques grains autour de la soucoupe, puis entreprit de les ramasser avec son index, savourant le petit plaisir de faire crisser les cristaux gourmands sous son doigt, qu'elle porta nonchalamment à sa bouche pour le lécher. Maximilien choisit ce moment-là pour la rejoindre. Romane sursauta.

— Bonjour, Maximilien. Asseyez-vous, je vous en prie.

— Merci.

La jeune femme essaya de sonder les intentions de l'homme d'affaires en scrutant son regard, qui restait malheureusement impénétrable. Elle décida de ne pas y aller par quatre chemins et de se lancer directement dans le vif du sujet.

— Je crois comprendre que vous n'avez pas très bien vécu l'expérience du Troc-fauteuil, c'est bien ça ?

© Groupe Eyrolles

— C'est le moins qu'on puisse dire, en effet. L'expérience a été pour moi très… déplaisante. Et honnêtement, elle m'a laissé sceptique sur la méthode.

Bim. On y était. Il remettait en cause son approche… Elle allait encore en entendre des vertes et des pas mûres. Romane encaissa en essayant de ne pas laisser transparaître sa déception.

— J'entends bien, Maximilien. Mais est-ce que vous voulez m'expliquer un peu mieux comment s'est déroulée cette journée, que je comprenne ce qui vous a à ce point braqué ?

L'homme d'affaires lui lança un regard dur qui la fit tressaillir.

— Je ne suis pas braqué, Romane. Je n'adhère pas au procédé. Me retrouver dans un monde à l'envers absurde, avec mon assistante pour me donner des ordres, franchement, je n'ai pas vu l'intérêt.

Romane blêmit devant cette critique ouverte de ses méthodes. Malgré elle, elle sentait la moutarde lui monter au nez et peinait à cacher sa déconfiture. Elle triturait nerveusement la serviette en papier posée sur la table, jusqu'à la réduire en confettis.

— Allez-y, expliquez-moi en quoi !

Elle ne supportait pas le léger tremblement dans sa voix susceptible de trahir sa déception.

— Eh bien tout simplement, je n'ai pas reconnu Clémence ! Elle m'en a fait voir de toutes les couleurs et je l'ai très mal supporté. On aurait dit qu'elle prenait un malin plaisir à me faire subir toutes sortes de petites humiliations… C'était intolérable !

— Quel genre d'humiliations ?

Romane voulait le pousser dans ses retranchements. Maximilien s'énervait, les yeux brillants de colère contenue.

— Vous imaginez bien, non ? Me parler comme à un chien, imposer ses caprices, me coller à des corvées de café et de photocopies, pire qu'un stagiaire débutant ! Jamais je n'ai ressenti ça de ma vie !

Romane le laissa vider son sac et prit le parti d'afficher une feinte expression de gentillesse et de bienveillance, pour faire bonne figure.

— Et arrêtez de me regarder comme ça ! J'ai l'impression que vous êtes une infirmière au chevet d'un patient ! Je ne suis pas malade, Romane ! Je suis un homme d'affaires avec d'énormes responsabilités et je n'ai vraiment pas de temps à perdre avec ce genre de… de…

— De conneries ? C'est ça que vous pensez ?

Maximilien dut s'apercevoir qu'il la blessait et tenta de s'expliquer plus calmement.

— Écoutez, Romane, il faut se mettre un peu à ma place…

Il avait le sens de l'humour, ce garçon !

— Vous vous rendez compte que depuis l'expérience, mon assistante s'est mise à adopter des comportements inacceptables ? Elle s'imagine que maintenant, elle va pouvoir contrecarrer mes ordres. Je comprends l'objectif théorique de l'exercice, mais soyons francs, dans la réalité, un patron reste un patron et une assistante doit rester à sa place ! Où va-t-on, si elle s'offusque dès que je lui demande de m'apporter un café ?

Romane bouillonnait intérieurement. Voilà : c'était précisément le genre de travers burné qu'elle ne pouvait pas supporter ! Malgré elle, les propos de Maximilien la ramenaient vingt ans en arrière, du temps où son père possédait une panoplie intégrale de burnerie. Elle ressentait encore aujourd'hui dans son corps les tressaillements de révolte que les comportements de Jean-Philippe provoquaient alors, à chaque fois qu'il dépassait les limites, ce qui avait rendu Romane hyperréactive à toute forme d'injustice, de mauvaise foi et d'abus de pouvoir… Elle tenta de se raisonner intérieurement, de se dire que la réaction de Maximilien était simplement le fruit de résistances normales à ce stade du programme, qu'il fallait l'accueillir et non le rejeter. Elle réussit donc, au prix d'un gros effort, à lui répondre le plus calmement possible :

— Maximilien, il ne faut pas tout confondre. Bien sûr que vous devez garder votre rôle de chef, celui qui encadre, qui dirige… Mais il vous faut aussi apprendre à donner à votre assistante le droit de vous poser ses limites. Si vous apporter un café tombe à un moment où elle n'a pas de tâches plus urgentes, pourquoi pas. Sinon, il faut accepter de vous débrouiller !

— Je vois. Vous êtes de son côté…

Respirer. Résister à l'envie de lui voler dans les plumes…

— Mais non ! Ce n'est pas en ces termes ! Le but était de vous sensibiliser à la différence entre le management en bonne intelligence et le management autocratico-tyrannique.

— Il ne faut rien exagérer !

Ce coup-ci, il l'énervait trop et Romane ne put s'empêcher de partir en croisade.

— Mais si ! bondit-elle. Vous qui aimez l'idée de performance au travail, vous devriez vous intéresser de plus près aux systèmes de motivation par la bienveillance, au lieu de vous enferrer dans des attitudes archaïques de patron néandertalien !

— Romane, il faut réaliser que j'ai été élevé au biberon de l'intransigeance et des rapports de force. Dans l'éducation que j'ai reçue, on m'a inculqué l'idée que développer de l'affectivité au travail peut être dangereux, ou perçu comme un aveu de faiblesse. L'expérience montre que les employés abusent vite de la bienveillance et ont même la propension à devenir tire-au-flanc avec un manager trop permissif.

— Il ne s'agit en aucun cas d'être trop permissif. Il s'agit d'être juste et ferme, tout en restant à l'écoute, cria presque Romane.

D'encourager, de stimuler, en donnant des signes de reconnaissance et en dessinant des perspectives. C'est le management de la voie du milieu. Ni plus, ni moins.

Quelques clients tournaient la tête vers eux, attirés par le bruit et toujours friands d'assister à ce qu'ils pensaient être une scène de ménage. Romane les foudroya du regard. Nom de nom. Elle voyait bien qu'elle s'emportait et perdait un peu le contrôle. Pourquoi voulait-elle le convaincre à tout prix ? Elle savait bien qu'il ne servait à rien de chercher à avoir raison avec Maximilien car à ce stade, il ne pourrait pas entendre raison… C'était trop tôt. Elle en aurait pleuré.

— Je vois que vous avez potassé la question, dit Maximilien.

Voilà qu'il était cynique à présent.

— Et pas qu'un peu ! répondit-elle vivement.

Un ange passa. Ou plutôt un démon. Car l'ambiance était diablement chargée. Romane vit Maximilien prendre une profonde inspiration, puis il braqua son regard bien droit dans le sien. Elle tressaillit.

— Romane, tout cela est très intéressant, mais… Quoi qu'il en soit, j'ai pris la décision de…

— De quoi, Maximilien ?

La jeune femme avait les mains moites, et peur de ce qu'elle allait entendre.

— De quitter le programme.

Quoi ? Son annonce fit l'effet d'une bombe dans la tête de Romane. Son cœur se mit à battre plus vite. *Ce n'est pas possible !* ne put-elle s'empêcher de penser.

— Vous êtes sûr de vous ? balbutia-t-elle.

— Totalement. Vous devriez être soulagée, non ?

— Et pourquoi le serais-je ?

— Je ne suis pas un cadeau, dans votre programme…

— Ça, c'est ce que vous croyez. J'ai l'habitude de résistances comme les vôtres, mais je vous le dis tout net : c'est vraiment dommage d'arrêter maintenant. Vous ne vous en rendez pas compte, mais vous étiez en train de faire le plus dur. Vous auriez ensuite très vite progressé et auriez constaté par vous-même des résultats tangibles…

Elle essayait de tempérer les trémolos dans sa voix. *Non, pitié, ne pas lui faire voir sa déconvenue ! Pas à lui !* Elle devait rester digne. Il ne répondait rien.

À présent, Maximilien avait posé un coude sur la table et sa tête dans sa main. Il la regardait avec un drôle d'air, les yeux légèrement plissés comme pour mieux intensifier son observation. Romane sentit un frisson la parcourir et fit mine d'enfiler sa veste pour rompre ce contact visuel dérangeant.

— Bien. Je pense que tout est dit, alors ?

Il ouvrit la bouche pour rajouter quelque chose, mais se ravisa. Romane ravala sa déception. Maximilien fit signe au serveur pour payer la note.

— Non, je tiens à payer ma part.

— Pour un café ? Vous plaisantez ?

— Oui, même pour un café, s'entêta Romane.

— Dites-moi, vous n'auriez pas un peu des penchants burnés, vous aussi ?

Elle le fusilla du regard. Il voulut l'aider à enfiler son manteau mais elle l'en empêcha avec agacement.

Puis ils se retrouvèrent face à face sur le trottoir, ne sachant plus quoi ajouter.

— Bon, eh bien, au revoir, alors…

Malgré leur altercation, Maximilien semblait vouloir rester courtois et lui tendit la main. Romane hésita à la serrer. Mais ne pas la serrer, c'était avouer sa déconvenue encore davantage. Elle tendit donc la sienne en retour, en essayant d'adopter un air faussement détaché.

— Oui, au revoir, Maximilien.

Le contact de leurs mains fut électrique. Maximilien la garda serrée quelques secondes de trop. Romane sentit une émotion passer. Mais laquelle ? Sans doute la déception et la rage de n'avoir pas su le convaincre. D'avoir failli dans sa mission…

Elle se dirigea à pas lents vers Sup' de Burnes. Maximilien partit dans la direction inverse. La jeune femme se fit un pari idiot : elle allait se retourner, et s'il se retournait aussi, cela voudrait dire qu'il y avait un espoir pour qu'il change d'avis bientôt…

Romane se retourna. Maximilien s'éloignait d'un pas rapide, visiblement sans l'ombre d'un regret.

17

La vie de Maximilien reprit son cours. Quel soulagement de ne plus avoir à se rendre à ces séances ! Il allait enfin pouvoir rattraper le temps perdu avec ses dossiers. Dans les jours qui suivirent son café avec Romane, il mit les bouchées doubles et s'immergea dans le travail. Il arrivait au bureau en même temps que les éboueurs dans les rues encore désertes et repartait le dernier, à l'arrivée des équipes de nuit des techniciens de surface. Il avait dix bras, vingt mains, et ses collaborateurs devaient par moments se demander s'il n'avait pas le don d'ubiquité. On lui avait toujours reconnu une résistance à la fatigue hors du commun et Maximilien en tirait une certaine fierté. Il comptait bien mener ses équipes à la même cadence, même s'il percevait parfois, dans un éclair de lucidité, que tout le monde n'était pas bâti dans le même bois que lui.

Mais n'était-ce pas son rôle de leader, que de pousser ses troupes au-delà de leur zone de confort ? On n'atteignait pas l'excellence en avançant à un rythme de croisière… Un matin, alors qu'il faisait sa revue de presse quotidienne pour se tenir informé du marché international, il tomba sur une interview de Romane et de son fameux programme. Deux semaines avaient passé. Malgré lui, il eut un pincement au cœur. Il se leva pour se coller à la grande baie vitrée et se laisser absorber par le panorama. Il pensait à elle. Est-ce que cela se faisait, de rappeler quelqu'un dont on avait quitté la formation ? Non, assurément pas. Dommage, ils ne se verraient plus… Quelque chose dans le caractère de la jeune femme l'avait interpellé. Sans doute ce mélange entre douceur et fermeté, bienveillance et leadership… Des ambivalences intrigantes. Séduisantes aussi. Bien sûr, il n'était pas en manque de rencontres féminines ; des essaims de femmes lui tournaient sans cesse autour. Mais rares étaient celles qui avaient cette sincérité et cette force de personnalité, sans pour autant être écrasantes ni caractérielles. Maximilien avait bien noté dans le tempérament de Romane ces «petites notes burnées», cette façon qu'elle avait d'être passionnée, de ne rien lâcher… Malgré tout, derrière ce caractère fort qu'elle affichait, il avait senti cette part de fragilité, cette sensibilité qu'elle essayait de cacher. Il avait trouvé cela… touchant. Néanmoins, il fallait se rendre à l'évidence : un homme comme lui avec une femme comme elle, cela aurait coincé de toute façon ! Mieux valait penser à autre chose. Tiens, pourquoi ne pas rappeler la jolie mannequin slave qu'il avait croisée à un vernissage la semaine précédente ? Il s'apprêtait à lui envoyer un texto quand il remarqua qu'il avait reçu un message vocal. C'était Julie.

Elle s'abattait sur lui avec rage et désespoir, lui reprochant vertement, une fois de plus, de ne pas l'avoir rappelée la dernière fois et de la laisser tomber comme une vieille chaussette. C'est alors qu'il se rendit compte que son texto de l'autre jour était resté dans les brouillons. Aïe, aïe, aïe… Il faudrait lui expliquer le quiproquo dès qu'il aurait un moment. Pas facile d'avoir ce type d'explication au bureau, avec toutes les oreilles indiscrètes. Oui, il l'appellerait dès ce soir, sitôt qu'il serait arrivé chez lui. Tracassé, il sursauta quand Clémence entra dans son bureau.

— Vous pourriez frapper, reprocha-t-il sèchement.

— Je l'ai fait, mais vous n'avez pas dû entendre.

Maximilien avait conscience de passer sur elle sa mauvaise humeur et se radoucit un peu.

— Qu'est-ce que vous voulez ?

— Le dossier McKen, pour commencer à relancer les fournisseurs…

— Tenez, il est juste là.

— Monsieur…

— Quoi encore ?

— C'est vrai, alors, vous avez quitté Sup' de Burnes pour de bon ?

Est-ce que la terre entière avait décidé de l'enquiquiner avec ça ?

— C'est possible.

Clémence marmonna tout bas.

— C'est bien dommage, en tout cas…

— Comment ? grinça Maximilien qui avait peur d'avoir bien entendu.

— Non, rien, monsieur.

— Alors vous pouvez disposer, Clémence.

Face à son humeur massacrante, son assistante ne se fit pas prier. Tant mieux. Il avait envie d'être seul. Il se frotta machinalement le haut du dos. Depuis deux jours, il souffrait d'une contracture musculaire très désagréable au niveau des trapèzes. Il faudrait la supporter, car il n'avait pas le temps de s'offrir une séance de massage chez un kiné ! Il ouvrit un tiroir où il gardait une boîte de Doliprane et avala un comprimé. Si seulement il existait du paracétamol pour les blues de businessman ! Légèrement abattu, il se remit à ses dossiers et ne toucha plus terre jusqu'à ce que la nuit soit tombée…

18

DEPUIS LEUR ENTREVUE au café, Romane avait définitivement plié le dossier Vogue. «Affaire classée», se plaisait-elle à répéter. Elle n'avait pas réussi à le convaincre, et après? Elle n'avait rien à se reprocher. Elle avait fait de son mieux. Tout le monde connaissait des accidents de parcours... La jeune femme essayait de s'auto-convaincre régulièrement, entre deux impératifs de planning. Le programme continuait et les autres membres du groupe avaient besoin d'elle. Malgré tout, elle se traînait un peu et cherchait en vain une sorte de second souffle. Comme elle aurait aimé réussir à accompagner Maximilien dans son changement de mentalité! Quelle victoire cela aurait été! Elle se rendait bien compte qu'elle en avait fait un défi personnel. Un peu trop personnel? Sans doute... Et quoi? Était-ce interdit d'être humain? Agacée par ces pensées, elle mit un parapluie dans son sac, la météo prévoyant d'être désastreuse pour ne rien arranger, et se dépêcha de partir: elle avait rendez-vous avec le groupe à la porte de Versailles pour visiter l'exposition sur le Titanic avec, comme toujours, une idée derrière la tête pour les pousser à réfléchir. Elle arriva vingt minutes en retard et présenta confusément ses excuses à la fine équipe qui ne lui en tint pas rigueur. Romane nota toutefois à son regard froid et ses lèvres pincées la désapprobation de Bruno, qui ne transigeait pas sur la ponctualité.

— Et Maximilien, il n'est pas là? nota immédiatement la jolie Nathalie.

© Groupe Eyrolles

Romane prit une grande inspiration et un air détaché.

— Non, il ne viendra plus.

— Quoi ? Il a quitté le programme ?

— Ce sont des choses qui arrivent…

Nathalie semblait dépitée, ce qui n'étonna pas Romane outre mesure. Elle avait bien remarqué tout l'intérêt que la jeune femme portait à Maximilien, qui ne s'était pas privé pour rentrer dans son petit jeu de séduction. N'avait-il pas fait pareil avec elle ? Agacée, elle invita le groupe à la suivre.

— Le Titanic, vous le savez, est par excellence un drame de la burnerie, c'est pourquoi il m'a semblé intéressant de vous emmener ici… Les hommes à l'origine du projet ont été aveuglés par leur volonté de puissance et de pouvoir, et ont suivi leur lubie au mépris du bon sens et de la sécurité. Quand vous sentez votre burnerie qui se réveille, imaginez un enfant capricieux et mal élevé qui essaye de prendre le pouvoir et qui passe son temps à désirer trop fort. Il tape du pied, parle fort, veut tout, tout de suite ! «Je veux plus d'argent», «Je veux un plus gros bateau», «Je veux une plus grosse voiture»… Souvent, il désire tout aussi intensément «ne pas vouloir» : «Je ne veux pas souffrir», «Je ne veux pas être seul»… C'est ce désir irrépressible qui est la cause de tant de souffrances ! Cette burnerie, sous les traits de cet enfant têtu et capricieux, attend des résultats et vous met sans arrêt la pression. C'est cette pression qui est néfaste et qui vous amène à adopter de mauvais comportements.

Pour la première fois depuis très longtemps, Romane tiqua en s'écoutant parler. Elle se sentait bizarre, en porte-à-faux. Elle évoquait cette burnerie qui conduisait à désirer trop fort. Mais elle-même n'avait-elle pas désiré trop ardemment la transformation de Maximilien ?

Nathalie commença à aligner les commentaires en mode moulin à paroles. Puis Bruno à couper les cheveux en quatre pour bien comprendre. Et pour couronner le tout, Patrick et Émilie n'écoutaient rien et papotaient entre eux. Romane, d'habitude si patiente, sentit l'exaspération la gagner. Elle coupa court.

— Laissez les idées faire leur chemin, on ne va pas avoir le temps de répondre à toutes les questions ici. Allez, je propose qu'on avance…

Son intonation devait sans doute trahir son énervement. Romane s'en voulut de ce comportement pas très professionnel, mais ses émotions ne lui obéissaient pas tout à fait, aujourd'hui. Elle essaya de chasser sa contrariété envers Maximilien et de ne plus penser à lui. En vain.

Elle conduisit malgré tout ses participants de salle en salle, jusqu'à la dernière où avait été reconstitué l'avant du bateau pour que chacun puisse se faire photographier en mimant la fameuse scène du film de James Cameron.

— Vous connaissez tous la célèbre réplique de Leonardo DiCaprio « I'm the king of the world » ? lança Romane. À mon tour, j'ai envie de vous demander : et vous ? Qu'est-ce qui pourrait faire, à l'avenir, que vous vous sentiez les rois du monde ? Il y a quelques semaines, vous m'auriez peut-être dit le pouvoir, l'argent… Mais aujourd'hui ? Quelle conception avez-vous du bonheur véritable ?

N'attendant pas de réponses immédiates, elle enchaîna d'un ton qui se voulait léger :

— À présent, pour ceux qui désirent une photo, vous pouvez prendre la pose !

Visiblement, tout le monde en avait envie. Émilie passa avec Patrick, reprenant la mythique posture de la scène culte du film. Bruno fit de même avec Nathalie, même s'il avoua trouver ça un peu cliché. Seule Romane resta à l'écart. Elle n'était pas dans l'humeur du moment. Elle songea un instant à ce qui se serait passé si Maximilien avait été là, si elle avait pu rembobiner le film avant leur dispute… Auraient-ils posé ensemble pour la photo, elle bras écartés à la manière de Kate Winslet, lui serré contre elle, son souffle sur sa nuque et les mains sur sa taille ? Elle s'arrêta brusquement. *Le grand n'importe quoi, Romane !* Il fallait vraiment qu'elle se reprenne. Mais voilà qu'elle s'énervait toute seule, maudissait Maximilien d'avoir été aussi fier, d'avoir laissé sa burnerie gagner… Elle se retrouvait maintenant condamnée à lui en vouloir, alors même qu'elle nourrissait à son égard les prémices de sentiments qu'il fallait à tout prix faire taire. *Je ne suis pas assez sortie ces derniers temps, voilà tout,* se dit-elle pour tenter de justifier cette attirance malvenue. *Je dois me changer les idées…*

Elle aperçut les autres se diriger vers la boutique pour récupérer leurs photos. Le groupe commençait à tisser des liens palpables. C'était plutôt une bonne chose.

Romane accompagna les participants jusqu'à la sortie où ils se séparèrent. Pour la première fois depuis longtemps, elle était contente que la séance se termine, pressée de rentrer chez elle et de penser cinq minutes à autre chose qu'au travail. En chemin, elle fut prise dans un exaspérant embouteillage et se surprit à pester contre la terre entière. À un embranchement, alors qu'une voiture un peu trop lente bloquait le passage et empêchait le désengorgement, elle se mit à klaxonner rageusement et à pousser des jurons. Le cœur palpitant, elle fut soulagée de pouvoir s'arrêter au feu suivant pour reprendre ses esprits. Elle jeta un coup d'œil à son visage dans le rétroviseur : il était rouge d'énervement. Oh, mon dieu ! Quel horrible accès de burnerie de la route !

Se pouvait-il qu'après tant d'années de travail, elle, l'experte en burnerie, puisse encore céder à de telles pulsions d'agressivité ? Était-il possible que ses connaissances si durement acquises pour cheminer vers plus de sagesse se bornent à un savoir-faire théorique qui se déliterait dans la pratique ? Un instant, Romane prit peur. Non, impossible, cela ne se pouvait pas… Une mauvaise petite voix intérieure décida tout de même de remuer le couteau dans la plaie : n'était-ce pas son orgueil qui l'avait conduite à vouloir changer Maximilien à tout prix, l'empêchant de pressentir que l'exercice du Troc-fauteuil le pousserait à bout ? Tracassée, la jeune femme redémarra en trombe et essaya de refouler ces pensées dérangeantes… Elle avait envie d'oublier cinq minutes. Quand elle arriva chez elle, elle mit son portable à recharger et s'aperçut qu'elle avait raté un message. « Hello, Romane, c'est Sandrine ! On va voir un petit concert de pop-rock ce soir dans le dix-huitième, tu nous accompagnes ? Bisous ! » L'invitation tombait à point nommé pour lui changer les idées.

19

Maximilien écarta d'une main la mèche de cheveux auburn pour embrasser librement le creux du cou qui s'offrait à lui, et de sa main libre tenta de dégrafer le soutien-gorge noir aux jolies broderies en tulle. À peine dix minutes s'étaient écoulées depuis qu'il avait servi une première coupe de champagne à la jolie demoiselle, coupe restée depuis en attente sur la table basse de son salon. Les habits qui jonchaient son luxueux canapé formaient à présent un soyeux tapis, parfait pour accueillir leurs ébats. Maximilien s'estimait mentalement satisfait de la performance et tentait de profiter de l'instant. Alors pourquoi diable n'arrivait-il pas à prendre plus de plaisir que cela ? La fille avait un corps superbe, que lui fallait-il de plus ? Il redoubla de concentration en essayant de ne penser à rien lorsque la sonnerie du téléphone vint troubler l'intimité du moment. *Quoi encore ?* Il décida de ne pas répondre mais écouta malgré tout son répondeur se mettre en route.

Bonjour. Ici l'hôpital Saint-Joseph à Paris. Pouvez-vous nous rappeler au plus vite quand vous aurez ce message ? Je suis Laetitia. Merci.

Qu'est-ce que c'était que cette histoire ? Troublé, Maximilien s'interrompit.

— Excuse-moi. Je crois qu'il vaut mieux que j'écoute ça.

À demi nu, il se leva d'un bond jusqu'à l'appareil et réécouta le message, intrigué. Il nota le numéro à la va-vite sur un bloc-notes.

— Je rappelle, j'en ai pour une minute. Prends un peu de champagne, si tu veux...

La fille eut une moue légèrement contrariée et attrapa la chemise de Maximilien pour s'en couvrir. Elle s'empara de la coupe sur la table basse et se mit à siroter, nullement gênée de laisser le vêtement grand ouvert sur sa poitrine dénudée. Maximilien détourna le regard. Le numéro sonna cinq fois dans le vide avant que quelqu'un décroche.

— Laetitia, hôpital Saint-Joseph, bonsoir.

— Euh, oui, bonsoir, vous m'avez laissé un message il y a un instant.

— Ah oui, merci de rappeler aussi vite. Vous êtes le numéro ICE (*In Case of Emergency*, En cas d'urgence) dans le portable de la patiente que nous avons accueillie ici il y a une heure.

— Ah?

Maximilien ressentit une angoisse sourde.

— Qu'est-ce qui se passe? trembla-t-il.

— Vous connaissez une certaine Julie?

Maximilien se décomposa intérieurement.

— Oui, tout à fait, répondit-il d'une voix blanche.

— Elle vient de faire une tentative de suicide...

— Quoi?

Maximilien eut l'impression de se disloquer.

— Elle a avalé un tube de somnifères...

Oh, mon dieu!

— Vous êtes de la famille?

— Oui! C'est... C'est ma sœur jumelle...

— Quel est votre nom ?

— Maximilien Vogue.

Sa voix était maintenant brisée par l'émotion.

— Venez. Je vous attends à l'accueil des urgences pour vous expliquer la situation.

20

Cette Laetitia avait raccroché avant qu'il ait pu obtenir plus de détails. Sonné, Maximilien se secoua pour retrouver ses esprits et congédia rapidement la fille qui n'avait pas vraiment l'air de comprendre ce qui se passait. Il s'en fichait. L'important était de se rendre au plus vite à l'hôpital. Trop nerveux pour conduire, Maximilien commanda un taxi. Les vingt minutes qu'il passa dans la voiture lui parurent les plus longues de sa vie. Il eut le temps de repasser tout le film de ces dernières semaines, toutes les fois où sa sœur avait tenté de le joindre, ses appels de détresse qui étaient restés lettre morte parce qu'il était occupé à je-ne-sais-quoi... Enfin, il arriva devant l'établissement hospitalier. Curieux, ce mot... Car lorsqu'on arrivait ainsi de nuit, le lieu n'avait vraiment rien d'hospitalier! L'ambiance sinistre fit tressaillir l'homme d'affaires. Il n'y avait personne à l'accueil. Le hall était désert. Il eut un instant peur de ne pas trouver l'endroit où Julie avait été emmenée. Heureusement, il finit par croiser une dame qui semblait appartenir au personnel soignant.

— L'accueil des urgences?

— Au fond du couloir à gauche, puis ascenseur jusqu'au niveau −1, répondit-elle assez aimablement, sans toutefois trouver la force de lui sourire.

— Merci beaucoup!

— Je vous en prie, dit la femme en Crocs, ces drôles de chaussures en plastique fluo qui firent fureur une saison. Puis elle traîna les pieds jusqu'à l'extérieur en dégainant son paquet de cigarettes light.

Maximilien fonça à travers les couloirs et se retrouva dans l'ascenseur, seul avec les battements sourds de son cœur et ses mains moites.

Enfin, il trouva la zone des urgences de nuit. De nombreux patients attendaient, mais il passa devant tout le monde pour assaillir la personne de l'accueil en charge de traiter les cas au fur et à mesure de leur arrivée. Celle-ci fronça les sourcils, prête à le rabrouer sèchement.

— Monsieur, attendez votre tour, s'il vous plaît.

Ni une ni deux, Maximilien s'imposa quand même.

— Je ne viens pas pour me faire soigner. Vous m'avez appelé il y a une heure. Je viens rendre visite à ma sœur. Je veux savoir comment elle va. S'il vous plaît.

Il ne lui arrivait pas souvent d'employer un ton aussi suppliant…

— Dans ce cas… Qui vous a contacté ?

— Laetitia.

— Attendez un instant. J'essaye de la joindre.

Il la vit échanger quelques brèves paroles, puis raccrocher. Aucune émotion particulière ne venait perturber son visage. Elle semblait rodée pour garder une distance totale avec tout ce qui pouvait se passer ici. Sans doute était-ce là absolument salutaire pour ne pas risquer de devenir dingue dans un lieu pareil. Mieux valait imperméabiliser sa sensibilité.

— Patientez dans la salle d'attente. Laetitia viendra vous chercher.

Dépité, fou d'inquiétude, Maximilien dut se résoudre à aller s'asseoir sur les sièges en plastique de la salle d'attente, entre une mère qui tenait son nourrisson gémissant dans les bras et un monsieur qui comprimait une plaie au visage avec un linge. Maximilien avait l'impression d'être dans la quatrième dimension et le contraste violent entre son début de soirée et ce qu'il vivait maintenant le saisit de plein fouet. Les minutes s'égrenaient et personne ne venait lui donner de nouvelles. Il devenait fou et sentait une rage sourde lui envahir les veines. Il se leva d'un bond et se dirigea de nouveau vers le bureau, contenant difficilement ses nerfs. L'infirmière de l'accueil le regarda avec une froideur implacable et lui répondit en articulant bien ses mots.

— Vous devez pa-ti-en-ter, c'est clair ? Dès que Laetitia sera disponible, elle viendra vous chercher…

— Mais enfin, c'est incroyable, de faire patienter comme ça la famille ! Tout ce que je demande, c'est des nouvelles, bon sang !

Imperturbable, la dame tapota avec la pointe de son stylo-bille le petit panneau scotché sur le comptoir.

Toute agression, physique ou verbale, envers le personnel hospitalier est passible de poursuites judiciaires en vertu de deux articles du Code pénal.

— Allez-vous asseoir, ordonna-t-elle.

Maximilien se résigna, rongé de colère et d'inquiétude.

Quinze minutes et dix-sept secondes plus tard, la Laetitia en question sortit de l'antre des urgences.

— Monsieur Vogue ? lança-t-elle à la cantonade.

Maximilien se leva d'un bond.

— C'est moi !

— Suivez-moi, je vous prie.

Il ne se fit pas prier et la suivit dans les couloirs où l'on apercevait à travers les portes entrouvertes des patients étendus sur des brancards. Enfin, ils arrivèrent devant un box aux parois vitrées, d'où Maximilien put apercevoir sa sœur inanimée. Son cœur bondit dans sa poitrine. Une jeune fille qui attendait aussi se tourna vers eux. Maximilien se demanda qui elle pouvait bien être. Le médecin le renseigna aussitôt.

— C'est mademoiselle qui a trouvé votre sœur dans l'appartement. Elles sont colocataires, vous ne le saviez pas ? Heureusement qu'elle était là !

Maximilien tendit sa main vers la jeune femme qui ne répondit pas à son geste. Elle le regarda d'un air sévère.

— C'est vous, Maximilien ?

— Oui, pourquoi ?

— Non, pour rien…

Pourquoi le regardait-elle de travers ? Peu importe… Ce n'était pas le moment de se poser ce genre de questions. Sans plus calculer la fille, Maximilien se tourna vers le médecin pour avoir un compte rendu.

— Elle a eu un lavage d'estomac. Elle devrait être tirée d'affaire. Au niveau physique, en tout cas.

Maximilien déglutit péniblement.

— Elle dort, maintenant. Il n'y a plus grand-chose à faire pour l'heure. Si vous voulez, vous pouvez revenir demain matin, nous discuterons de la suite. Il faudra sans doute envisager une maison de repos. Je vous en parlerai.

— Je… Je peux entrer pour la voir ? Elle m'entendra, si je lui parle ?

— Qui sait ? Peut-être que oui… Allez-y, mais pas longtemps. Il faut la laisser se reposer.

— Bon, moi je m'en vais, je me lève très tôt, demain, dit la colocataire.

Passant outre leur premier mauvais contact, Maximilien l'interpella.

— Attendez !

— Quoi ?

— Je… Je voulais vous remercier pour ce que vous avez fait pour ma sœur. Vraiment.

— Ya pas de quoi. Tout le monde aurait fait pareil à ma place.

— Non, c'est remarquable. Je voudrais… vous remercier, euh… je ne connais même pas votre prénom.

— Pénélope. Non. C'est inutile. Vous n'avez rien à faire. Ah, si ! Peut-être une chose…

— Quoi ?

— Essayez d'être là pour elle, dorénavant.

Bim. La claque. Maximilien encaissa en silence. Il nota le téléphone de Pénélope et promit de lui donner des nouvelles.

Il pénétra dans le box et s'approcha du visage de sa sœur. Il caressa longuement ses cheveux et lui murmura des paroles tendres et rassurantes.

— Je suis là, petite sœur. Tout va bien se passer, à présent.

Puis, sûr d'être bien à l'abri des regards, il se laissa aller à pleurer doucement, sans bruit. Avec la nuit pour témoin, il formula une promesse solennelle :

— Ma Julie. Plus jamais, jamais, je ne te laisserai tomber. Je le jure !

Il tint encore un moment la main de sa sœur jumelle serrée entre les siennes, puis se résolut à partir, ses pas résonnant au rythme des bips anxiogènes des fonctions vitales.

21

Le lendemain, Maximilien se réveilla comme s'il était passé sous un train. Cela faisait longtemps qu'il n'avait pas connu une nuit aussi pitoyable. Ses tranches de sommeil avaient dû être aussi fines que du papier à cigarette. Il s'était réveillé en sursaut à plusieurs reprises, comme pris de sueurs froides, espérant presque un mauvais rêve avant de revenir à la triste réalité : tout cela était bel et bien arrivé. Il avait programmé son réveil tôt pour se rendre au plus vite au chevet de Julie ce matin. Il se prépara un café à la hâte, mit trop de poudre et dut boire l'infâme jus noir âcre et corsé en serrant les dents. Il ne put rien avaler d'autre, il n'avait pas faim.

Quand il arriva à l'hôpital, on lui annonça que Julie était réveillée. Maximilien se dirigea vers sa chambre et aperçut sa sœur à travers la vitre, assise sur le côté de son lit, son regard vague fixant le mur, ses jambes se balançant doucement dans le vide, son dos voûté comme si toutes les peines du monde pesaient sur ses épaules. Il passa la tête par la porte entrebâillée.

— Julie ?

Aucune réaction. Maximilien toqua sur la porte pour mieux signaler sa présence, puis fit une nouvelle tentative.

— Julie ? C'est moi…

Julie se tourna alors vers son frère. On aurait dit qu'elle le regardait sans le voir. Maximilien remarqua son teint blafard et ses profonds cernes violacés. Il en eut le cœur retourné. Mais ce ne fut rien à côté du choc qu'il ressentit quand sa sœur murmura :

— Va-t'en…

Des mots simples, mais implacables. Julie se détourna et se remit à fixer le mur, ses jambes recommencèrent à se balancer, l'entrevue était terminée.

Aussi plombé que s'il avait reçu une balle, Maximilien tituba jusqu'au bureau des internes. Laetitia s'affairait sur des dossiers et pianotait sur un ordinateur.

Il frappa sur la porte ouverte pour s'annoncer. Elle leva enfin les yeux.

— Ah, c'est vous ? Vous avez vu Julie ?

— Elle… Elle refuse de me voir.

L'interne soupira et lui adressa un petit sourire compréhensif qui lui fit un peu de bien.

— Ce type de réaction n'est pas rare après un tel choc. Ne vous désespérez pas. Votre sœur a-t-elle des raisons de vous en vouloir ?

— Je n'ai pas pu être aussi présent que je l'aurais souhaité ces dernières semaines…

— Ah. On fait comme on peut, n'est-ce pas ? Vous savez, dans ce genre de cas, il ne faut pas sous-estimer la part de dépression dans les réactions.

— Oui, je comprends…

— Nous n'allons pas la garder ici plus de quarante-huit heures. Ensuite, il semble vraiment nécessaire de lui prévoir un séjour dans une bonne clinique de repos. Qu'elle prenne le temps d'aller mieux… Et surtout d'être suivie de près !

— Je vais y veiller, répondit Maximilien d'une voix blanche.

— Tenez, je vous ai noté les références de la Clinique de l'Eau rousse. Je connais l'équipe des encadrants. Ils sont excellents.

Maximilien se saisit du papier. Les mots dansaient sous ses yeux. Comment avaient-ils pu en arriver là ?

— Même si elle ne veut pas me voir, je reviendrai tous les jours. S'il y a quoi que ce soit, n'hésitez pas à m'appeler, de jour comme de nuit.

— Entendu.

Maximilien remercia chaleureusement Laetitia qui avait fait un travail formidable auprès de sa sœur, puis prit congé.

Quand il sortit, la lumière du jour lui fit presque mal aux yeux. Ou bien étaient-ce ses larmes de la veille qui avaient sur-sensibilisé ses paupières ? Il marcha dans les rues, hagard, incapable de penser clairement après les récents événements. Un hamster fou trottait dans sa tête, faisant tourner la petite roue de la culpabilité. Si seulement il avait su être là pour elle, dégager du temps pour l'écouter, la rassurer, la conseiller peut-être ? Il aurait fallu être capable de mieux sentir les choses, de les voir venir, avant d'en arriver à de telles extrémités !

Seulement voilà : sa burnerie de pouvoir, évidente, avait mis un écran entre lui et ses émotions, de telle sorte qu'il ne recevait plus certains signaux d'alerte. Il avait si bien construit sa carapace qu'il était certes mieux protégé, mais aussi coupé des autres. Et c'est ainsi qu'il était passé à côté du véritable mal-être de sa sœur. Il déambulait maintenant à travers les rues et croisait les passants, indifférents à son triste état. Il n'était qu'un chagrin anonyme. Combien de temps marcha-t-il ainsi ? Il n'aurait su le dire.

Le visage de Romane s'imposa alors à son esprit et une pensée se fit jour : l'appeler, lui parler… Elle s'y connaissait en burnerie, elle savait ce qui n'allait pas chez lui. Elle saurait peut-être l'aider, ou du moins le comprendre, le juger moins durement que les autres ? Il avait besoin d'une sorte d'absolution. Au bout de six sonneries, le répondeur se mit en route.

Malheureusement pour lui, Romane n'était pas joignable. À moins qu'elle n'ait pas voulu décrocher ? Il n'osa pas laisser de message. Décidément, le ciel n'était pas de son côté. Maximilien se remit à marcher sans but et, pour la première fois de sa vie, se sentit vraiment perdu et désespérément seul…

22

Cela faisait longtemps que Romane n'avait pas aussi bien dormi ! La fatigue avait enfin eu raison de ses tensions nerveuses accumulées depuis quelques jours. Elle avait gentiment demandé à son cerveau droit de lui dessiner des oubliettes pour y envoyer le sujet Maximilien et octroyer à ses pensées une pause bien méritée. D'humeur guillerette, elle se prépara donc un bon café avec quelques tartines de pain aux graines, une spécialité de son artisan boulanger, le meilleur du quartier. Tandis qu'elle dégustait son savoureux petit-déjeuner, elle pensait au programme de sa journée et aux différents rendez-vous qui l'attendaient. Elle avait accepté, en accord avec les participants concernés, de servir de médiatrice auprès de certains proches, pour les informer en toute neutralité des progrès accomplis grâce au programme. Ainsi, elle irait voir Thomas, le fils d'Émilie, qui avait trouvé un poste d'apprenti cuisinier. Puis elle rendrait visite à l'ex-femme de Patrick. Elle espérait vivement que ses démarches porteraient leurs fruits pour amorcer une réconciliation.

Romane soupira. Elle savait que la tâche n'allait pas être aisée. Comme à chaque fois, d'ailleurs. Mais c'était cet aspect des choses qui lui plaisait tant ! Elle voulait tout mettre en œuvre pour que ses participants aient le maximum de chances de réussir leur programme de transformation. Quitte à prendre certains risques… Mais ils le méritaient bien, non ? La jeune femme avait de l'affection pour eux. N'avaient-ils pas le courage d'essayer de changer quand tant d'autres haussaient les épaules et refusaient la moindre remise en question ? De temps en temps, Maximilien sortait quand même des oubliettes pour se rappeler à elle. Lui avait renoncé un peu trop vite. Il avait fait son choix ; on ne pouvait forcer personne… Quelque chose continuait néanmoins à la turlupiner : elle en avait connu, des personnalités aux penchants burnés, et elle savait reconnaître ceux qui ne changeraient jamais vraiment… Maximilien, elle l'avait senti, aurait pu changer. Certes, il cumulait pas mal de mauvais travers. Mais il avait un bon fond. Elle l'aurait juré ! Il aurait eu tant à apprendre sur lui-même dans ce programme. *Arrête de te contrarier avec cette histoire. Va de l'avant, Romane*, se dit-elle tout en tournant la clé de contact de sa voiture.

Après une demi-heure de route, la musique à fond pour faire le vide dans sa tête, elle arriva sur le lieu de travail de Thomas. Cette fois-ci, le garçon avait accepté de la rencontrer de visu et était prêt à prendre sur son temps de pause pour discuter. C'était déjà bon signe. Quand Romane se présenta, il fut direct : ils avaient dix minutes. La jeune femme sortit alors sa tablette pour lui montrer les images de sa mère jouant les commis de cuisine lors du Troc-fauteuil pour comprendre la passion et le futur métier de son fils. Romane vit les yeux de Thomas se troubler.

— Elle essaye vraiment, tu sais ?

L'adolescent essuya son nez d'un revers de veste, le visage baissé et fermé pour cacher son émotion.

— Elle est très malheureuse, je ne te le cache pas… Elle t'aime plus que tout et je crois qu'elle a vraiment compris ses erreurs du passé. Il suffirait d'un geste de ta part pour qu'elle t'ouvre ses bras et t'accueille à nouveau à la maison…

— Je ne suis pas prêt ! se renfrogna Thomas.

Romane savait qu'il ne fallait pas le brusquer. Prendre son temps pour l'apprivoiser.

— Je comprends. Mais même si tu n'es pas encore prêt à revenir chez vous, ce serait vraiment chouette que tu lui envoies un texto, ou mieux, que tu lui téléphones ? Un petit geste ?

Thomas jeta encore un regard en biais sur l'image figée de sa mère en commis de cuisine. Puis il hocha la tête signifiant que oui, il le ferait.

Romane sourit intérieurement. C'était un beau début. On ne pouvait guère en attendre plus pour l'instant. Elle le remercia chaleureusement et avant de partir lui demanda :

— Dis-moi, j'ai cru entendre dire que tu étais très doué en cuisine ? Ça t'intéresserait de participer à un casting pour l'émission *Graines de chef* ?

Le regard de Thomas s'était illuminé, mais il haussa les épaules pour manifester un *chsaispas* d'ado rebuté.

Romane lui tendit sa carte.

— Envoie-moi un texto pour me dire. Je connais bien le producteur, il pourrait te faire passer le casting... Merci d'avoir pris ce moment avec moi. À bientôt, Thomas !

Le garçon lui adressa un signe de la main tandis qu'elle s'éloignait pour regagner sa voiture.

Romane reprit le volant et se mit en route pour sa prochaine destination. L'ex-femme de Patrick l'accueillit chaleureusement. *Une heureuse nature*, se dit Romane. Patrick avait eu bien de la chance d'avoir une telle perle à ses côtés. Pour pousser à bout une personne aussi gentille et bienveillante, il avait fallu qu'il aille très loin... Janine offrit à Romane une délicieuse collation : un savoureux thé vert assorti de quelques madeleines qu'elle avait elle-même confectionnées en vue de sa visite. Elle habitait une minuscule maison, juste assez grande pour elle et ses enfants, mais joliment arrangée et très bien tenue.

Mais le masque souriant craquela rapidement dès qu'elles commencèrent à aborder le sujet de Patrick. Janine avait des tonnes de sacs accumulés, de non-dits, de frustrations, une vraie benne de sentiments amoureux déçus qui ne demandait qu'à se déverser.

Au fil du temps, Janine était devenue transparente aux yeux de son mari, elle avait été blessée par le manque d'intérêt total qu'il portait à l'activité qu'elle essayait de développer, en plus des enfants et de tout le reste, et cette manière vexante qu'il avait de lui faire sentir qu'elle ne gagnait pas assez d'argent, comme si son commerce en ligne était tout juste bon à lui offrir son argent de poche ! Peu à peu, elle aussi avait perdu sa motivation à le séduire et à lui être agréable. Et puis elle avait fini par un peu s'oublier et se négliger. Elle avait si peu de temps à consacrer à son bien-être et à sa beauté ! Les disputes étaient alors devenues monnaie courante… Jusqu'à l'ultime ras-le-bol. Au mariage d'un cousin éloigné, soirée un peu trop arrosée, Patrick s'était comporté comme un vrai goujat, allant même jusqu'à fricoter sous ses yeux avec une jeunette à la robe aussi ras-des-pâquerettes que sa conversation. L'humiliation de trop.

Romane observait le visage de cette femme blessée qui sans le savoir, avec ses confidences, dressait un portrait type de ce que pouvait être la burnerie conjugale. Elle finit par poser la main sur la sienne en signe d'empathie.

— Cela a dû être très douloureux… compatit Romane.

— Qu'est-ce qu'il aurait fallu faire ? s'écria Janine, sous tension.

— Vous savez, il existe d'excellentes techniques pour contrer ces comportements et éviter ces douloureux déséquilibres.

— C'est trop tard, maintenant…

— Il n'est jamais trop tard, Janine. Pourquoi ne pas venir assister à l'un de nos cours de self-défense anti-burnerie, si ça vous intéresse ?

— Oui, pourquoi pas…

— En tout cas, je voulais vous dire le chemin que Patrick a parcouru depuis qu'il a commencé le programme. Vous ne le reconnaîtriez pas ! Votre départ a été un vrai électrochoc pour lui. J'ai rarement vu quelqu'un d'aussi engagé ! Regardez ce qu'il est prêt à faire pour vous…

Romane lui montra le petit film de Patrick en train de se prêter au jeu du Troc-fauteuil, aidant les enfants de Mia à s'habiller, participant aux tâches domestiques, préparant les colis de livraison pour les clients de Mia, elle aussi auto-entrepreneur…

Romane n'en dit pas davantage. Elle semait les graines ; il fallait laisser le temps faire son œuvre… Elle décida de prendre congé. Les deux femmes se serrèrent chaleureusement la main.

— Et le cours de self-défense, vous y penserez ? Il y en a un jeudi matin à 10 heures.

— Entendu. Merci, Romane…

Tandis que Romane roulait en direction de Sup' de Burnes, son téléphone sonna. Elle jeta un coup d'œil en biais pour voir de qui il s'agissait. Maximilien Vogue ? Elle faillit faire une embardée ! Son cœur monta à cent trente. De quoi être flashée par les radars détecteurs d'émotions fortes. Elle ne pouvait pas décrocher bien sûr, volant oblige. Tiraillée, trépignant, Romane se résigna donc à laisser sonner. La petite voix de la raison s'exprima sans détour. *Après tout, si c'est important, il laissera un message !* Mais son cerveau limbique, siège des émotions, lui ordonna de se garer quand même sur le bas-côté pour écouter son répondeur. Déception : aucun message. *Tant pis pour lui*, se dit-elle avec plus de détermination qu'elle n'en ressentait vraiment. Elle n'allait quand même pas le rappeler sans même savoir ce qu'il voulait ? La jeune femme reprit sa route, l'esprit agité.

23

ROMANE AVAIT TRAVAILLÉ trois heures d'affilée avec son père à Sup' de Burnes. Ils avaient commandé des sushis pour le dîner afin de gagner du temps. Elle appréciait ces moments passés avec lui, touchée par la connivence muette qu'elle sentait entre eux. Côte à côte dans la salle de montage vidéo, ils avaient longuement regardé des extraits de films en se demandant lesquels choisir. Romane préparait un nouvel atelier pour ses participants et avait besoin du regard de son père pour l'aider à caler son concept... Alors qu'ils visionnaient un nouveau passage, le portable de Romane vibra dans son sac. Elle ouvrit la fermeture Éclair et jeta un coup d'œil sur l'écran. Encore Maximilien ? C'était la deuxième fois aujourd'hui qu'il essayait de l'appeler. Jean-Philippe lui jeta un regard oblique. C'était la seule chose qui continuait d'agacer Romane : l'ingérence de son père. Il voulait toujours tout savoir sur sa vie et elle se sentait parfois obligée de raconter même ce qu'elle aurait bien voulu garder pour elle.

— Numéro inconnu, je ne réponds pas, dit-elle d'un ton léger pour masquer son trouble de recevoir encore un appel de Maximilien.

Mensonge par omission. N'était-ce pas véniel ? Insistance de la sonnerie. La jeune femme maugréa. Cet homme avait rejeté son programme sans vergogne et il faudrait encore lui répondre au doigt et à l'œil ? Hors de question ! Quoi qu'il ait à lui dire, ça pouvait attendre... Son doigt appuya sur le bouton rouge pour rejeter l'appel.

Lorsqu'elle quitta son père à 22 heures passées, il la serra chaleureusement dans ses bras.

— Ma grande fille ! Tu m'envoies un texto pour me dire que tu es bien arrivée, hein ?

— Papa ! protesta mollement Romane.

Il ne pouvait s'empêcher d'être surprotecteur avec elle, mais elle le laissait faire. Quel mal y avait-il à cela, après tout ? Par moments, elle avait pourtant bien conscience qu'elle lui laissait prendre beaucoup de place dans sa vie et que leur relation avait tendance à devenir trop fusionnelle. Comment réagirait-il lorsqu'elle referait sa vie ? Ne souffrirait-il pas d'une nouvelle prise de distance ? Cette idée attristait Romane, aussi n'était-elle pas pressée que ce jour arrive.

Une fois chez elle, la jeune femme jeta ses clés dans le vide-poches et, sans attendre, ôta tous ses vêtements pour aller prendre la bonne douche chaude dont elle rêvait depuis des heures.

Sentir l'eau couler sur son corps et chasser ses tensions. Laisser le jet brûlant ruisseler sur sa nuque et lui procurer un délicieux massage. Quand Romane arrêta le mitigeur, la pièce était envahie de vapeur. Elle enfila un peignoir et frotta vigoureusement ses cheveux avec une serviette. Ainsi accoutrée en reine de Saba improvisée, elle se rendit dans la cuisine, mit de l'eau à chauffer pour se préparer une infusion et revint dans le salon allumer la télé. *Ah oui, mon père, le texto !* songea-t-elle. Elle prit son portable dans son sac et remarqua un appel en absence. Encore Maximilien Vogue ! Le cœur de Romane se mit à battre plus fort, une fois encore. Que voulait-il à la fin ? Son esprit s'emballa. S'excuser ? Regrettait-il sa décision de quitter le programme ? Mais pourquoi l'appeler à répétition, surtout aussi tard ? 23 h 15 ! Ah, cette fois-ci il avait laissé un message. D'abord, Romane ne reconnut pas sa voix, vibrante et hésitante. Puis elle fut frappée par le timbre ému, presque désespéré. Que lui arrivait-il donc ? La jeune femme envoya rapidement un texto de bonne nuit à son père, prit le temps de se servir une tisane et de se sécher les cheveux, puis enfin se cala confortablement dans son canapé et décida de rappeler Maximilien… Quatre sonneries et ça ne décrochait toujours pas. Romane allait abandonner lorsqu'une voix caverneuse répondit. Elle tressaillit.

— Allô ?

— Maximilien ?

— Oui ?

— C'est… C'est moi, c'est Romane. Romane Gardener.

Il y eut un gros blanc. Romane se dit qu'elle tombait à un mauvais moment.

— Il est peut-être trop tard pour vous rappeler ?

— Non, non, non ! s'exclama Maximilien avec force. Merci ! Mille mercis de me rappeler… Je suis vraiment très… heureux de vous entendre.

— Mais enfin, que se passe-t-il ? J'ai vu que vous aviez essayé plusieurs fois de me joindre…

— Oui, c'est… c'est exact. Pardonnez-moi de vous avoir dérangée. C'est vraiment très important pour moi de vous parler.

Jamais elle ne l'avait entendu si bredouillant et peu sûr de lui.

— Maximilien, vous m'inquiétez. Que vous arrive-t-il donc ?

— C'est… C'est Julie…

Allons bon. Il ne manquait pas de culot de l'appeler pour lui parler d'une autre femme ! La main de Romane se crispa sur le combiné.

— Ah…

— C'est… ma sœur jumelle !

Quoi ? Sa sœur jumelle ? Romane respira, vaguement soulagée.

— Que s'est-il passé ?

Maximilien lui raconta tout. Romane l'écouta sans l'inter-rompre, l'encourageant juste par des petits mots de relance et, sans le vouloir, se sentant captivée par le timbre rauque et grave de la voix au bout du fil. Puis Maximilien se tut. Romane l'entendait simplement renifler.

— Maximilien ? Vous… Vous pleurez ?

— Mais non, je ne pleure pas !

En d'autres circonstances, elle aurait souri de ce sursaut d'ego.

0 h 20. Ils parlaient déjà depuis un bon moment. Malgré tout, des questions restaient encore en suspens.

— Maximilien, pourquoi m'avoir appelée, moi ? Vous n'avez pas des amis, de la famille ?

— Je… Je ne sais pas. Je voulais vraiment vous entendre, vous. Et aussi vous dire combien je suis désolé d'avoir quitté le programme comme ça. Je regrette… Je pense… Je pense que j'en ai vraiment besoin.

Un homme comme lui, faire un aveu comme celui-là… Romane savourait l'effet…

— Romane…

— Oui ?

— Me reprendriez-vous dans le programme ?

Là, Romane buvait carrément du petit-lait. Mais elle ne voulait pas lui céder trop vite.

— Ce n'est pas vraiment le moment de discuter de ça.

— S'il vous plaît, Romane.

Bougre! Il insistait! Et comment faisait-il pour avoir une voix aussi hypnotisante? Que pouvait-on refuser à une voix pareille?

— On verra, d'accord? Je vais y réfléchir…

— Romane?

— Oui?

— Vous voulez bien passer encore un petit moment avec moi?

Que dire? Romane resserra machinalement son peignoir contre son corps nu.

— Oui, souffla-t-elle. Mais pas longtemps! se crut-elle obligée d'ajouter pour que les choses soient claires.

« C'est très aimable à vous », avait-il rétorqué. Comment dire? Romane sentait bien que sa démarche n'était pas vraiment motivée par la seule amabilité, mais c'était préférable qu'il pense ainsi… Maximilien lui parla encore de sa sœur. De quand ils étaient petits. Leur incroyable complicité. Leurs quatre cents coups. Leur relation fusionnelle jusqu'à ce que leurs chemins se séparent au moment des études supérieures… Puis ce fut au tour de Romane de parler de son « père d'avant ». Au fil de la conversation, Romane sentait la voix de Maximilien reprendre de la chaleur. Il avait eu si froid. Ils n'arrivaient pas à raccrocher. Les minutes se transformaient en heures et eux restaient hors du temps, comme enveloppés d'irréalité, à traverser ensemble cette drôle de nuit. Au bout d'un moment, Romane était allée dans sa chambre, s'allonger sur son lit. Blottie sous la couette, elle avait calé le téléphone sous son oreille. Les yeux mi-clos, elle écoutait les paroles de Maximilien, si présentes qu'il semblait là, allongé à côté d'elle. Quelle étrangeté…

— Vous êtes toujours là? s'inquiéta-t-il.

— Oui.

— Vous dormez?

— Presque.

— Je vais vous laisser…

Mais il avait l'air de ne pas tellement y tenir…

— Mmm. Si vous voulez, Maximilien, je peux rester en ligne le temps que vous vous endormiez…

— Vous feriez ça ?

— Oui…

— Romane ?

— Chut ! Il faut dormir maintenant !

— Non, rien. Juste, merci.

Romane sourit tandis qu'elle éteignait la lumière.

Quand Romane se réveilla le lendemain matin, elle ne comprit pas tout de suite pourquoi son téléphone était coincé dans ses cheveux. Puis elle identifia le bip saccadé des communications en suspens et se rappela. Maximilien et elle s'étaient endormis, au son de leurs souffles mêlés. Le souvenir de cette étrange nuit fit le tour de ses neurones et tout en s'étirant, elle se demanda si c'était un bien ou plutôt un mal.

Elle posa un pied par terre. Le droit. Tirant avantage de la superstition populaire, Romane décida que ce serait un bien.

24

Maximilien était arrivé devant Sup' de Burnes en songeant que dans moins de cinq minutes, il reverrait Romane. Celle-ci lui avait donné rendez-vous une demi-heure avant la prochaine séance avec le reste du groupe. Pour prendre le temps de «remettre les choses au clair», selon son expression. Il avait senti un ton bien différent quand elle l'avait rappelé le lendemain de leur nuit passée au téléphone. Un ton ferme et résolu, qui semblait d'emblée avoir remis de la distance. Sans qu'il puisse vraiment définir pourquoi, cela le déboussolait. Il s'était senti tellement proche d'elle, cette nuit-là, et malgré les circonstances chaotiques de ces derniers jours, il n'avait pu s'empêcher d'être troublé par ce lien qu'il avait senti naître entre eux. À moins qu'il se fasse des idées et que son cerveau fatigué et stressé lui joue des tours ?

Fantine vint lui ouvrir avec un large sourire accueillant. *Charmante*, songea Maximilien. Mais l'arrivée de Romane éclipsa promptement la jeune collaboratrice.

— Maximilien.

— Romane !

Ils se serrèrent la main cérémonieusement sans se quitter des yeux. Maximilien essayait de retrouver dans son regard quelque chose de l'intimité qui s'était créée l'autre soir, mais rien ne perçait. La fenêtre entrouverte de Romane Gardener s'était refermée et les rideaux étaient bien tirés. Elle lui demanda de la suivre et l'emmena dans une minuscule salle de réunion qu'il ne connaissait pas encore. Romane le fit asseoir et lui proposa un verre d'eau. Il avait l'impression de passer un entretien d'embauche! Il réprima un sourire; le cocasse de la situation ne lui échappait pas. Il refusa le verre d'eau, et Romane s'assit elle aussi pour débuter l'entretien. En vraie professionnelle, elle résuma parfaitement la situation.

— Donc, après avoir volontairement décidé de quitter le programme de déburnerie comportementale, vous avez décidé de le réintégrer, à la suite de l'épisode malheureux que vous traversez avec votre sœur jumelle, c'est bien ça?

— Oui, tout à fait.

Madame le juge, aurait-il rajouté si l'expression sérieuse de Romane ne l'avait stoppé net. Mais l'heure n'était pas à la plaisanterie et il sentait que Romane prenait cet entretien très au sérieux.

— Vous vous rendez bien compte que votre attitude durant vos premières semaines à Sup' de Burnes ne plaide pas du tout en faveur de votre réintégration.

Maximilien se demanda s'il devait baisser les yeux et courber l'échine. Il n'avait pas vraiment l'habitude d'adopter la posture du repenti. L'expérience s'avérait étrange, mais pas inintéressante.

— J'en ai tout à fait conscience et je suis dorénavant prêt à m'investir totalement dans le programme.

Il se surprit à ressentir l'authenticité de ces mots tandis qu'il les prononçait. L'épisode qu'il traversait avec Julie y était pour beaucoup, mais pas seulement. Quelque chose le motivait aussi à changer le regard que Romane posait sur lui. Cette dernière parut assez satisfaite de sa réponse, sans rien lâcher pour autant.

— Bien. Je suis prête à vous accorder une seconde chance, mais soyons clairs…

— Oui?

— Je ne tolérerai aucune incartade. Au premier signe de mauvais esprit, je vous renvoie définitivement. Nous sommes bien d'accord?

Cela faisait longtemps qu'une femme ne lui avait pas parlé sur ce ton. Maximilien s'entendit acquiescer sans résistance et en fut le premier surpris.

— Je vous fais une sacrée fleur en vous reprenant dans le programme.

— J'en ai bien conscience.

— Il va falloir faire vos preuves pour regagner ma confiance.

Maximilien se pencha vers Romane pour qu'elle puisse lire sa détermination de plus près.

— Vous pouvez compter sur moi.

La phrase opéra comme un sésame sur la principale intéressée. Romane lui sourit chaleureusement et lui tendit à nouveau la main, pour sceller leur accord tacite. Maximilien feignit d'ignorer le contact électrique et se leva d'un bond. Romane aussi. Il la dépassait d'une demi-tête et remarqua la lueur joyeuse dans ses yeux: elle devait savourer sa victoire. Néanmoins, à son ton, il comprit qu'il allait devoir se retrousser les manches: l'heure n'était à rien d'autre qu'au travail.

— Rendez-vous dans cinq minutes dans la grande salle avec les autres. C'est reparti!

Oui, chef! songea Maximilien, amusé d'observer chez quelqu'un le même degré d'énergie et de volonté que le sien. Romane Gardener tourna les talons, non sans lui jeter un regard provoquant qui semblait dire «Prouve-moi ce que tu sais faire» et sut piquer au vif l'homme de défi qu'il était…

25

ROMANE N'ÉTAIT PAS PEU fière de la façon dont elle avait mené l'entretien avec Maximilien. Néanmoins elle était soulagée qu'il n'ait pu lire à l'intérieur de sa tête : il n'aurait pas été déçu. La vérité, c'est qu'elle s'était liquéfiée tout au long du face-à-face et avait dû lutter pour garder sa contenance.

Avant de rejoindre le groupe et enchaîner sur la séance, la jeune femme passa à la cuisine pour boire un grand verre d'eau et goûter deux minutes de calme. Puis elle gagna la salle d'un pas résolu. Maximilien avait repris sa place parmi les autres, qui n'avaient pas manqué de l'assaillir de questions pour savoir ce qui s'était passé. Romane demanda le silence.

— Comme vous pouvez le constater, Maximilien est de nouveau des nôtres pour suivre le programme.

Tous les regards étaient braqués sur lui, spécialement celui de Nathalie que ce retour semblait réjouir particulièrement. *Concentre-toi, Romane !*

— Quant aux autres, merci d'être tous là. Aujourd'hui, je vous propose de commencer un nouveau projet, assez ambitieux, pour continuer à développer un nouvel état d'esprit : vous tourner davantage vers les autres, donner plus de votre personne, adopter de nouvelles valeurs, comme la gentillesse et la bienveillance…

— Vous voulez faire de nous des Mère Teresa, ma parole ! s'esclaffa Bruno.

— Il y a encore un peu de travail, taquina Romane sur le même ton. C'est vrai, quand on parle de gentillesse et de bienveillance, cela paraît toujours un peu désuet… Pourtant, ces valeurs portent en elles un vrai pouvoir, très puissant mais malheureusement encore trop méconnu.

Pour revenir à son sujet, Romane s'approcha de la table puis alluma le vidéoprojecteur. Des images d'attroupements apparurent, des personnes se serrant dans les bras…

— Vous connaissez ces manifestations de *free hugs*, ces groupes de personnes qui décident d'offrir des câlins aux passants ?

Tout le monde acquiesça.

— Eh bien, je vous demande de réfléchir à une idée de projet associatif qui irait dans le même sens… Quel type d'action pourriez-vous mettre en place pour prôner auprès du grand public les bienfaits de la gentillesse, de la bienveillance, de la tolérance et de la pensée positive ?

Les participants se regardèrent d'un air effaré. Romane leur proposa alors de réaliser une séance de brainstorming pour laisser venir toutes les idées sans se censurer. Elle fut touchée de voir l'implication de Maximilien dans l'exercice. Quand il voulait, il savait insuffler une vraie motivation à un groupe. La séance s'avéra très productive : ils tenaient une bonne piste, qui ne demandait qu'à être creusée…

Dans les jours qui suivirent, le groupe avait réussi à se voir une fois en dehors de Sup' de Burnes pour continuer à travailler. La séance suivante, ils avaient tout préparé pour présenter leur projet. Romane se demandait ce qu'allait donner leur concept… Maximilien avait assuré la coordination pour répartir les rôles. Sur un chevalet, il avait disposé un carton recouvert d'un tissu noir, afin de ménager ses effets. Ce fut Bruno qui fit tomber le voile pour révéler le nom de l'association et son identité visuelle.

Romane lut avec un intérêt non feint : Association HappyLib'.
Bruno fournit les premières explications :

— On a eu envie de surfer sur la tendance Vélib', qui permet
d'utiliser des vélos en toute simplicité. Nous, notre souhait,
c'est de donner un accès libre à des pensées de bonheur à un
maximum de gens…

— Pour le logo, j'ai choisi de dessiner une colombe en plein vol,
dont les contours sont des mots typographiés tels que sourire,
solidarité, gentillesse, tolérance… Et bien sûr, au centre, un
joli cœur rose, ajouta Patrick, visiblement pas peu fier de sa
production.

Romane s'extasia sincèrement. En son for intérieur, elle savourait l'instant car elle savait qu'une telle implication montrait que
ses participants mordaient pour de bon à la méthode…

Nathalie avait absolument tenu à travailler l'argumentaire avec
Maximilien. Elle, responsable de communication et lui, homme
d'affaires de haut vol, avaient l'habitude des présentations de
concepts. Visiblement, ils s'étaient réparti les répliques :

— Le point de départ de notre réflexion, commença Nathalie,
a été de mettre le doigt sur ce qui nous semblait clocher dans
la société : ce trop-plein de consumérisme, cette façon de tout
faire tourner autour de l'argent… Avec le matérialisme comme
pilier de vie, les gens finissent par perdre de vue certaines valeurs
bienfaisantes.

Elle se tourna alors vers Maximilien pour le laisser poursuivre.
Quelle connivence ! *Légèrement agaçante…*

— D'où notre idée, renchérit l'homme d'affaires, de proposer
via notre association HappyLib' des sortes de happening de
rue, manifestations 100 % bénévoles, où nous distribuerions des
billets d'un nouveau genre : non pas des billets de banque, mais
des billets de sagesse et de bonne humeur, des pensées-sourires,

etc. L'objectif est bien sûr de vulgariser un nouvel état d'esprit qui prônerait la pensée positive, l'altruisme, la gentillesse et l'amour au sens large du terme !

Pas de doute : Maximilien savait captiver un auditoire. Romane admira sa voix qui portait loin et son timbre harmonieux. Tout le groupe semblait être derrière lui. À part Patrick, qui le regardait un peu de travers. Visiblement, il supportait mal que Maximilien soit ainsi au centre de toutes les attentions…

— Et enfin, notre message sous-jacent est de véhiculer que la « véritable liberté », c'est de savoir donner, offrir aux autres ce qu'on a de meilleur, et non rester centré sur soi, à vouloir posséder toujours plus… Notre idée phare : « La clé de notre bonheur est dans ce qu'on est, pas dans ce qu'on a… »

Romane était époustouflée. Le groupe guettait sa réaction, et elle ne ménagea pas son enthousiasme.

— Ça me plaît beaucoup. Bravo ! Vous avez tous réalisé un excellent travail ! Il ne nous reste plus qu'à organiser votre premier happening ! Je vais mettre ça en place avec mon équipe…

Dans les jours qui suivirent, Sup' de Burnes imprima des affiches qui furent contrecollées sur des structures en carton pour « hommes-sandwichs » ; le groupe avait choisi ce procédé pour attirer l'attention des passants. Un stock de faux billets, vrais billets de sagesse et de pensées-sourires, se constituait aussi.

Dans la foulée, Romane organisa une séance sur l'art d'habiter son sourire. Dans la salle, elle avait mis en place autant de miroirs que de participants, pour que chacun puisse s'entraîner. La scène valait le détour !

Maximilien s'escrimait devant son miroir. Sourire. Pas sourire. Sourire. Romane passa derrière lui.

— Je ne suis pas sûr de bien y arriver ! gémit Maximilien.

— Mais si, vous êtes sur la bonne voie.

La jeune femme se positionna derrière lui et lui fit poser une main sur son cœur.

— Là. Vous devez ressentir de l'intérieur l'émotion positive et chaleureuse de bienveillance.

— Je n'y arrive pas… Je ne vois pas comment.

— Pouvez-vous réfléchir à un événement que vous avez vécu ou qui vous a touché, et qui pourrait avoir provoqué en vous une émotion comme celle-ci ?

— Mmm. Oui, je me souviens, lors d'un de mes voyages en Asie, avoir été particulièrement touché par une femme qui était venue en aide à un pauvre homme, lui offrant de partager le peu de choses qu'elle possédait elle-même. Je me rappelle le regard de l'homme et l'intensité de la reconnaissance qui brillait dans ses yeux. C'était très beau à voir…

Intérieurement, Romane avait envie d'applaudir comme une otarie ! Oui ! Il avait compris ! Néanmoins, elle se composa une attitude digne avant de répondre.

— C'est exactement ça, Maximilien ! Convoquez ce souvenir aussi souvent que nécessaire. Cette émotion, laissez-la vous habiter entièrement. Et lorsque vous sourirez aux gens pendant votre happening, donnez-leur un peu de cette bonté dans votre sourire.

Maximilien se tourna vers Romane et lui offrit un sourire qui la cloua sur place. Il apprenait vite.

Troublée, la jeune femme s'éloigna rapidement pour aller voir les autres participants.

Dans les jours qui suivirent, l'implication de son groupe se confirma et donna envie à Romane de donner de l'ampleur au projet. Elle prévint la presse pour couvrir l'événement et créa une page sur les réseaux sociaux, qu'elle fit largement relayer grâce à ses multiples contacts. Enfin, le jour J arriva.

La salle de réunion de Sup' de Burnes s'était transformée en QG des préparatifs. Il régnait une folle effervescence et tout le monde s'agitait dans tous les sens. L'heure des essayages était venue. Mais quand Maximilien découvrit le costume qu'on lui destinait, il se rebella franchement. Jamais on ne lui ferait porter cette combinaison rose fluo, quand bien même elle était floquée de leur logo HappyLib'!

Romane ne put s'empêcher de le taquiner.

— Vous avez tort, vous seriez très mignon à l'intérieur!

Maximilien lui décocha un regard noir qui mit immédiatement fin au débat.

— Petit joueur, renchérit Patrick qui ne perdait jamais une occasion de tacler son adversaire.

Maximilien haussa les épaules et resta campé sur ses positions. Il resterait un homme-sandwich en costume-cravate ou ne serait pas. Faire des efforts était une chose, se tourner en ridicule en était une autre. Cent mules n'auraient pas été plus têtues que lui. Il finit par contaminer les autres membres mâles du groupe, Patrick compris, et finalement, seules les dames enfilèrent la combinaison. Ce point vestimentaire réglé, la troupe fut enfin prête pour se mettre en chemin.

Sup' de Burnes avait mis à disposition un minibus suffisamment grand pour transporter tout le monde. Direction : le Trocadéro. Ils ne savaient pas s'ils feraient plier la Dame de fer, mais ils espéraient bien mettre une goutte d'optimisme dans l'océan des humeurs grises parisiennes.

Jean-Philippe arrêta le minibus pour permettre au groupe de descendre directement devant le parvis. Ils enfilèrent rapidement leur carton-sandwich. Romane filmait toute la scène sans cacher sa jubilation. Peu après, plusieurs journalistes et quelques photographes arrivèrent sur place. Intrigués, les passants s'approchaient pour voir de quoi il s'agissait. Romane entendit l'un d'eux s'exclamer « Qu'est-ce qu'ils veulent nous vendre, encore ? » Les membres de l'association HappyLib' se mirent alors à distribuer avec zèle leurs messages gratuits, faux billets de vraies valeurs, pensées-sourires et doux mots de sagesse, qui provoquèrent étonnement et enthousiasme.

Une chaîne de télévision vint les interviewer, mais Maximilien se mit à l'écart. Il ne pouvait pas se permettre d'être reconnu dans un reportage comme celui-là. En tant que célébrité du monde économique, cela pouvait se comprendre. *L'essentiel, c'est qu'il participe*, pensa Romane.

L'homme d'affaires en avait profité pour s'approcher d'elle et semblait vouloir s'accorder un instant de pause en mode badin.

— Très fort, votre idée d'association du troisième type… Moi en homme-sandwich, on aura tout vu ! Vous en avez encore beaucoup, des comme ça ?

Romane sourit.

— Avouez que vous avez aimé.

— Sans aller jusque-là, j'ai trouvé ça… intéressant ! Et assez réjouissant de récolter autant de capital sympathie en si peu de temps. Ça change mes habitudes !

— Il ne tient qu'à vous de faire en sorte que cela se produise davantage dans votre vie.

— Oui… Je sens qu'avec vous, je suis à bonne école !

Il lui lança un regard complice qui la toucha, puis la quitta pour continuer son action auprès des autres. Romane le regarda aborder les passants, distribuer ses billets de sagesse, et admira son aisance relationnelle. Quel bagou ! Il aurait fait un bon vendeur de cravates à la sauvette !

Une heure plus tard, le groupe se rassembla pour faire le point. Les liasses de faux billets étaient bien écoulées et la mission remplie haut la main ! Il était temps de rentrer à Sup' de Burnes et tout le monde remonta dans le minibus conduit par Jean-Philippe. Les discussions allèrent d'abord bon train, puis le silence s'installa. Pas vide, plein. Chacun dans ses pensées savourait cette expérience riche de sensations nouvelles, heureux d'avoir procuré quelques instants de bonheur à ces gens pressés et stressés de la capitale.

Dans le rétroviseur, Romane leur jeta un coup d'œil et fut heureuse d'observer sur leur visage ce petit quelque chose qui avait changé.

26

— Fichue voiture ! grommela Maximilien au volant de sa
petite Fiat de location.

Plus habitué à se faire conduire ou à utiliser des voitures auto-
matiques au standard américain, il avait du mal avec le système
d'embrayage traditionnel qu'il faisait hurler à chaque changement de vitesse… Il fut tenté un instant de maudire Romane
de lui avoir infligé cette nouvelle expérience : pour travailler
sur sa soi-disant « valeur humilité », celle-ci lui avait prescrit de
renoncer à son chauffeur pendant un temps.

Sauf que… Il devenait de plus en plus difficile de la haïr pour
quoi que ce soit. Il fallait se rendre à l'évidence, cette femme,
étonnante, déroutante, agaçante, ne le laissait pas de marbre.
Maximilien essayait de se justifier : ce genre d'attirance n'était-
elle pas monnaie courante entre un maître et son professeur ?
Sans doute… À cela près qu'il n'avait pas le droit. Pas le droit de
se laisser aller. Il jugeait même sévèrement ces écarts de pensées,
au moment même où sa sœur vivait des heures sombres, enlisée
dans une dépression face à laquelle il se sentait impuissant. Julie
avait besoin de lui. Et même si pour l'instant elle ne voulait
pas lui parler, il avait la conviction qu'avec beaucoup d'amour
et de persévérance, elle finirait par lui rouvrir ses portes et lui
pardonner de n'avoir pas su être là. Enfin… il l'espérait… Il
était décidé à remuer des montagnes pour que Julie retrouve
sa joie de vivre et lui accorde à nouveau sa confiance, que plus
jamais il ne trahirait.

Pour l'heure, il suivait les indications données par l'enveloppe rose posée sur le siège passager. Romane la lui avait remise la veille comme un ordre de mission, lui intimant de ne l'ouvrir qu'une fois qu'il serait seul. Maximilien s'était demandé un instant si l'enveloppe n'allait pas s'autodétruire au bout de dix secondes. Mais il n'en fut rien. Le message s'avérait assez bref : une adresse et quelques mots laconiques : *Bon voyage au pays des sens. Car il y a du sens à prendre soin de soi.*

Pendant tout le trajet, Maximilien fantasma sur ce qui l'attendait à cette mystérieuse adresse… Romane lui avait également confié une seconde enveloppe, bleue cette fois, à n'ouvrir qu'une fois l'expérience achevée. Il était bien sûr tentant de l'ouvrir dès à présent. Qui le saurait ? Mais il réussit à s'abstenir, préférant se réserver l'effet de surprise.

Maximilien arriva devant l'adresse indiquée et ne s'étonna pas d'y trouver un spa. Il fut accueilli chaleureusement par ce qu'il devina d'emblée être la patronne des lieux.

— Vous êtes monsieur Vogue ? Bienvenue. Nous vous attendions… Les filles sont en train de préparer la salle du cocon de flottaison…

— Du quoi ? s'inquiéta aussitôt Maximilien.

Le sourire bienveillant de la patronne tenta de se frayer un chemin jusqu'au cerveau de Maximilien, mais celui-ci resta de marbre. L'appréhension campait dans la place.

— Vous connaissez le principe ?

Bien sûr que non ! s'énerva mentalement Maximilien.

La patronne ne s'offusqua pas de son air revêche et expliqua posément les vertus de ce concept fa-bu-leux :

— Il s'agit là d'une expérience unique d'isolation sensorielle…

Au mot isolation, Maximilien sentit son réflexe claustrophobique se réveiller. La dame poursuivit.

— Le cocon dans lequel vous allez pénétrer est rempli d'une eau chargée en sels d'Epsom, maintenue à une température idéale constante alignée sur celle de votre corps…

— Et que va-t-il se passer ?

— Vous allez flotter. Littéralement, l'eau portera votre corps, insista-t-elle, habitée par son propre laïus publicitaire. C'est comme ça que tous vos muscles pourront se relâcher ! C'est un moment de relaxation unique, dont les effets bénéfiques ne sont plus à prouver sur la gestion du stress, la qualité du sommeil, les capacités de concentration ou la créativité !

Maximilien lui sourit en espérant faire taire son flot de paroles. Une femme sortit de l'antre des soins, accompagnée d'une jeune fille en blouse cintrée qu'il identifia comme faisant partie du personnel. La femme, une habituée des lieux comme le proclamait son allure soignée, jeta sur Maximilien un regard gourmand. Un bel homme comme ça, perdu dans un institut de beauté ! Peut-être avait-il besoin d'être guidé, pauvre chou ! Maximilien fut à deux doigts de prendre ses jambes à son cou, mais la patronne le serrait de près et le poussa dans les entrailles de ce temple du bien-être.

— Par ici, je vous prie.

Maximilien n'eut d'autre choix que de la suivre. À travers les couleurs, il nota la présence de statuettes zen, de bouddhas en veux-tu en voilà, de bougies parfumées, de miroirs à la connotation orientale.

Ils arrivèrent dans la pièce où un drôle de vaisseau l'attendait : le cocon de flottaison dans toute sa splendeur ! Maximilien ne savait pas encore si l'expérience serait cosmique, mais en tout cas, l'appareil ressemblait fort à un engin spatial. La patronne actionna un bouton et le cocon s'ouvrit, la partie supérieure se soulevant comme la coquille d'un crustacé en acier blanc. À l'intérieur, l'eau s'offrait comme une perle. Un joyau de pureté qui appelait irrésistiblement à l'immersion. Pour la première fois depuis son arrivée, Maximilien eut envie de tenter l'expérience.

La patronne se dirigea alors vers une télécommande posée sur une jolie petite table en acajou et se mit à changer les couleurs de l'éclairage intérieur du caisson. L'eau se teintait à loisir de bleu, de vert ou de jaune orangé.

— Quelle couleur préférez-vous ?

— Bleu, ce sera très bien, merci.

— Voilà ! Bleu lagon ! Évasion garantie !

— Si vous le dites…

La patronne lui indiqua alors les consignes : la douche obligatoire avant et après, le port de bouchons d'oreilles pour éviter que le sel ne se dépose sur le tympan, le slip de bain (facultatif), la vaseline à appliquer sur les éventuelles petites blessures ou irritations de la peau (pour prévenir les brûlures du sel !), le bouton pour actionner l'ouverture et la fermeture du caisson…

— Et ici, un spray d'eau et un gant éponge, si jamais vous preniez une petite goutte d'eau salée dans l'œil. Quand votre séance sera finie, le cocon s'ouvrira automatiquement. Bonne relaxation !

— Merci bien.

Et voilà. Seul.

— Romane ! Dans quoi m'avez-vous entraîné ! soupira Maximilien tandis qu'il retirait ses vêtements pour passer sous la douche. Il savonna vigoureusement son torse, fit de même pour ses cheveux et plus l'eau ruisselait sur son visage, plus il sentait qu'il rentrait dans l'expérience. Tout cela était assez inédit pour lui. Depuis combien de temps ne s'était-il pas accordé ainsi une heure pour prendre soin de lui ou se relaxer ? Des lustres !

Maximilien décida d'entrer nu dans le cocon. Un pied, puis l'autre, jusqu'à s'allonger tout entier. Il glissa le coussin flottant derrière sa nuque pour plus de confort. Les bouchons d'oreilles le coupaient de tous les bruits extérieurs, le plaçant encore davantage dans une bulle sensorielle. Il se sentait prêt et d'une main volontaire, actionna le large bouton pour fermer intégralement le caisson. Son cœur eut un petit sursaut au bruit qu'émit la porte en se rabattant, comme un sarcophage que l'on referme. Voilà. Il était là, seul, face à lui-même, en tête à tête avec ses sensations. Que ressentait-il, justement ?

Maximilien se rendit compte qu'il ne se posait pas souvent la question. Vivait-il à ce point à côté de son corps ? Il eut une pointe d'anxiété fugace à être ainsi enfermé. Mais très vite, la douce chaleur de l'eau et de l'éclairage l'enveloppa et eut raison de ses tensions.

L'impression était incroyable : il flottait pour de vrai ! Impossible à ses membres de rester immergés, ils remontaient systématiquement. Libéré de la gravité et des stimuli extérieurs, Maximilien comprit que le voyage serait avant tout intérieur. Ses pieds et son sexe flottaient comme des objets qu'on aurait déposés à la surface, étrangers à lui-même. Quelle bizarrerie ! Il ferma les yeux pour se laisser aller. Au début, des pensées traversaient son esprit, comme des nuages qui passent dans le ciel. Puis elles se clairsemèrent de plus en plus. Était-ce cela que l'on appelait un état de conscience modifié ? Probablement. Un instant, Maximilien songea que ce qu'il ressentait devait être proche de l'état de quiétude du milieu intra-utérin. Oui, il était amniotisé ! Tout doucement, il impulsa un mouvement lent et fluide vers les parois, qu'il repoussa d'un doigt pour flotter vers l'autre côté. Oui, cela devait ressembler à ça, dans le ventre de sa mère… Mais ces neuf mois de gestation n'étaient-ils pas les seuls moments vraiment maternels qu'elle avait eus à lui offrir ? Cette pensée fit passer une ombre sur sa douce rêverie. Il commença à avoir trop chaud et eut envie d'entrouvrir le caisson pour laisser rentrer un peu d'air. Il aspira une bouffée comme une gorgée fraîche. Après quelques instants, il abaissa de nouveau la porte, lorsque malencontreusement, une goutte de condensation tomba sur son visage et glissa lentement vers son œil ! Supplice chinois de la goutte, lente torture ; n'allait-il pas se mettre du sel dans l'œil s'il tentait de l'essuyer avec son doigt ? Heureusement, la sensation s'estompa. Puis l'homme d'affaires commença à trouver le temps un peu long à flotter ainsi tout seul. La méditation n'était pas encore son fort. Enfin, malgré lui, Romane s'invita dans sa rêverie. Et le temps passa beaucoup plus vite…

À la sortie, Maximilien ne marchait pas, il planait. Il attendit d'être au calme dans le minuscule habitacle de sa Fiat pour ouvrir l'enveloppe bleue. Encore envoûté par l'expérience sensorielle qu'il venait de vivre, il ne put s'empêcher de la porter à ses narines pour humer le parfum de Romane. Il crut reconnaître un peu de la fragrance dont elle devait mettre quelques touches au creux de son cou. C'était un mot manuscrit. Il découvrit une écriture fine qui laissait deviner, entre les lignes, un caractère bien affirmé en même temps qu'une sensibilité à fleur de peau. Ce contraste chez elle le touchait.

Cher Maximilien,

Vous venez de vivre une expérience sensorielle unique… J'ai hâte d'avoir vos impressions !

Rien de tel que ces « moments bleus », ces temps privilégiés pour prendre soin de soi, suspendre la course effrénée des « choses à faire » pour se consacrer à « être ». Ne plus céder à la dictature du speed, faire ce qu'il faut pour cultiver son calme et son bien-être intérieur, c'est là une merveilleuse parade pour faire taire ses penchants burnés !

Prendre soin de vous est le meilleur service à rendre à votre entourage. J'appelle cela de l'égoïsme éclairé. Je sais que cela vous parlera ! Belle journée et à très vite, Romane.

Maximilien relut plusieurs fois la missive. Romane avait-elle pris le soin d'écrire une lettre manuscrite à chacun ? Il eut envie de savoir. Puis il se raisonna. Bien sûr qu'elle avait écrit à tout le monde ! C'était son job de leur faire vivre des « trucs uniques » et de les remettre sur le bon chemin. Il fallait qu'il arrête de se faire des films. C'était sans doute encore son ego trop enflé qui l'incitait à se sentir spécial aux yeux de Romane. Pourquoi fallait-il toujours qu'il se croie digne d'un traitement de faveur ? Il démarra la petite Fiat, acceptant progressivement l'idée qu'une auto puisse elle aussi le remettre à sa place… Le Graal de la déburnerie n'était-il pas au bout du chemin ?

27

Romane regardait par la fenêtre de sa cuisine. Un instant de quiétude qu'elle s'accordait souvent pour recharger ses batteries. Elle aimait observer l'arbre d'en face vivre au rythme des saisons. Même ses branches dépouillées la touchaient. Le graphisme épuré de cette silhouette mise à nu par l'hiver l'émouvait, comme si l'imposant marronnier centenaire osait enfin concéder sa part de fragilité sans se sentir égratigné dans son statut d'arbre burné… La nature avait toujours un temps d'avance sur l'humain.

La jeune femme se demanda un instant comment se passaient les expériences philosophico-sensorielles de ses participants. Elle s'était amusée à choisir des concepts différents. Le caisson de flottaison pour Maximilien, qui avait grand mal à ralentir et à lâcher prise. Pour Émilie aussi, le cocon avait semblé une bonne idée. Symboliquement, pour l'amener à se couver elle-même plutôt que son fils, à se recentrer sur elle pour apprendre à être moins sur lui et les autres…

Quant aux autres participants, Romane avait choisi un incroyable massage à quatre mains pour Bruno, peu habitué à baisser sa garde pour se laisser aller, ainsi que pour Patrick, afin qu'il reprenne contact avec son corps en surpoids qu'il avait tendance à négliger. Quant à Nathalie, elle avait participé à une séance collective de chants sacrés tibétains, afin de ressentir par le chant le bénéfice invisible à créer du lien et à être à l'écoute des autres, en harmonie.

Mettre sur «Off» ses pensées et sur «On» ses cinq sens, c'était selon Romane l'un des secrets pour se connecter au quotidien à la joie de vivre et à la sérénité. Cela lui semblait d'autant plus important en cas de burnerie avérée. Car quelqu'un qui travaille activement à être bien dans sa peau, calme et ressourcé, peut-il encore tomber dans des comportements burnés? Non, assurément non...

Amener les participants à prendre soin d'eux était déjà une excellente étape. Maintenant, il faudrait les emmener encore plus loin, qu'ils puissent se décentrer d'eux-mêmes et s'intéresser authentiquement au monde qui les entoure... Pour ça, Romane avait sa petite idée et elle sourit en songeant aux surprises qu'elle était en train de leur préparer...

Elle arriva à Sup' de Burnes en début d'après-midi, le coffre de sa voiture rempli de paquets, après avoir passé une matinée mouvementée à choisir ces drôles de présents pour son groupe... Une fois qu'elle eut tout installé, la salle de réunion ressemblait à un matin de Noël. Romane se frottait les mains d'excitation et espérait les surprendre tous. Mais le plus beau cadeau arriva en chair et en os à 15 heures. Elle l'installa en secret dans une autre salle.

Quand les participants arrivèrent, Romane s'amusa de leurs regards surpris. Ils devaient se demander ce que contenaient ces mystérieux paquets.

En parlant de paquet, Maximilien s'approcha d'elle nonchalamment et lui en tendit un. Romane haussa un sourcil intrigué et faussement désinvolte.

— Tenez, je vous ai ramené un petit souvenir de l'institut de beauté.

Devait-elle accepter ou refuser? Il dut sentir sa confusion et la mit à l'aise.

— Prenez-le. Ce n'est rien. Juste une babiole.

Elle ouvrit le petit paquet et découvrit un joli flacon de brume d'oreiller aux huiles essentielles de lavande et de mandarine. Avec un petit mot griffonné : *Pour embaumer vos songes… et vous remercier de m'avoir repris dans ce programme. M. V.*

Romane fut touchée par l'attention, mais s'abstint bien de le lui montrer. Elle devait afficher une totale neutralité, sans quoi elle ne pourrait pas tenir correctement son rôle de guide ! Et avec lui, ce n'était pas chose facile… Elle prit alors la parole.

— Bonjour à tous ! Je voulais tout d'abord vous donner des nouvelles des retombées de votre projet HappyLib' : elles ont été excellentes ! La presse a beaucoup parlé de vous et votre passage télé a aussi fait mouche. Félicitations ! Je pense qu'avec cette opération, vous avez franchi un cap dans le programme. D'ailleurs, à ce propos, je propose que dorénavant nous nous disions « tu », si vous en êtes d'accord ?

Tout le monde approuva.

— Comme vous le voyez, aujourd'hui, je vous ai réservé quelques surprises pour vous encourager dans vos efforts et célébrer vos progrès. Cela me donne aussi l'occasion de lancer notre nouveau thème de travail. Récemment, vous avez pu apprendre l'importance de prendre soin de vous, d'être calme et ressourcé pour éviter de tomber dans les pièges de la burnerie.

L'un des paquets bougea, interrompant le discours de Romane. *Il faut que je me dépêche…* Elle toussota pour ramener à elle l'attention du groupe.

— La prochaine étape est d'apprendre à vous décentrer et à vous tourner vers les autres. Symboliquement, l'objectif est de…

La jeune femme ménagea ses effets en laissant le temps d'un silence.

— … devenir le soleil dans la vie de quelqu'un !

Romane voyait bien que pour l'heure, personne ne comprenait très bien où elle voulait en venir… Elle devait s'expliquer mieux.

— Donner de sa personne, donner de l'amour, prendre soin de quelqu'un ou de quelque chose, c'est l'un des secrets pour rester connecté à l'essentiel et ne plus tomber dans les mauvais travers de la burnerie…

Le groupe l'écoutait, mais les regards se tournaient sans cesse vers les mystérieux paquets.

— Je vois que vous êtes impatients de découvrir mes surprises ! Ce sont bien sûr de petits présents symboliques, juste pour vous mettre sur la voie. Je ne vais pas vous faire attendre plus longtemps.

Romane commença la distribution. Elle tendit un premier paquet tout en hauteur à Nathalie, qui arracha le papier sans ménagement et découvrit de superbes orchidées. Elle semblait à la fois contente et perplexe.

— Les orchidées demandent du soin et de l'attention. Cela m'a semblé une bonne entrée en matière pour apprendre à donner de soi…

Le groupe applaudit, content que la séance prenne des allures de récréation, tandis que Romane tendait le paquet suivant à Bruno, à qui échut un lapin nain. Romane avait fait fort : quand on connaissait le personnage, on pouvait s'interroger sur sa capacité à se laisser aller et à donner de la douceur et de la tendresse à ce petit animal… C'était tout l'objectif ! Mais Romane fut contente de voir qu'il n'était pas fâché. Intrigué et surpris, plutôt. Romane ne pouvait pas se douter qu'enfant, la mère de Bruno lui avait toujours refusé de posséder un quelconque animal et que sans le savoir, elle venait d'exaucer un rêve de gosse… Patrick, lui, reçut un charmant couple d'inséparables, ces petits oiseaux qui lui offriraient tous les jours la vision d'un amour tendre et inconditionnel… De quoi l'inspirer pour l'amener à faire évoluer sa conception de la vie de couple ? Romane l'espérait.

Émilie et Maximilien attendaient toujours leur surprise, mais il n'y avait plus de paquets sur la table. Romane crut lire une vague déception dans le regard de Maximilien. Peut-être pensait-il qu'elle l'avait oublié ou bien que, fraîchement réintégré, il ne méritait pas de cadeau ? Elle leva rapidement les doutes.

— Euh. Pour vous, c'est un peu spécial. Vos cadeaux attendent là-bas. Suivez-moi…

Le cortège s'avança dans les couloirs de Sup' de Burnes, Romane en tête, Émilie et Maximilien à sa suite et le reste du groupe sur leurs talons. Arrivée devant la Zen Room, Romane se tourna vers Émilie.

— Tu es prête ?

La porte s'ouvrit et Émilie poussa un cri du cœur.

— Thomas !

Thomas serra sa mère dans ses bras avec une certaine retenue. Néanmoins, il lui murmura les paroles qu'elle voulait tellement entendre :

— Je rentre, maman, je rentre…

Le groupe assistait, heureux, à ces touchantes retrouvailles. Abandonnant la mère et le fils à leur intimité, Romane entraîna Maximilien, qui devait se demander ce qu'elle avait prévu pour lui. Elle le conduisit devant la porte de la cuisine.

— C'est Julie, c'est ça ? questionna-t-il vivement.

Romane mit un doigt sur sa bouche.

— Prêt ?

Elle ouvrit alors la porte d'un geste tadadesque. À l'intérieur, pas de Julie. La pièce était vide. Maximilien se tourna vers

Romane, cherchant une réponse dans son regard. Visiblement, il ne comprenait pas. Du menton, Romane lui désigna le sol. Maximilien baissa les yeux et découvrit une petite boule de poils basse sur pattes de type félin, occupée à jouer avec un bout de ficelle.

— Euh… C'est une blague ?

Ah. Évidemment, sa réaction n'était pas exactement enthousiaste, mais il fallait s'y attendre…

— Non, non, pas du tout, répondit Romane. J'ai pensé qu'il serait excellent de vous confier ce petit animal sans défense qui va totalement se reposer sur vous pour bien grandir ! Je crois aussi que Pelote fera un excellent professeur pour vous apprendre à partager de la tendresse.

— *Pelote ?*

— Oui, c'est son nom ! Regardez comme elle est mignonne ! dit Romane en saisissant l'adorable chaton dans ses bras.

Maximilien regardait la petite bête comme si c'était un extra-terrestre.

— Tenez ! Prenez-la !

— Non ! Je… Je ne saurai pas ! protesta Maximilien.

Trop tard. Romane lui avait fourgué le chaton dans les bras et l'homme d'affaires avait l'air aussi embarrassé que s'il tenait une grenade dégoupillée. Les deux se regardèrent comme des étrangers, se jaugeant l'un l'autre. Puis Pelote enfouit son petit nez dans le pull de Maximilien pour respirer son odeur, ce qui le fit sursauter. *Voilà. Les présentations sont faites*, songea Romane.

Devant le désarroi de Maximilien, elle se voulut rassurante : avant de le laisser repartir, elle lui assura que si vraiment ça n'allait pas d'ici un mois, l'éleveur serait d'accord pour reprendre le chaton… Il encaissa sans dire un mot. Seul son teint blêmit davantage.

Pauvre chéri, songea Romane, sans savoir si elle songeait plus au chat ou à l'homme. Quand Maximilien repartit au volant de sa petite Fiat, le coffre surchargé d'un attirail invraisemblable, elle eut un instant pitié de lui. Elle lui fit un petit signe de la main auquel il ne répondit pas. Oh, oh. Voyait-il sa surprise comme un cadeau empoisonné ? Peut-être. Mais la détermination de Romane ne faiblirait pas pour autant. Cette nouvelle expérience, Maximilien devait la vivre, pour la bonne cause. Quand même : elle aurait donné cher pour voir les premiers pas de Maximilien avec Pelote… Oui, elle aurait aimé être une petite souris dans sa poche. Cette petite boule de poils réussirait-elle à attendrir son cœur de dur à cuire ? Toucher sa corde sensible, libérer sa part de tendresse, le décentrer de ses préoccupations ?

Affaire à suivre, songea la jeune femme en regagnant les bureaux de Sup' de Burnes.

28

MAXIMILIEN AVAIT TENTÉ de faire bonne figure tant que Romane restait dans le champ de son rétroviseur. Mais dès qu'elle en disparut, il se mit à la maudire en bonne et due forme. Comment avait-elle pu l'embarquer dans une galère pareille ?

Elle et ses idées farfelues… Il commençait à se dire que sa méthode branque frisait le limite-limite. Encore, l'expérience du caisson avait été agréable… Mais là ! Il se souviendrait longtemps de cette traversée de Paris épique, durant laquelle le chaton n'avait cessé de couiner. D'effroyables miaulements qui lui avaient mis les nerfs à vif aussi sûrement qu'une craie sur un tableau noir.

Une fois garé, il décida de laisser dans l'immédiat tout l'attirail dans le coffre afin de ne monter que le minimum : la cage au fauve ! Il chercha ses clés en maugréant et s'engouffra dans son appartement. Il se débarrassa de la cage en la posant sans ménagement au milieu du salon. La sale bête continuait de lui casser les oreilles avec ses miaulements de condamné à perpétuité. Comment faisait-on pour arrêter ce supplice ? Le corps de Maximilien en grinçait des pieds à la tête. Lui et ses nerfs en pelote allèrent chercher le reste des paquets qui attendaient dans la voiture. La litière, les gamelles, les croquettes premier âge, le nécessaire de soins et un livre de 128 pages, *Comment être heureux avec votre chaton*. Une blague…

Maximilien ferma bruyamment la porte d'un coup de pied et traîna le tout à côté de la cage. Puis, épuisé, il s'allongea par terre de tout son long, en position planche sur son tapis persan. *Je flotte, je flotte*, tenta-t-il de se dire pour retrouver les sensations apaisantes du cocon de flottaison. Visiblement, sa quiétude prenait l'eau. Et les miaulements ne cessaient de le rappeler à l'ordre. Il approcha son visage de la caisse de transport et aperçut le petit museau à travers les barreaux.

Quelle drôle de tête! songea Maximilien en observant le visage en forme de cœur de l'animal, une caractéristique typique des chats korat. L'éclairage donnait à sa fourrure des reflets bleus. Un chat-schtroumpf, on lui avait refilé un chat-schtroumpf!

— Chut! Tu arrêtes de pleurer maintenant! C'est un ordre!

Au son de la grosse voix, le chaton se carapata au fond de la cage. Les cris cessèrent un instant et Maximilien crut à une victoire. Mais quelques secondes après, ils reprirent de plus belle.

Sacré nom d'une pipe! Il fallait faire cesser ces déchirants miaulements! Peut-être fallait-il prendre la bête dans ses bras? Oui, il devait sûrement s'y résoudre… N'y tenant plus, Maximilien ouvrit les portes de la cage, non sans s'énerver un instant sur le loquet qu'il jugea fort peu pratique. Puis il y plongea ses deux grandes mains pour attraper le minuscule animal qui tremblait. Il porta la petite boule de poils jusqu'à son torse, la serrant d'une main malhabile. Il la regarda bien dans les yeux, pour mettre les choses au clair:

— Toi, ne t'attends pas à des miracles, O.K.?

Il emmena le chaton dans la cuisine en traînant de sa main libre le sac de croquettes. Combien fallait-il lui en donner? Maximilien s'accroupit à hauteur du sac pour essayer de lire un semblant de mode d'emploi. Fallait-il avoir fait un cursus d'ingénieur vétérinaire pour comprendre leur charabia? Tant pis: il prit un énorme saladier et versa des croquettes à ras bord. Comme ça, il serait sûr que le bestiau ne mourrait pas de faim… Le petit chat monta sur ses pattes arrière pour venir humer timidement la nourriture, puis la bouda franchement.

— Quoi ? Qu'est-ce qu'il y a ? Elles ne sont pas bonnes, mes croquettes ?

Maximilien tenta de saisir le chaton, qui dut croire que son maître lançait le jeu du «Attrape-moi si tu peux» et sauta en quelques bonds hors de la pièce.

— Reviens ici, saucisson à pattes !

S'ensuivit un véritable safari d'appartement pour remettre la main sur le chaton-Radiguet, qui avait le diable au corps.

— Espèce de Sheba d'opérette, reviens ici tout de suite ! tempêta Maximilien.

Jamais il n'aurait cru qu'un chaton puisse être aussi difficile à attraper qu'une poule sauvage ! Il retourna l'appartement dans tous les sens. Le chaton avait l'air de beaucoup s'amuser. Au passage, il lâcha plusieurs petits pipis un peu partout, spécialement sur le joli pull en cachemire que Maximilien avait laissé traîner dans sa chambre. Au bout d'un grand moment de chasse-poursuite, Maximilien déclara forfait. Qu'il aille au diable, ce fichu chat ! Excédé, il s'écroula dans son canapé et alluma la télévision. Dix minutes plus tard, quelque chose sauta sur le canapé et vint passer une tête sous sa manche. Maximilien sursauta.

— Eh ! Qu'est-ce que tu veux, toi ?

La boule de poil élut domicile sur ses genoux et eut la prétention de commencer sa nuit. Maximilien n'osait plus bouger, à présent. Mais trois quarts d'heure plus tard, son ventre commença à crier famine. Il allait bien falloir réveiller la bête. Mais mieux valait d'abord réfléchir à une stratégie : hors de question de revivre l'enfer de tout à l'heure. Il fallait canaliser l'animal. Primo : utiliser la cage de transport le temps de s'organiser. Secundo : construire l'habitacle avec les grilles qu'on lui avait fournies. Maximilien mit son plan à exécution, fier d'avoir retrouvé un peu de lucidité. Monter les grilles s'avéra plus complexe que prévu ; lui et les travaux manuels, ça faisait deux. Pelote avait l'air de bien rigoler dans sa cage.

— Oh toi, ça va !

Enfin, ce fut terminé. Maximilien déposa le chaton dans l'enclos et observa le résultat. Il ne s'en tirait pas si mal, finalement… Il disposa l'eau, les croquettes, la gouttière et le chiffon-doudou à l'intérieur et se dit que son devoir était accompli. Il put enfin grignoter un en-cas de fortune puis, éreinté, songea à aller se coucher. Quelle soirée ! Passionnant ! Il commençait enfin à s'endormir quand il entendit miauler. Oh, non ! Pas ça ! Excédé, il alla voir le chat.

— Qu'est-ce que tu as, hein ? Chut, pas de bruit ! Il y en a qui essayent de dormir, ici !

Le chaton s'arrêta de miauler en voyant Maximilien. Mais dès qu'il fut à nouveau seul, il recommença ses cris. *C'est pas vrai ! Je ne vais quand même pas me lever toutes les cinq minutes ?* Aux grands maux, les grands moyens, Maximilien ouvrit le tiroir de sa table de chevet et s'empara d'une boîte de protections auditives. Il enfonça les mousses aussi profondément que possible, cala sa tête dans l'oreiller et s'endormit enfin, d'un sommeil perturbé, peuplé de chats-vampires…

Au réveil, l'homme d'affaires mit quelques secondes à se souvenir de la situation. Mais quand il vit la boule de poils endormie à ses pieds, il eut un coup au cœur.

— Qu'est-ce que tu fais là, toi ?

Ne l'avait-il pas enfermée dans son enclos la veille au soir ? Inquiet, Maximilien se leva d'un bond pour aller voir dans le salon. Un vrai champ de bataille ! *Non !* Il avait hérité d'un chat yamakasi : non seulement la bête avait réussi à sauter par-dessus les grilles hautes de soixante centimètres, premier exploit, mais en plus, elle avait dû s'entraîner à toutes sortes d'acrobaties dans la pièce : toboggan sur griffes derrière le canapé, trampoline géant sur le fauteuil en cuir, tourniquet infernal avec le plaid en mohair… Et là, qu'est-ce que… Non !

Maximilien découvrit les lacets de sa plus belle paire de chaussures transformés en spaghettis prémâchés ! Furieux, il pesta si fort qu'on dut l'entendre jusqu'au rez-de-chaussée.

Quand il retourna dans sa chambre, Pelote n'y était plus. Il ne manquait plus que ça ! Où était-elle, bon sang ? Il chercha partout comme un fou et sentit son cœur s'emballer sous le stress. Le plus long quart d'heure de son existence. Et là… Enfin ! Il l'aperçut. Un bout de queue qui dépassait ! Il découvrit Pelote blottie sur une étagère en hauteur. Elle avait élu ses quartiers entre du Zweig et du Camus. Bien qu'assez impressionné par les indiscutables goûts littéraires du chaton, Maximilien le saisit par la peau du cou pour le remettre dans sa cage de transport. Quand la porte fut enfin verrouillée, il s'aperçut qu'il tremblait légèrement. Ce fichu bestiau allait avoir sa peau, il fallait qu'il trouve une solution… Pelote le regardait d'un air contrit.

— Oh toi, inutile de faire l'oreille basse ! Tu ne m'auras pas au charme… À la première occasion, je me débarrasse de toi.

Et il partit sous la douche en échafaudant des plans de sauvetage…

29

Maximilien avait mis son plus beau costume (l'apparat pouvait compter). Il sonna d'une main preste à la loge.

— Madame Rodriguèz !

La gardienne le dévisagea avec des yeux ronds, attendant un motif valable qui cautionne le dérangement. Elle ne souriait jamais.

— Bravo pour le jardin intérieur, les fleurs sont magnifiques !

Les compliments glissaient sur elle comme sur les plumes d'un canard à la retraite.

Gêné d'avoir fait un four, Maximilien toussota pour se redonner une constance.

— Dites-moi, madame Rodriguèz. J'ai là-haut un a-do-rable chaton que j'ai pris pour dépanner un ami… Et là, j'ai une réunion très importante dans moins d'une heure… Auriez-vous l'extrême gentillesse de me dépanner pour…

— Alors là, gé vous arrête tout de suite, monsieur Vogue… Sé pas que gé voudrais pas vous dépanner, hein, mais alors, gé suis extrêmement allergique aux chats ! Un enfer !

La gardienne joignit le geste à la parole, mimant les terribles symptômes qui ne manquaient pas de se manifester à chaque fois qu'elle était en présence d'un chat : gorge qui gratte, yeux rougis, éternuements… La totale.

© Groupe Eyrolles

Maximilien stoppa net cette déferlante de paroles. Déjà qu'il restait avec son problème sur les bras, il n'allait pas en plus éponger le besoin de parlote de sa concierge.

Il remonta chez lui, contrarié et en retard. Il n'avait pas le choix : il devait emmener Pelote au bureau. Un plan B mûrit dans sa tête tandis qu'il roulait vers le siège de Cosmetics & Co. Sitôt arrivé, il déposa la cage sur le bureau de Clémence.

— Clémence, vous pouvez gérer ça, s'il vous plaît ?

D'habitude, son assistante le couvait toujours d'un regard admiratif, empli du désir de le satisfaire. Pas cette fois… Maximilien se demanda s'il ne dépassait pas un peu les bornes. Tant pis. Il n'avait pas d'autre solution pour l'instant. Il devait vite se reconcentrer pour animer sa réunion.

— Et… Je fais comment ? demanda Clémence d'un ton froid et pincé.

— Vous avez carte blanche ! se défaussa Maximilien.

Le reste de la journée se déroula sans encombre. Pour lui, du moins. Clémence avait fait irruption dans son bureau à deux reprises. Une fois parce que Pelote l'avait griffée et une autre parce que le chaton avait fait pipi sur son beau chemisier en soie.

Mais quand Clémence vint le voir une troisième fois (Pelote avait mangé le fil de son chargeur de téléphone), ce fut pour lui poser un ultimatum. Elle lâcha la cage du chaton sur le bureau de Maximilien et déclara d'une voix mélodramatique :

— Monsieur, je refuse de travailler dans ces conditions : c'est elle ou moi. Si vous me demandez de continuer à m'en occuper demain, je démissionne.

Voilà. La Bérézina. Maximilien calma Clémence et s'excusa de lui avoir confié cette mission trop délicate… Apparemment, son assistante avait bien profité des conseils de Romane pour «apprendre à poser ses limites»… L'homme d'affaires soupira, bien embêté. Tant pis, il trouverait une autre solution. Il était en train de se demander laquelle lorsqu'un message arriva sur son téléphone portable.

C'était Romane.

«Aujourd'hui, soyez prêt à travailler votre féminin ! Rendez-vous à 19 h au cinéma Le Brady, 39 boulevard de Strasbourg, 75 010 Paris. P.-S. : Préparez vos mouchoirs ! À ce soir, Romane.»

Allons bon ! La journée avait déjà des airs rocambolesques mais là, ce serait le pompon. *Travailler son féminin ?* Aïe, aïe, aïe… Maximilien s'attendait au pire. Il s'imaginait déjà devoir marcher en talons aiguilles sous les yeux goguenards des autres membres du groupe… Non, non, non, il ne le supporterait pas ! Il fut un instant tenté de ne pas s'y rendre. Puis il tendit le bras vers la photo de Julie posée à droite de son écran, la Julie souriante, du temps où elle allait bien… Il n'avait pas le droit d'être dilettante ; il lui fallait aller au bout, et changer. Il devait bien ça à sa sœur. Et à Romane aussi, puisqu'elle avait eu l'indulgence de le réintégrer dans le groupe. Maximilien songea à ce que disait John C. Maxwell : «Un homme doit être assez grand pour admettre ses erreurs, assez intelligent pour apprendre de celles-ci et assez fort pour les corriger.»

Mais qu'allait-il faire du chat ?

© Groupe Eyrolles

30

ROMANE AVAIT UNE JOURNÉE bien chargée. Elle avait hâte de débuter la soirée, au cinéma Brady, pour ce qui serait, elle le savait d'avance, un temps fort à vivre avec ses participants. Pour l'heure, elle s'apprêtait avec Fantine à accueillir un autre groupe pour une séance de self-défense anti-burnerie. Quand elle entra dans la salle, tout le monde était déjà installé. La jeune femme fut surprise et heureuse de découvrir la présence de Janine, l'épouse de Patrick.

Il y avait quatre autres femmes mais aussi un homme, qui expliqua subir la burnerie de sa supérieure hiérarchique. D'une manière générale, ce matin-là, tous les participants souffraient de ne pas avoir pu dire ce qu'ils auraient voulu à une personne qui s'était montrée particulièrement burnée à leur encontre... À la demande de Romane, Fantine avait préparé différents ustensiles d'une cuisine de fortune installée là pour la démonstration. Quelque chose cuisait déjà sur le feu.

Les participants ouvraient des yeux ronds, se demandant ce que Romane avait prévu. La jeune femme enfila un tablier de cuisinier à l'effigie de Sup' de Burnes ainsi qu'une toque de chef, ce qui fit sourire le groupe. Puis elle écrivit en jolies lettres cursives sur le grand panneau en ardoise noire posé derrière elle :

« Recette pour oser recadrer une personnalité aux traits burnés »

— Mes chers amis, commença-t-elle. Chacun d'entre vous s'est retrouvé un jour ou l'autre dans la situation de subir un propos burné, un comportement burné, déplacé, injuste ou agressif...

Tout le monde acquiesça sans réserve.

— Dans ces cas-là, j'imagine sans peine la moutarde vous monter au nez, votre cœur se mettre à palpiter plus fort, vos yeux s'écarquiller d'incrédulité et dans le même temps, la peur vous étreindre : forcément, confronter l'agressivité ou l'injustice, ça ne met personne à l'aise ! Et peut-être vous sentez-vous un brin démunis pour réagir ?

Romane avait touché juste. Elle poursuivit sa démonstration tout en réajustant sa toque qui glissait un peu sur le côté.

— Face à une telle situation, il n'y a que trois manières de vivre les choses.

Romane montra du doigt la cocotte-minute qui chauffait depuis un bon moment sur la plaque et qui semblait brûlante, puis se saisit d'une fourchette et souleva la valve de dépressurisation. Un puissant jet de vapeur s'échappa en émettant un bruit strident fort désagréable.

— L'une des réactions possibles, c'est la lutte, la colère. Comme cette cocotte-minute, vous êtes chaud bouillant, sous tension. Mais gare aux réactions explosives ! Nous verrons tout à l'heure comment exprimer sans danger une colère saine et proportionnée. Ne pas se laisser faire est une chose. Rentrer dans le jeu du « œil pour œil, dent pour dent » en est une autre…

Puis Romane souleva le couvercle d'une casserole, laissant son visage s'embuer de vapeur d'eau.

— La deuxième manière de réagir est de vous la jouer « vapeur », expliqua la jeune femme. Réagir « façon vapeur », c'est symboliquement vous volatiliser ! En d'autres termes, fuir ! En cas de violence physique ou verbale, c'est même indispensable pour vous mettre en sécurité.

Et se tournant vers le monsieur :

— Ou par exemple, quitter une entreprise si vous êtes victime de harcèlement moral, c'est aussi le bon choix à faire !

Romane savait qu'elle le touchait au vif. Elle saurait lui proposer un accompagnement personnalisé pour l'aider dans son cas spécifique. Plus tard.

— Et enfin, le troisième mode : la cuisson à l'étouffée…

Romane s'approcha d'un récipient ovale dans lequel un poisson cuisait à petit feu.

— Ça, c'est l'inhibition ! Le pire ! Vous subissez l'affront sans rien dire, vous gardez toutes vos émotions à l'intérieur, colère, frustration, jusqu'à développer des symptômes de somatisation de plus en plus importants…

— J'ai l'impression d'être en plein dedans, ne put s'empêcher de s'exclamer l'une des participantes.

Romane lui adressa un sourire empli de bienveillance.

— Oui, mais maintenant, fini l'inhibition ! Je vais vous apprendre à ne plus craindre la confrontation et à recadrer les personnes en restant bien campés dans vos baskets, sans peur ni agressivité…

Romane ôta sa toque et son tablier, puis s'approcha de Janine.

— Janine, est-ce que vous voulez bien vous prêter à un petit jeu de rôle ?

— Oui, bien sûr, si vous voulez…

— Bien. Je vais vous révéler ma technique des trois phrases magiques, pour recadrer n'importe quelle personne avec douceur et fermeté. Janine, vous rappelez-vous quelque chose qui vous agaçait prodigieusement dans votre vie de couple et que vous n'avez jamais osé dire à votre mari…

— Eh bien, par exemple, quand il se moquait toujours de mon activité professionnelle et du peu de sous qu'elle pouvait me rapporter… Comme si j'étais une gamine qui ne faisait que ramener son argent de poche ! Je ne répondais rien, mais à l'intérieur de moi…

© Groupe Eyrolles

Romane la coupa en riant.

— Oui, on imagine bien ce que vous aviez envie de lui rétorquer ! Alors phrase magique numéro un : « Patrick, quand à plusieurs reprises, tu t'es moqué du peu d'argent que je gagnais avec ma petite entreprise à domicile… » Vous présentez ainsi les faits d'une manière concise. Que l'on soit bien clairs : vous jetez à la poubelle les 365 pages du roman que vous comptiez lui servir. À la benne, la longue tirade émotionnelle sans fin, le déballage affectif indigeste et lourd de reproches qui le braquera d'emblée ! À éviter absolument… Du factuel, rien que du factuel ! Ensuite, gardez aussi pour vous ce que vous auriez envie de lui crier au visage, du genre « espèce de canari mal embouché » ou « perroquet dyslexique du dimanche », bref toute collection de noms d'oiseaux très malvenue. À laisser tomber aussi les « je vais découper très lentement toutes tes cravates préférées avec le joli ciseau cranté des enfants », avec votre air sadique de sérial-killeuse de garde-robe. À proscrire. Rajouter « face de rat » ne semble pas nécessaire non plus.

Le groupe se mit à rire.

— Bref. À tous ces épanchements colériques infructueux, vous devez préférer sortir du chapeau votre phrase magique numéro deux, par exemple « Je me suis sentie blessée et pas du tout valorisée. » Cela vous permet d'exprimer votre ressenti avec un « je » et non pas un « tu » qui passerait immédiatement pour un reproche et qui provoquerait l'agressivité.

— Et après ? demanda Janine, impatiente de connaître la suite de la technique.

— Après, ma chère Janine, vous gardez pour vous toute tentation de menace, du type « T'as intérêt à le faire ou je me transforme en Glenn Close dans *Liaison Fatale* ! », ou bien « Dorénavant, tu me respectes ou je deviens comme Freddy, ton pire cauchemaaaaar ! » Il y a mieux à faire, et surtout plus efficace : jouer la carte de la conciliation ferme et bienveillante, où tout le monde peut se retrouver gagnant. Dans votre exemple,

Janine, cela pourrait donner la phrase magique numéro trois : « Patrick, es-tu d'accord pour, à l'avenir, éviter ce genre de phrases blessantes, et penser à me valoriser dans ce projet qui compte beaucoup pour moi ? Si je me sens soutenue, j'aurai deux fois plus d'énergie et de motivation pour avancer et tu verras que les résultats ne se feront pas attendre. Tu es d'accord ? » Cette phrase vous permet d'exprimer votre besoin, vos attentes, et de trouver un compromis ou un accord satisfaisant pour les deux interlocuteurs. En clair, on doit sentir que chacun va pouvoir y trouver son compte.

La méthode semblait plaire aux participants qui prenaient des notes.

— Mais tout de même, certaines fois, il n'y a même pas de place pour le dialogue ! s'insurgea l'une des femmes.

— Dans ce cas, quand vous sentez la violence arriver, vous avez le devoir de fuir. De même, vous avez le droit de couper court aux injures, aux propos blessants ou aux critiques infondées. Mieux vaut s'en aller et revenir quand on est sûr qu'on pourra échanger dans un climat plus calme. La clé, c'est de cultiver votre affirmation de soi : plus vous aurez confiance en vous, moins la burnerie aura de prise sur vous.

Quelqu'un frappa à la porte. C'était Jean-Philippe, qui fit signe à Romane d'approcher.

— Tu pourras venir me voir après ? J'ai besoin de toi pour caler la séance de ce soir au cinéma Brady. Je suis embêté, le traiteur habituel n'est pas disponible…

Son père avait l'air aux cent coups.

— Ne t'inquiète pas, j'arrive. On a presque fini…

Romane fit un dernier tour de table pour encourager ses participants à s'affirmer dorénavant grâce aux phrases magiques, puis ce fut d'un pas léger qu'elle quitta la pièce pour rejoindre son père et lui venir en aide.

31

Maximilien, délaissant sa pile de dossiers urgents à traiter, venait de passer une heure et demie à chercher une solution pour faire garder son chaton. En farfouillant sur Internet, il avait ainsi découvert un drôle de métier : cat-sitter. Extraordinaire ! Enchanté par sa trouvaille, il avait proposé *via* un site spécialisé un essai à une jeune fille qui recueillait des commentaires excellents. N'ayant pas le temps de repasser chez lui avant le rendez-vous fixé par Romane, il donna rendez-vous à la demoiselle au bureau pour récupérer Pelote. Il ne lésina pas sur le budget pour avoir l'esprit tranquille et offrit une confortable somme à Jennifer, la cat-sitteuse. Un taxi la conduirait chez Maximilien où elle pourrait tranquillement s'occuper de Pelote jusqu'au retour de celui-ci. L'homme d'affaires n'aimait pas trop confier ainsi ses clés à une inconnue, mais il n'avait pas le choix : il fallait avoir confiance et le site semblait sérieux... Jennifer pourrait se commander ce qu'elle voulait à dîner, pourvu qu'elle veille à ce que le chaton ne cause pas d'autres dégâts dans son appartement. La jeune fille regardait l'homme d'affaires comme si elle venait de tirer le gros lot. À son âge, une telle mission représentait évidemment une aubaine...

Soulagé comme un parent qui viendrait de trouver un relais providentiel, Maximilien goûta le plaisir de s'appartenir à nouveau et songea à la bonne soirée qu'il allait passer.

Au moment d'enfiler son manteau, il se souvint néanmoins qu'il n'avait toujours pas le droit de faire appel à son chauffeur...

Ordre de Romane. Et vu le quartier du rendez-vous, hors de question qu'il prenne sa voiture : jamais il n'arriverait à se garer ! Il lui faudrait donc emprunter les transports en commun… ce qu'il n'avait pas fait depuis l'époque de ses études. Un bail, donc… Il avait à peine mis un pied dehors que des trombes d'eau se mirent à tomber. Le ciel avait sans doute décidé de mettre son grain de sel en lui envoyant ces rideaux de pluie pour pimenter son expérience. Maximilien s'engouffra dans les escaliers du métro parisien, son parapluie ruisselant le long de son pantalon en flanelle. Il acheta un billet et se pressait contre le tourniquet quand un jeune tenta de passer en même temps que lui sans lui laisser vraiment le choix, prenant son dos pour une planche de skate puis filant comme une flèche, la musique à fond dans les oreilles. Maximilien commit ensuite l'erreur d'avoir un temps d'hésitation concernant la direction à prendre et fut bousculé par une foule à flux tendu, impatiente et nerveuse, dont il ressentait les palpitations fiévreuses comme un pouls qui s'emballe. Évidemment, il tombait en pleine heure de pointe. Les quais bondés prenaient des airs de salle d'attente des urgences. Mêmes mines tristes et souffreteuses. Puis la rame arriva, comme un radeau de *La Méduse*. Tout le monde se précipita à l'intérieur des wagons, dans une énergie semblable à un élan de survie. Certains se coagulèrent près de la barre centrale. D'autres se logèrent sur les banquettes telles des caries indétrônables. À travers leur regard fermé ou hostile, on comprenait qu'ils y feraient leur trou, sur ces banquettes, envers et contre tous ! Le pronostic de récupérer une place assise semblait plus que réservé. À Strasbourg - Saint-Denis, le wagon déversa ses passagers comme un flot hémorragique. Une saignée salutaire. On respira un peu mieux. Le réconfort serait de courte durée : Maximilien descendait à la prochaine station, Château d'Eau.

L'homme d'affaires sortit de la bouche du métro soulagé et content. Comme si la morosité inoculée par voies souterraines l'avait soudainement vacciné contre la grise mine, faisant rejaillir par contraste une joie authentique. Au dehors, tout lui parut beau. Les lumières, les immeubles haussmanniens, la devanture du Brady.

Une fois encore, Sup' de Burnes avait frappé fort ! Romane et son père arrivaient à financer ce type d'événements grâce aux sponsors des tournées de conférences très médiatisées de Romane, ainsi qu'à la générosité de mécènes acquis à la cause de la déburnerie comportementale. Ainsi, ce soir, ils avaient pu privatiser l'une des petites salles de ce cinéma pour offrir aux participants une séance de travail pleine de surprises et d'émotions…

Maximilien, quelque peu éprouvé par sa journée, fut heureux de découvrir un buffet apéritif joliment dressé en l'honneur des participants. Le traiteur servait à volonté petits fours et boissons, auxquels le groupe fit honneur ; on aurait dit une nuée de sauterelles.

Maximilien vit Romane s'approcher de lui.

— Et Pelote, comment ça va ?

— Bien, bien, bien… mentit-il avec aplomb.

Il n'allait tout de même pas lui raconter ses déboires. De quoi aurait-il l'air, à se laisser déborder par un chaton ? Ils échangèrent quelques mots, mais l'attention de Maximilien était ailleurs, quelque part entre les yeux, la bouche et la main fine de Romane qui serrait une coupe de champagne.

Puis les participants furent invités à prendre place. Nathalie vint s'asseoir à côté de Maximilien ; depuis le projet HappyLib', ils avaient bien sympathisé. Maximilien observa ses jolies boucles brunes s'agiter au rythme de son flot de paroles. Beaucoup d'hommes auraient été séduits. Maximilien sentait les appels de phare et se demanda pourquoi il ne fonçait pas. Un regard vers Romane lui donna une partie de la réponse.

Romane se tenait devant le grand écran, prête à lancer son sujet : « Comment développer la part de féminin qui est en soi. »

— C'est aussi valable pour les dames, quoi qu'on en pense. Quant aux messieurs, qu'ils se rassurent : il n'est pas du tout question de se féminiser !

Maximilien souffla intérieurement : le spectre du jeu de rôle en talons s'éloignait…

— Dans la nature, il y a toujours un équilibre des forces, reprit Romane. Vous connaissez bien sûr le yin et le yang. Eh bien, c'est pareil pour le masculin et le féminin. Si l'un ou l'autre l'emporte trop franchement, c'est la dysharmonie assurée ! Il est donc intéressant de rééquilibrer vos deux pôles. L'idée générale est de développer votre féminin en apprenant à cultiver la rondeur, la sensibilité, le tact, la gentillesse, la quête d'harmonie. Vous l'avez compris, le féminin, c'est aussi ouvrir la porte du monde des émotions.

— Mais n'y a-t-il pas un vrai risque de se retrouver désarmé et vulnérable ? ne put s'empêcher de soulever Bruno.

Romane accueillit cette réticence avec un sourire bienveillant.

— C'est une idée reçue largement répandue, mon cher Bruno, que libérer ses émotions peut vous fragiliser. Au contraire, faire grandir son acuité émotionnelle, cela revient à accéder à un septième sens. Cela vous donne une dimension humaine encore plus importante. C'est comme passer d'un monde en noir et blanc à un monde en couleurs ! Acquérir une nouvelle dimension émotionnelle, c'est devenir plus fort, plus vivant et encore une fois, plus humain. Savez-vous que dans le mot « émotion », on retrouve la racine du mot « mouvement » ? Sans l'émotion, vous restez figé. Alors qu'en vous l'autorisant, vous débloquez en vous une énergie phénoménale… C'est ce que je vous propose de faire aujourd'hui…

— Qu'est-ce que tu nous as encore préparé ? demanda Nathalie, excitée par cette nouvelle expérience.

— Une vraie séquence émotion, justement… Je vais m'asseoir juste en face de vous pendant la projection, mais ne faites pas attention à moi.

Ça va être dur, songea Maximilien.

Romane fit signe au projectionniste pour qu'il lance le film. Le noir tomba. L'assemblée retint son souffle. Les premières images défilèrent. Ah. Ce n'était pas un film. Plutôt un patchwork d'extraits, choisis avec soin pour leur forte concentration en particules émotionnelles. Maximilien comprit pourquoi on leur avait distribué des mouchoirs à l'entrée. Heureusement, ceux-ci ne lui serviraient pas. Il n'avait jamais pleuré au cinéma, et ça n'allait pas commencer aujourd'hui.

Mais Romane avait visé le point sensible. Il y eut d'abord des extraits de *Billy Elliot*, en particulier une des dernières scènes du film, quand la grand-mère de Billy, atteinte d'Alzheimer, dit au revoir à son petit-fils : elle le serre dans ses bras à l'étouffer, puis le pousse vers la sortie pour lui donner le courage de partir, alors qu'elle sait qu'elle ne le reverra jamais… Déchirant.

Nathalie pleurait déjà à chaudes larmes et avait agrippé le bras de Maximilien qu'elle broyait copieusement. Il essaya de se dégager. Elle tourna vers lui son joli visage à peine défait (les miracles du maquillage waterproof), puis lui sourit à travers ses larmes.

— C'est beau, non ?

— Mmm… Magnifique.

Maximilien serrait les dents. Hors de question de se laisser gagner par l'émotion, qui menaçait d'être contagieuse. Pourtant, l'homme d'affaires sentait sa sensibilité piquée au vif.

Glandes lacrymales activées. Vigilance de niveau huit, se dit Maximilien en regardant autour de lui les visages de ses acolytes qui passaient eux aussi par toutes les couleurs.

Puis il y eut *Vol au-dessus d'un nid de coucou.* Romane avait là aussi choisi de montrer la scène finale : quand le Grand Chef décide d'étouffer son ami Randle sous des oreillers, parce qu'il l'aime trop pour le laisser vivre comme un légume.

Au fil des extraits, Maximilien comprimait ses sensations et se répétait sans cesse : *Un homme ne pleure pas, un homme ne pleure pas...* Le visage de son père se superposait à celui des acteurs. Il le revoyait autrefois, sa dureté, sa manière de lui apprendre ce que devait être un homme, de lui expliquer que la sensibilité était une histoire inventée par les filles pour excuser leur sensiblerie chronique. Que les émotions étaient un truc de bonnes femmes pour faire perdre la face aux hommes. Cette façon qu'elles avaient d'ouvrir des brèches et de vous fragiliser. Or, un homme se devait d'être fort. En toutes circonstances. *Un homme n'est pas là pour ressentir. Il est là pour agir.*

Maximilien croisa le regard de Romane, qui le fixait depuis son fauteuil-observatoire. Qu'espérait-elle ? Qu'il verse enfin une larme ?

Les extraits défilaient. *La Ligne verte, La Liste de Schindler, Titanic, Out of Africa, La vie est belle...* Puis ce fut *Kramer contre Kramer,* cette histoire d'un couple déchiré se livrant bataille pour avoir la garde de leur fils. Romane avait choisi la scène dans laquelle le père annonçait à son fils la décision du juge de ne pas lui accorder la garde. Son courage de faire semblant de bien prendre la chose, pour que son fils ne sente pas sa détresse, jusqu'à avoir encore la force de détourner l'enfant de son chagrin en lui proposant une glace... De l'amour à l'état pur !

Maximilien en ressentit soudainement toute l'intensité et la beauté. Des liens qu'il n'avait jamais connus avec son propre père. Ces liens qui faisaient envie et peur à la fois… Était-ce pour se protéger qu'il avait consciencieusement évité de laisser la place à ce type de sentiments dans sa vie ?

Il ne put retenir une grosse et unique larme qui traça son sillon le long de sa joue. Sa sensibilité sortait d'un long coma. Il leva les yeux vers Romane. *C'est ce que tu voulais, n'est-ce pas ?* La jeune femme lui sourit, comme si elle était fière de lui. Fière de lui pour une fichue larme ? Quel comble ! Néanmoins, il lui sourit en retour, assumant l'étrangeté de cet instant. S'autoriser l'émotion procurait des sensations… inattendues.

32

QUELQUES JOURS APRÈS la séance au Brady, Maximilien se rendait à Sup' de Burnes, encore secoué par les émotions qui l'avaient submergé au cinéma et le talent de Romane à toucher une corde de sa sensibilité restée jusqu'alors atone.

Dans les locaux les participants au fur et à mesure qu'ils entraient dans la salle découvraient, perplexes, sur la table centrale, un voile noir qui camouflait un objet assez volumineux. Qu'est-ce que Romane avait encore préparé ? La jeune femme ménagea ses effets, puis tira le voile d'un coup sec pour révéler une magnifique statue avec une finition en bronze antique.

Maximilien reconnut aussitôt une représentation des célèbres «Trois singes». Romane prit la parole.

— Dans un instant, vous allez comprendre comment nos amis les trois singes vont vous aider à ne plus tomber dans les mauvais travers de la burnerie… Vous connaissez sans doute leur symbolique dans la sagesse populaire orientale ? L'interprétation remonte à loin ! Confucius disait déjà cinq cents ans avant J.-C. : «Ne regarde pas ce qui est contraire à la droiture ; n'écoute pas ce qui est contraire à la droiture ; ne dis pas ce qui est contraire à la droiture ; ne fais aucun geste contraire à la droiture.» Quant au Mahatma Gandhi, il avait toujours sur lui une petite statue des trois singes. J'ai eu envie d'imaginer une expérience qui s'inspirerait de cet état d'esprit…

Encore une expérience! Maximilien eut un léger tressaillement qui n'échappa guère à Romane. Elle lui adressa un discret sourire d'encouragement. Pourvu que cette fois-ci, son idée ne soit pas aussi branque que celle du Troc-fauteuil!

Romane poursuivit ses explications:

— Vous allez en quelque sorte rentrer dans la peau de ces charmants petits singes afin d'expérimenter trois choses. Tout d'abord la qualité de la pleine-écoute, pour incarner le singe qui met la main sur ses oreilles, refusant ainsi la mauvaise écoute. Ensuite, l'économie et la justesse de paroles, pour incarner le singe qui met la main sur sa bouche, refusant ainsi d'en faire sortir des paroles mal à propos. Et enfin le regard juste sur les situations, débarrassé du filtre déformant des jugements intempestifs, pour incarner le singe qui met la main sur ses yeux, refusant ainsi de porter un regard faussé sur les gens et les choses. Cela peut vous paraître difficile, mais au fil du temps, que de bénéfices pour vous! Quel bonheur de voir vos relations se transformer et devenir de plus en plus harmonieuses…

Faisant fi du regard incrédule de ses participants, la jeune femme enchaîna:

— Ainsi, je vous propose de vivre une journée à l'aveugle, privé de votre vue (singe numéro un, votre premier filtre de jugement) afin de mettre à l'épreuve votre qualité d'écoute (singe numéro deux), sans avoir le droit d'utiliser votre parole autrement qu'en formulations justes et positives (singe numéro trois).

Silence dans l'assistance.

— Amusant, non?

À regarder la tête de ses camarades, Maximilien doutait que quiconque soit mort de rire.

Romane poursuivit pour leur expliquer le principe et les objectifs de l'expérience. Mais l'oreille de Maximilien, tout à son inquiétude et à sa contrariété de se voir imposer à nouveau une expérience aussi compliquée, filtrait un mot sur trois.

— Blablabla… Or… Qu'est-ce qu'une bonne qualité d'écoute ? C'est […] savoir offrir […] précieuse qualité de présence. Blablabla… Car autrement, on peut « être là sans être là », écouter avec des filtres négatifs […] L'écoute-du-plein-accueil est beaucoup plus rare… Blablabla… à essayer… Tout comme l'économie et la justesse des mots. Car blablabla mots lâchés trop vite sont comme des flèches : une fois qu'on les a lancés, c'est en vain qu'on cherche à les rattraper. […] Et comme dit le dicton, blablabla… L'objectif est donc d'apprendre à écouter et à parler à bon escient !

C'est là que Patrick-bedon intervint parce qu'il n'avait pas très bien compris l'histoire, comme d'habitude.

— Ça veut dire quoi, exactement, « parler à bon escient » ?

Ça m'aurait étonné. Maximilien, agacé, s'agitait sur sa chaise, ce qui lui valut un coup d'œil désapprobateur de Romane lui signifiant clairement le droit de Patrick à obtenir une explication. Elle répondit d'ailleurs très gentiment.

— Imagine, Patrick, que ton cerveau soit comme un service de douanes, chargé d'arrêter les mauvaises pensées : les inutiles, les blessantes, les inappropriées, les injustes, les fausses. Et que chaque parole doive être contrôlée avant de passer la porte de ta bouche, estampillée « à propos et bien intentionnée ». C'est cela, parler à bon escient.

Maximilien ne put s'empêcher de penser à certaines paroles qui pourraient sortir de sa bouche vers les oreilles de Romane, mais se dit aussitôt que sa douane interne les estampillerait certainement comme déplacées…

Maximilien regarda Romane s'approcher de la table où s'étalait un véritable bric-à-brac.

— Voilà ici pour chacun de vous une paire de lunettes noires intégralement occultantes, ainsi qu'une canne d'aveugle. Vous verrez qu'on écoute parfois mieux sans les yeux !

— Mais jamais on arrivera à se repérer dans l'espace si on n'y voit rien ! C'est de la folie ! s'écria Bruno.

— Pas d'inquiétude, Bruno. Tout est prévu : chacun d'entre vous aura à ses côtés les mêmes volontaires que pour le Trocfauteuil, pour vous guider pendant cette journée.

— Doit-on vraiment en passer par là pour saisir la métaphore ? renchérit Émilie-la-châtelaine.

— Faites-moi confiance. Ce que vous allez ressentir va vous permettre de faire des bonds de géants. Vous ne le regretterez pas.

L'enthousiasme de Romane eut raison des dernières réticences, car chaque membre du groupe vint récupérer son équipement sans autres protestations. Maximilien dut se résoudre à faire comme les autres. Il eut tout de suite envie d'essayer les lunettes. Effectivement, c'était le noir total ! Il tricha un peu et souleva la monture le temps de se diriger vers Romane, qui lui tournait le dos. Il lui tapota doucement l'épaule et elle se retourna vers lui d'un geste brusque. Pour chasser la contrariété de ce nouveau défi imposé, Maximilien eut envie de venir taquiner Romane. Il décida de lui faire un petit numéro de malvoyant, tâtonnant en direction du visage de la jeune femme et ébouriffant ses cheveux.

— Romane ? Romane ? J'ai du mal à trouver la sortie. Je…

Romane émit un claquement de langue désapprobateur, mais il aurait juré qu'elle hésitait entre le rire et les remontrances. Elle arrêta net les mains de Maximilien, les replaça le long du corps de leur propriétaire, puis lui retira ses lunettes afin qu'il retrouve la vue.

— Maximilien : assez ! Ce n'est pas un jeu.

— Dommage…

Il lui décocha son plus beau sourire.

Maximilien fut chassé de la salle sans ménagement, mais il n'était pas dupe. Il aurait juré que Romane n'était pas insensible à son petit manège. Il bouda l'ascenseur de l'immeuble pour dévaler les escaliers et se retrouva dans la rue, d'humeur Piaf. *Tu me fais tourner la tête…*

33

C'est ainsi que trois jours plus tard, Maximilien se retrouva à l'accueil de son entreprise, affublé de la panoplie du parfait non-voyant, pour vivre sa «Journée des trois singes». Clémence avait bien sûr accepté de lui servir de guide, trop contente de lui prêter son bras et ses yeux.

— Bonjour, monsieur Vogue, saluaient ses collaborateurs, faisant mine de ne rien remarquer d'anormal.

Maximilien avait demandé à Clémence de faire passer un e-mail général pour prévenir de la situation. *Cette expérience doit servir le management de l'entreprise*, avait-il donné comme explication. Ses employés allaient encore le prendre pour un fou. Mais depuis l'expérience du Troc-fauteuil, ils commençaient à s'habituer à ses lubies.

Clémence guida Maximilien vers les ascenseurs, et au son de sa voix, il entendit qu'elle jubilait. Il était bien obligé de s'en remettre à elle pour ne pas risquer de se cogner à chaque angle de couloir, mais sous prétexte de le guider, les mains de son assistante ne s'attardaient-elles pas un peu trop sur son bras et même derrière son dos ? Il sentait le contact des paumes de Clémence qui l'agrippaient, et il n'était pas sûr que cela lui plaise tant que ça. Bah. C'était sans doute l'expérience qui le mettait sur les nerfs. Maximilien pensa à Romane. Jusqu'où les emmènerait-elle ? Il devait reconnaître qu'elle ne manquait pas d'imagination et que c'était uniquement pour ne pas la décevoir et tenir ses engagements qu'il se prêtait à tout ce manège ! Car pour l'heure, sa situation s'avérait plus qu'inconfortable.

Comme un petit enfant dépendant, Maximilien dut sans arrêt solliciter Clémence, qui se montra d'une patience remarquable mais ne rata pas une occasion de le frôler. Les effleurements demeuraient discrets, mais Maximilien saisit pour la première fois ce que les femmes pouvaient ressentir en cas de harcèlement… Privé de sa vue, Maximilien avait l'impression que ses autres sens s'affûtaient. Ainsi, il remarqua le parfum de Clémence et ses notes vanillées et animales. Jamais le côté séductrice de son assistante ne lui avait à ce point « sauté aux yeux ». Ironie de la situation. C'était comme s'il *voyait* Clémence pour la première fois et qu'il s'apercevait soudain de ses intentions à son égard. La révélation lui fit un choc. Il ne faudrait pas encourager cela…

Au cours de la journée, Maximilien fut obligé de beaucoup solliciter ses collaborateurs et de leur déléguer un certain nombre de responsabilités. C'était nouveau pour lui, qui avait tellement l'habitude de ne compter que sur lui-même. Mais voilà qu'il prenait conscience du côté positif qu'il y avait à s'appuyer davantage sur les autres : non seulement cela lui libérait du temps et de l'énergie, mais cela valorisait aussi ses collaborateurs.

À 15 heures, il reçut la visite surprise de Romane, qui voulait encourager le moral des troupes et vérifier que tout se passait bien. Le ton enjoué de sa voix le rasséréna.

— Je vous l'emprunte un instant, dit-elle en riant à l'intention de Clémence, avant de se saisir du bras de Maximilien pour l'accompagner à sa prochaine réunion. Celui-ci ne se fit pas prier et savoura le contact de la jeune femme. N'était-ce pas lui, à présent, qui avait un peu trop envie de s'attarder ? Ils marchèrent ensemble à travers les couloirs, précédés par Clémence qui montrait le chemin. Romane demanda à Maximilien ses premières impressions. Il fanfaronna un peu pour lui expliquer qu'il s'en sortait à merveille et que tout allait très bien. Il sentit que la jeune femme était fière de lui et, bêtement, cela le rendit heureux.

Une fois devant la salle, Romane prévint Maximilien qu'elle s'arrêtait là et lui souhaita bonne chance pour la suite de la journée.

— Je vous le rends ! lança-t-elle à l'intention de Clémence.

Bizarre impression que de se sentir ballotté entre deux femmes, comme un objet…

— Merci, Romane. Vous connaissez la sortie ?

Quelque chose dans l'intonation de Clémence surprit Maximilien, qui ne l'aurait peut-être pas perçu s'il avait pu voir. Mais là… Clémence n'avait pas l'air d'apprécier Romane, c'était une évidence ! Pourquoi ? Ça, c'était moins clair…

— Je me débrouillerai ! Merci, Clémence. À bientôt, Maximilien !

Maximilien entendit à regret la jeune femme s'éclipser. Clémence reprit son bras pour le faire entrer dans la salle de réunion. Visiblement, son humeur avait changé. Cette façon crispée de le serrer… Elle lui faisait presque mal.

— Merci, Clémence. Vous pouvez me laisser, maintenant, dit-il pour la congédier gentiment.

La réunion qui suivit fut surréaliste, il imaginait la scène pour la dizaine de managers rassemblés autour de la table : Maximilien Vogue, avec des lunettes noires et canne d'aveugle, tenant un discours étrange.

— Aujourd'hui, c'est moi qui vais vous écouter parler.

Ça tranchait tellement de d'habitude !

Maximilien n'intervint que peu, expérimentant la justesse et l'économie de paroles. Il fut surpris de la quantité d'informations qu'il put capter rien qu'à travers les variations d'intonation de ses interlocuteurs. Les petites tensions, les agaceries, les émotions auxquelles il n'aurait pas prêté attention d'ordinaire… Et pour couronner le tout, il perçut avec satisfaction un vrai regain de motivation chez ses collaborateurs à la sortie de la réunion.

Quand sonna la fin de l'expérience et que Maximilien eut enfin le droit de retirer ses lunettes, il ressentit un soulagement inexprimable.

Rien que pour cet instant, ça en valait la peine, se dit-il en frottant ses yeux brouillés qui se réacclimataient lentement à la lumière.

Dans la soirée, il reçut un texto de Romane qui prenait des nouvelles. Elle voulait sans doute s'assurer qu'il ait bien vécu la mise en scène.

— *Alors, cette journée à l'aveugle ?*

— *Expérience intéressante, mais…*

— *Mais quoi ?*

— *… mais on dirait que j'ai un problème de persistance rétinienne…*

— *C'est-à-dire ?*

— *Maintenant, quand je ferme les yeux, je vois une image…*

— *Quelle image ?*

— *… Toi !* répondit-il avec un smiley clin d'œil.

— *Très malin !*

Il apprécia le smiley courroucé. Il adorait taquiner la jeune femme.

— *Bonne soirée, Romane*, envoya-t-il avec un smiley souriant.

Le smiley langue-tirée qu'il reçut en retour le fit sourire.

Pris dans son échange de textos, il ne vit pas Clémence arriver.

— De bonnes nouvelles, monsieur ? demanda son assistante en voyant le visage souriant de son patron. Maximilien resta un instant songeur, avant de répliquer :

— Oui. De bonnes nouvelles, Clémence. De bonnes nouvelles…

Puis il regarda sa montre. 19 h 45. Oups ! Il avait complètement oublié d'appeler Jennifer, sa cat-sitteuse, pour la prévenir de son heure de retour… Il passa un bref coup de fil. La jeune fille lui demanda de ne pas trop tarder : elle était attendue pour dîner. Maximilien rassembla rapidement ses affaires et prit le chemin de la sortie. Dans sa hâte, il oublia son téléphone sur son fauteuil.

34

20 h 30. Restée seule dans les bureaux déserts, Clémence alla traîner dans le bureau de Maximilien et, comme souvent, voulut s'asseoir à la place de son patron. Se lover dans son fauteuil. Passer voluptueusement sa main sur le cuir des accoudoirs. Elle cala son dos contre le dossier, fit glisser ses Louboutin et croisa ses chevilles sur le poste de travail.

Elle soupira. De ce côté-ci du bureau, le monde recélait quelque chose de terriblement excitant.

Elle aperçut alors le smartphone de Maximilien. Après tout, elle pouvait bien commettre une petite indiscrétion ? Elle consulta les messages et tomba sur un échange plutôt tendre avec Romane, qui ne fit que confirmer ce qu'elle avait déjà pressenti dans l'après-midi : leur complicité gagnait du terrain. Contrariée, elle quitta l'application et reposa rageusement le téléphone de son patron.

35

ON SONNAIT À LA PORTE. Maximilien s'éveilla en sursaut. 10 h 05. Il s'était couché très tard la veille et, après une semaine éprouvante, avait espéré profiter d'une indécente grasse matinée… Qui pouvait bien venir le déranger ainsi un dimanche ? La sonnerie retentit à nouveau, encore plus impatiente. Maximilien se leva en grommelant pour enfiler un peignoir. Il jeta un œil dans le judas.

— Papa ?

Incrédule et mécontent, il ouvrit à son père sans lui dire bonjour et se dirigea vers sa cuisine pour se préparer un café.

Son père entra dans l'appartement comme en terrain conquis, sans se formaliser du piètre accueil que lui avait réservé son fils. Entre eux, ce genre de rapports étaient monnaie courante.

— Tu sais qu'on est dimanche ? cria Maximilien depuis la cuisine. Les gens dorment, le dimanche !

Son père ne pipa mot, préférant inspecter les lieux.

— Qu'est-ce que tu veux ? enchaîna Maximilien en revenant dans le salon une tasse de café brûlant à la main.

— Merci de m'en offrir un ! s'offusqua son père.

— Qu'est-ce que tu veux ? répéta Maximilien, faisant celui qui n'avait rien entendu.

© Groupe Eyrolles

— J'ai besoin que tu me rendes mes clubs de golf. Pour ce que tu t'en sers…

— Et ça ne pouvait pas attendre ?

— Non. J'ai un parcours prévu cet après-midi avec un ami.

— Tu as des amis, toi ? ironisa Maximilien.

Entre les deux hommes, la tension était électrique.

— Très drôle. Mais… Qu'est-ce que c'est que cette horreur ? s'exclama son père en découvrant Pelote.

Maximilien se mordit la lèvre pour ne pas lui répondre trop vertement.

— Ben, comme tu vois. C'est un chat.

— Passionnant, répondit son père, narquois. Tu aimes les bêtes, toi, maintenant ?

— Elles apportent souvent plus d'affection que certains humains, en tout cas…

— Ah oui ?

Son père s'approcha du chaton pour essayer de le caresser.

— Outch ! Elle m'a griffé, la sale bête !

Il fit un geste pour la taper en retour. Maximilien se précipita pour protéger Pelote en la prenant dans ses bras.

— Arrête ! Ce n'est qu'un bébé et tu lui as fait peur.

Son père suçota sa griffure d'un air mauvais, et continua à lui chercher des poux.

— Tu as une tête affreuse. Tu travailles trop, en ce moment ?

Depuis quand tu t'inquiètes de moi ? eut envie de lui rétorquer Maximilien. Mais il se contenta de répondre évasivement.

— Et Julie, ça va ? poursuivit son père.

— Oui, oui…

Maximilien savait que sa sœur jumelle n'aurait rien voulu dire à leur père. Machinalement, il caressait la tête de Pelote, sans réaliser à quel point son doux pelage l'apaisait.

Son père jetait maintenant un œil sur les papiers posés sur le secrétaire et tomba sur la plaquette de Sup' de Burnes.

— Qu'est-ce que… Ne me dis pas que…!

Il partit d'un rire gras.

— Si, si, papa, je suis ce programme. Peut-être que tu devrais y penser, toi aussi…

Son père essuyait les larmes que son fou rire avait fait monter au coin de ses yeux.

— Ce qui me fait plaisir, c'est de voir que tu n'as pas perdu ton sens de l'humour! Bon, je vais te laisser. Au fait: un message de ta mère. Pense à l'appeler un de ces jours. Elle me rebat les oreilles avec ça à longueur de temps!

Quand elle n'est pas en train de faire un tournoi de bridge ou une séance de manucure, songea amèrement Maximilien.

— Je n'y manquerai pas! rétorqua-t-il en reconduisant son père à la porte.

— Au revoir, fils, dit celui-ci en plaquant un baiser sec sur le front de Maximilien.

Le silence se fit criant. Et l'air put redevenir respirable.

36

L'après-midi, Maximilien arriva tendu à Sup' de Burnes, encore contrarié par l'irruption intempestive de son père le matin même. Le voir ne manquait jamais de le mettre sur les nerfs. L'arrivée de Romane apaisa quelque peu ses tensions, jusqu'à ce qu'elle les avertisse que la séance d'aujourd'hui risquait de ne pas être facile et de les secouer un peu… Déjà qu'il se sentait à fleur de peau !

— Pour continuer à approfondir la burnerie, essayons de mieux comprendre d'où celle-ci nous vient. Pour cela, je vous pose une question : qu'est-ce qui est à l'origine de ces travers burnés qui rejaillissent parfois dans votre vie d'aujourd'hui ?

Un blanc dans l'assistance.

— Eh bien, à l'origine de vos comportements inadaptés, il y a souvent ce que l'on appelle des *fausses croyances*. Ce sont des messages très forts enregistrés dans l'enfance de façon inconsciente, comme des mauvais disques que vous vous repassez en permanence et qui, malgré vous, alimentent des certitudes erronées sur vous-mêmes, sur les autres et sur la vie. La conséquence : ces idées «apprises», «léguées», vous limitent, vous freinent… Par exemple, peut-être qu'à cause d'une éducation trop stricte, vous croyez qu'il ne faut jamais rien lâcher et qu'être dur et fort en toutes circonstances est le seul moyen de vous en sortir ? dit-elle à l'intention de Maximilien qui essayait de soutenir son regard sans sourciller.

Puis elle enchaîna.

— Peut-être avez-vous la croyance qu'il vous est interdit de déroger à la tradition familiale ? Que vous avez le devoir d'être fidèle à ce que l'on attend de vous, sans vous laisser la permission de faire ce que vous désirez réellement ? lança-t-elle en direction d'Émilie-la-châtelaine.

Romane marqua une pause. Un ange volait. *Elle est très forte*, songea Maximilien, admiratif.

— Peut-être avez-vous la croyance que si vous n'en bavez pas assez pour réussir, vous n'aurez pas de mérite ? Votre croyance peut aussi reposer sur une généralisation abusive, comme « C'est toujours à cause des bonnes femmes », dit Romane en plongeant ses yeux dans ceux de Bruno, troublé. Peut-être aussi a-t-on si peu fait cas de vous quand vous étiez enfant, qu'une fois adulte, vous croyez dur comme fer que pour se faire une place, il faut s'imposer haut et fort ?

Nathalie rougit.

— Ou bien encore, on a pu vous léguer la croyance que pour donner l'image de quelqu'un qui a confiance en soi et qui sait se faire respecter, il ne fallait pas se montrer trop gentil ?

Patrick se mit à étudier ses chaussettes.

Maximilien observa ses camarades et constata que Romane avait fait mouche à chaque fois.

— Vous l'avez compris, pour repérer vos croyances, traquez les « Je suis trop… Je ne suis pas assez… Je n'y arriverai jamais… Je ne suis pas capable… J'ai toujours été… Les gens sont… », etc.

Après ce complément d'explication, la jeune femme se dirigea d'un pas décidé vers un grand sac posé sur la table centrale et en sortit une douzaine de vieux vinyles 33-tours.

— Aujourd'hui, je vous propose littéralement de «changer de disque». Sur le premier disque, le «bad disque», je vous demande d'inscrire au feutre blanc vos vieilles croyances limitantes. Puis sur le deuxième, le «yes disque», je vous demande d'imaginer une «nouvelle histoire positive» à vous raconter tous les jours, qui commence par des formules positives : «Je suis capable», «J'ai la force», «Je mérite», «J'ai confiance»… Voilà des croyances beaucoup plus dynamisantes ! Vous donner des permissions et des pensées valorisantes : voilà votre antidote ! Vous avez le droit de montrer vos émotions ; vous avez le droit de ne pas être parfait en tout point ; vous avez le droit d'être sensible…

Maximilien déglutit, plus touché qu'il ne voulait l'admettre par ces paroles.

Sur ce, Romane commença à distribuer deux disques à chacun, ainsi que des feutres blancs et or indélébiles. Maximilien observait ses camarades et voyait bien que malgré les explications claires de Romane, il subsistait certaines résistances à se prêter à l'exercice. Les relents burnés ne tardèrent pas à apparaître. Des soupirs désagréables et autres onomatopées irritées se firent entendre. Quelques yeux furent levés au ciel. Des sourcils froncés affichèrent haut et fort leur pas-envie-de-se-creuser-la-cervelle. Bref. Des freinages des quatre fers dignes de ce nom qui traduisaient l'appréhension du groupe. Maximilien constata que Romane était déstabilisée. Il aurait juré qu'elle avait blêmi. Comment allait-elle se tirer de ce mauvais pas ? La jeune femme se lança alors dans une confession tout à fait inattendue…

— Toute ma vie, j'ai dû me montrer à la hauteur, et j'ai la croyance que si je baisse la garde, mon monde va s'écrouler à cause de moi…

Était-ce possible ? Mais oui… La jeune femme était en train de raconter ses propres fausses croyances pour les mettre à l'aise, eux ! Tout comme les autres, Maximilien n'en perdait pas une miette.

— Quand... Quand ma mère est morte, dans un terrible accident de la route, j'étais encore une petite fille. Enfin, tout juste une préadolescente. Très vite, j'ai dû devenir malgré moi l'adulte à la maison... Mon père, totalement dévasté, a mis beaucoup de temps à remonter la pente, et j'ai dû être forte pour deux. Le problème, c'est que... Aujourd'hui encore, je reste trop « en vigilance » et je n'ose pas toujours laisser la place à mes fragilités, ni les accepter... Comme si les montrer pourrait ouvrir une faille béante et me faire perdre pied!

Le groupe fut littéralement scotché par cette confession. Maximilien croisa le regard de Romane et tressaillit. Percevait-elle à quel point elle l'avait touché? Il imagina cette petite fille, seule face à des responsabilités trop lourdes pour ses frêles épaules, et son cœur se serra. Comme elle avait dû souffrir de n'avoir personne sur qui s'appuyer à cette époque-là! Maximilien avait senti chez Romane cette sensibilité qu'elle semblait avoir du mal à accepter et il aurait aimé lui dire combien cela la rendait d'autant plus attachante...

Maintenant qu'elle avait ouvert la voie sur le travail à faire, Romane invita tout le monde à s'y mettre. Les crayons grattaient sur les pages blanches. Petit à petit, les fausses croyances refaisaient surface, comme de vieilles casseroles qu'on aurait préféré oublier... Certains visages se fermaient. Des larmes menaçaient. Maximilien était surpris par l'impact émotionnel de l'exercice. Lui-même commençait à se sentir rattrapé par de vieux démons.

— Si vous devez pleurer, allez-y, lâchez. Des fois, il faut que ça sorte! Et j'ai ce qu'il faut en mouchoirs, dit-elle pour essayer de détendre l'atmosphère.

Quelque chose lâcha dans la tête de Maximilien et, contre toute attente, il craqua. Quelques larmes traîtresses jaillirent en silence. C'en était fait de son statut d'homme de roc. Romane, tout en douceur, l'incita à parler. N'osant relever le visage de peur de croiser le regard des autres, l'homme d'affaires laissa les mots sortir de lui.

— J'ai passé toute ma vie avec la croyance que pour être un homme, un vrai, il fallait être dur. Ne pas montrer ses émotions. Pour mon père, les sentiments, c'est pour les bonnes femmes. Il faut être fort ! expliquait Maximilien en serrant les poings, pour imiter le geste que son père avait reproduit devant lui tant de fois. Quand on est un homme, on ne pleure pas. On serre les dents et on avance. Est-ce que vous savez ce que ça fait d'être fort tout le temps ? D'être sous contrôle tout le temps ?

Il essuya une larme. Raconter son père lui mettait des cailloux dans le ventre.

— Ah ! Merci, papa, de m'avoir transmis ce schéma du monde ! Grâce à toi, je suis passé à côté de vingt ans de ma vie ! Toujours en train de mettre une pression d'enfer pour être le premier et de tenir les autres à distance pour ne pas m'impliquer émotionnellement… Et au final, j'ai réussi quoi ? À me couper de la vraie vie. Et de moi-même. Une espèce d'anesthésie générale. Je ne voyais rien. Je ne ressentais rien. Je crois que j'ai vécu comme un automate. Et… et…

Le plus dur avait du mal à sortir.

— Pour la personne qui compte le plus pour moi, je n'ai rien su pressentir, tellement j'étais dans ma bulle, uniquement centré sur mes préoccupations, sur ma carrière. Ma… ma… sœur jumelle… Julie… Quand je pense qu'elle a voulu se… suicider ! Et moi, je n'étais pas là… Je n'ai rien vu venir… Maintenant, elle refuse de me voir… Je suis totalement rejeté ! Rejeté par la personne que j'aime le plus au monde !

C'était la première fois que Maximilien parlait de Julie au reste du groupe, révélant en public ce que Romane savait déjà. Ses épaules luttaient contre les sanglots qui menaçaient mais qu'il refusait de laisser sortir devant autant de témoins. Le groupe, silencieux, respectait ce moment de confession.

— On va faire une pause, d'accord ? Quinze minutes ! proposa Romane pour permettre à Maximilien de se remettre.

Maximilien apprécia son geste. Les participants s'éclipsèrent à la machine à café en lui jetant un regard oblique avant de sortir. On devait le regarder comme une bête curieuse. Bien fait pour lui ! Voilà où ça menait de libérer ses émotions. Furieux contre lui-même de s'être laissé aller, Maximilien se leva d'un bond pour aller près de la fenêtre. Un instant plus tard, Romane était près de lui et lui tendait un verre d'eau.

— Non merci ! répondit-il rageusement.

La jeune femme posa une main sur son épaule et il tenta de se dégager. Elle insista pour le verre d'eau.

— Bois ! Ça te fera du bien.

— C'est bon. Je vais très bien, répondit-il, d'une humeur de chien.

Pourquoi continuait-elle à le regarder avec cet air gentil ? C'était horripilant. Elle devait le prendre pour un pauvre type…

— Maximilien. Tu ne dois pas regretter d'avoir laissé sortir tout ça aujourd'hui. C'est une bonne chose d'avoir réussi. Beaucoup de gens mettent des années à y arriver et toi, ça va te faire faire des pas de géants…

Maximilien restait incrédule.

— Comment juges-tu un homme qui se met à pleurer devant tout le monde, hein ?

Romane le regardait intensément.

— Comment crois-tu que je juge ?

Il détourna le regard et baissa la tête.

— Maximilien. Regarde-moi. Tu n'as pas à avoir honte d'avoir pleuré. La honte n'est qu'un sentiment appris. On devrait toujours être fier d'être vrai.

Ces paroles le touchèrent.

— Merci, souffla-t-il.

Romane posa une main dans son dos en signe de réconfort. Leurs regards se croisèrent. Maximilien s'attendait à y lire un peu de pitié, mais fut surpris d'y voir une lueur de fierté. Et aussi quelque chose d'autre… Instant suspendu. Électrique. Puis le groupe fut de retour et vint aussi lui témoigner son soutien.

Maximilien vit Romane s'écarter et reprendre sa place de professeur. Ils passèrent le reste de la séance à créer le «bad disque» de leurs croyances limitantes, ainsi que le «yes disque»: le dialogue intérieur à se répéter pour renforcer sa confiance en soi, et dire oui à l'univers.

Une fois les disques terminés, Romane fit lever les participants et leur proposa de symboliquement casser les «bad disques» et de les jeter, à la russe, par-dessus leurs épaules. La séance s'acheva dans un joyeux bigntz, des morceaux de disques volant dans toute la pièce. Romane avait d'ailleurs mis en fond sonore une musique folklorique russe pendant que l'équipe de Sup' de Burnes amenait de quoi boire et étancher les tristesses passagères. Maximilien, étrangement, se sentait beaucoup plus… léger! À la sortie, alors que le petit groupe se dispersait en bas de l'immeuble, Patrick-bedon attendit Maximilien.

— Tu vas par où?

— Par là, montra Maximilien qui avait garé sa voiture un peu plus loin.

— Tu veux bien que je fasse quelques pas avec toi?

— Si tu veux, répondit Maximilien malgré sa surprise.

Les premiers mètres se firent en silence. Maximilien se demandait bien ce que Patrick avait à lui dire. Après la séance qu'il venait de vivre, il n'avait aucune envie de se prendre le bec!

— Je sais que toi et moi on ne s'est pas toujours très bien entendus depuis le départ, mais…

Maximilien espéra secrètement que Patrick n'avait pas choisi ce jour pour régler ses comptes avec lui !

— Je voulais juste te dire que, tout à l'heure, tu m'as beaucoup touché !

Quoi ! Il avait touché Patrick ? Maximilien était estomaqué. Patrick guettait sa réaction du coin de l'œil et décida de poursuivre.

— Oui, c'est vrai. Je t'ai trouvé très courageux d'oser te livrer comme ça, devant tout le groupe, et sincèrement…

— Oui, quoi ?

— Sincèrement, tu es remonté dans mon estime.

— Je suis bien content de l'apprendre ! ironisa Maximilien tandis qu'ils arrivaient à un feu rouge. Oh, attention !

Patrick, dans sa hâte, s'était montré un peu distrait pour traverser. Maximilien le tira brusquement par la manche pour le ramener sur le trottoir alors qu'une voiture passait en trombe devant eux.

— Merci !

Patrick avait eu chaud de ne pas se faire écraser ! Cela ne l'empêcha pas de continuer sur sa lancée.

— Tu sais, Maximilien, honnêtement, ne le prends pas mal, mais depuis le début du programme, je trouvais que tu te la jouais un peu, surtout avec moi…

— Mais non, je…

— Si, si, je l'ai senti ! Je ne suis pas aussi con que j'en ai l'air, tu sais !

Pour le coup, Maximilien se sentit un peu bête.

— Je n'ai jamais pensé ça, crut-il bon de dire.

Bien sûr, Patrick ne fut pas dupe.

— Bah, pas la peine de nier. Et puis, pour dire la vérité, je te trouvais un peu…

— Con aussi, c'est ça ?

Les deux hommes se sourirent.

— En tout cas, ce que je voulais te dire, c'est qu'aujourd'hui tu m'as bluffé, d'avoir osé être vraiment toi, sans tous tes masques de gars suffisant… Qui se la pète, quoi !

— J'avais compris l'idée générale, Patrick.

L'homme se gratta la gorge. Visiblement, il avait encore quelque chose sur le cœur.

— Tu sais, l'histoire avec ta sœur jumelle… Qu'elle refuse de te parler, tout ça… Ça m'a ému. Moi… ma femme…

— Elle refuse aussi de te parler, c'est ça ?

Le nez dans ses chaussures, Patrick acquiesça tristement.

— Bref. Je sais que ce n'est pas ça qui peut changer les choses, mais je voulais juste te dire que je comprends ce que tu ressens et que tu n'es pas seul à vivre ça…

Maximilien se sentit soudain ému par le geste de Patrick et cet élan inattendu de camaraderie. Ils étaient arrivés au niveau de sa petite voiture de location et les deux hommes se retrouvaient face à face. Maximilien regarda Patrick un peu comme s'il le voyait pour la première fois. Que lui dire ? Il lui tendit simplement la main, que Patrick serra chaleureusement.

— Merci, Patrick. Je suis… très touché. Toi non plus, tu n'es pas seul. J'espère vraiment que toi et ta femme…

— Oui. Moi aussi.

Ils se séparèrent sans autre effusion, pudeur masculine oblige. Maximilien se promit de ne plus jamais juger les autres trop rapidement.

37

ROMANE RENTRA DANS la boutique dont la porte carillonna joyeusement à son passage. Il faisait un temps radieux. Un samedi clément, rare en région parisienne. La jeune femme avait décidé de s'octroyer un après-midi shopping plaisir. Depuis quelques jours, elle se sentait d'humeur barbe-à-papa. Il faut dire que les progrès de ses participants la mettaient en joie. Surtout depuis la séance confession de Maximilien, où sa carapace s'était enfin craquelée…

Et ce regard qu'ils avaient échangé ! Comme si elle avait pu voir à l'intérieur de lui, à travers ses yeux, et découvrir dans cette fenêtre ouverte une âme beaucoup plus sensible que ce qu'elle aurait pu imaginer… Ce qui n'était pas pour lui déplaire. Romane essaya un ensemble rouge à l'imprimé graphique et tournoya dedans, face à un Maximilien imaginaire.

—Je prends celui-ci, s'il vous plaît, dit-elle avec un grand sourire en tendant l'ensemble à la vendeuse.

Yasmina (à en juger par ce qui était inscrit sur son badge) annonça une somme à trois chiffres qui fit rougir, puis pâlir Romane. Tant pis si la carte bleue chauffait. Tant qu'elle ne le laissait pas froid, lui, Maximilien. Lui qui s'était rendu malade pour sa sœur parce qu'il n'avait pas su voir ses failles plus tôt. Émouvant.

Romane en avait parlé avec lui, et il s'avouait vraiment miné par l'attitude de Julie, qui refusait toujours tout contact. Il avait fini par accepter que Romane aille lui parler. La jeune femme lui avait donc rendu visite à la Clinique de l'Eau rousse. Elle se souvint de l'émotion qui l'avait assaillie en faisant la connaissance de la sœur jumelle de Maximilien. Ils se ressemblaient tellement ! Romane avait mis toute sa conviction personnelle pour plaider en faveur de son participant.

— Vous savez, votre frère est vraiment ravagé de n'avoir pas su vous aider !

Julie avait pleuré doucement. Romane lui avait pris la main.

— Je sais. J'ai été dure avec lui. Peut-être trop dure. Ce n'est pas de sa faute, si j'en suis arrivée là… Et moi, j'étais si mal, j'ai voulu lui faire porter toute la responsabilité de ce qui m'arrivait ! Je crois que je lui en voulais beaucoup, d'avoir pris tellement de distance ces dernières années. Toute notre enfance, on était comme les doigts de la main ! Même pendant nos années d'études. Et puis après, il s'est pris au jeu de son ascension professionnelle, on ne l'arrêtait plus ! Moi aussi, ça a marché très fort pendant un temps. Mais la mode, c'est capricieux. D'un coup, le début de la descente aux enfers. Le téléphone qui sonne de moins en moins. Les contrats qui se raréfient. L'impression de tomber aux oubliettes. Tous les jours, la sensation de flirter avec le vide. Et là-dessus, une rupture douloureuse, une trahison de celui que je pensais être l'homme de ma vie ! J'ai eu l'impression d'être aspirée au fond d'un gouffre noir et que mon frère, lui, prenait presque ça sur le ton de la plaisanterie ! Je ne l'ai pas supporté…

Grâce à cet échange, Romane fut persuadée que Julie commençait à prendre du recul sur la responsabilité de son frère dans sa descente aux enfers. Un grand pas. Il faut dire qu'elle n'avait pas tari d'éloges sur Maximilien, sur son implication dans le programme et sur les progrès incroyables qu'il était en train de réaliser… Elle avait mis la gomme. Julie avait-elle pu percevoir son penchant peu professionnel pour son frère ? Elle espérait que non. L'objectif de sa visite avait été de lui faire comprendre tout l'intérêt de s'entourer à nouveau de son frère, d'avoir près d'elle quelqu'un d'aimant pour la suivre et l'aider à se reconstruire.

— Tout le monde a le droit à une seconde chance, n'est-ce pas ?

Julie avait acquiescé. Et même si elle ne se sentait pas encore prête à revoir Maximilien pour l'instant, l'idée faisait son chemin… Elle avait sans doute besoin de temps pour lui pardonner ses manquements, et plus encore pour se pardonner à elle-même…

Romane repensait à tout cela tandis qu'elle entrait dans un café pour siroter une boisson fraîche. Ses participants ne pourraient guère avancer davantage sans obtenir le pardon des êtres chers qu'ils avaient blessés ! Ou tout du moins tenter une action qui montrerait leur volonté de réconciliation. Il faudrait faire de ce point le sujet de la prochaine séance à Sup' de Burnes, songea la jeune femme en savourant son sirop de citron aux fines bulles pétillantes.

38

DEUX JOURS PLUS TARD, Romane exposa le projet à son groupe : elle souhaitait que chacun réfléchisse à une façon créative de demander pardon à une personne chère qu'il aurait blessée.

— Jetez toutes vos idées ! Osez !

Demander pardon, demander pardon… Elle en avait de bonnes ! Voilà ce que Romane lisait dans les regards. Il est vrai que la démarche était loin d'aller de soi pour des personnes aux comportements burnés. Car demander pardon, c'était reconnaître en partie ses torts. Les mots du pardon écorcheraient les bouches et égratigneraient les ego.

— Et si on se fait jeter, tu y as pensé, à ça ? maugréa Patrick, pétri de réticences…

— Peut-être que cela arrivera, Patrick. Mais toi, tu seras gagnant dans tous les cas de figure : en demandant pardon, tu auras regagné l'estime de ta femme, mais aussi ton estime de toi. Tu te seras allégé d'un poids. Tu n'auras pas le regret de ne pas avoir essayé. Donc, si ça ne marche pas, tu auras au moins le cœur plus léger, le sentiment d'avoir fait ce qu'il faut et d'être ainsi prêt à tourner la page dignement. Et si ça marche, alors là, bien sûr, vous pourrez rebâtir une histoire sur des bases saines et harmonieuses…

Ce discours acheva de convaincre Patrick. Commençait-il à réaliser que vivre avec lui n'avait pas dû être une sinécure et que cela méritait bien de demander pardon pour les mille et un accros à la sensibilité qu'il avait commis? Romane l'espérait. Patrick aimait sa femme. Elle en aurait mis sa main à couper. Elle était donc ravie de le voir se creuser la tête pour trouver une belle idée.

Il était tout aussi intéressant d'observer Bruno réfléchir à la question. Lui qui d'ordinaire laissait si peu transparaître ses émotions montrait là, à travers ses expressions, quelques reflets de tendresse… Était-ce de songer à sa vieille tante Astrée, qu'il aimait tant autrefois et à qui il n'avait pas donné de nouvelles depuis des années? Il exposa son idée: se faire passer pour un livreur et apporter à sa tante des biscuits qu'il aurait lui-même préparés! Romāne approuva le projet avec enthousiasme.

Maximilien, lui, semblait absorbé par sa réflexion. Romane décida de ne pas le déranger et passa voir Nathalie et Émilie qui, elles, n'avaient pas à proprement parler à demander pardon à qui que ce soit. Romane leur proposa alors de réfléchir à quelque chose pour créer ou renforcer des liens avec une personne de leur choix. Émilie imagina proposer à son fils un vrai temps de qualité dans un temple de l'art et du design culinaire. Nathalie, elle, se promit d'appeler une ex-collègue qu'elle aimait bien mais qu'elle n'avait jamais pris le temps de connaître mieux. Elle l'inviterait chez elle, où elle aurait donné de sa personne en préparant un bon repas. Puis elle s'intéresserait authentiquement à cette amie potentielle, son parcours, ses goûts… De quoi mettre en pratique ses acquis sur l'empathie et la qualité d'écoute!

Romane félicita chacun de sa créativité. Maximilien attendit la fin de la séance pour lui révéler son projet, qu'elle trouva bluffant.

Il la rappela quinze jours plus tard pour tout lui raconter. Comment il avait attendu que Julie soit conduite au jardin par son aide-soignante pour lancer les opérations. Quatorze volontaires bénévoles, guettant son signal pour brandir leur panneau de carton à chacune des fenêtres de la Clinique de l'Eau rousse…

«P A R D O N J U L I Ǝ», avait pu lire sa sœur en se tournant vers le bâtiment (la personne du deuxième étage avait mis le E à l'envers). Et aux fenêtres du premier étage, apparaissait la signature : «M A X».

— Génial ! Et comment a-t-elle réagi ?

— Honnêtement, quand je l'ai retrouvée à l'accueil de la clinique, au milieu de tous ces gens qui nous regardaient, elle était entre rires et larmes. Et puis… elle s'est jetée dans mes bras !

— C'est formidable ! Je suis vraiment contente pour toi.

— Tout ça, c'est surtout grâce à toi.

— Je n'ai rien fait d'autre que remplir ma mission !

— Trêve de modestie. Je te dois beaucoup. Et je ne sais pas comment te remercier de m'avoir rendu l'affection de ma sœur.

— En continuant à bien suivre le programme jusqu'au bout ?

— On va voir ce qu'on peut faire…

Dans le ton de sa voix, Romane sentit qu'il était prêt à tous les efforts.

39

MON DIEU, POURQUOI *faut-il que les minutes passent aussi vite le matin ?* pesta Romane, tandis qu'elle courait un semi-marathon dans son appartement pour rassembler ici et là toutes les affaires nécessaires pour le week-end qui s'annonçait. Son père devait venir la chercher dans moins d'une demi-heure... Il fallait penser à tout ! La valise à boucler, mais aussi les documents imprimés à emmener, plus tout l'attirail nécessaire pour réserver de jolies surprises à son groupe. Au fil des semaines, les liens entre les membres s'étaient encore renforcés et Romane s'en félicitait. L'amitié lui semblait être un bon premier pas sur le chemin de l'altruisme, comme une sorte de « cousine éloignée ».

À ce stade du programme, le moment était parfait pour leur offrir un week-end prolongé mi-relaxant, mi-initiatique, à la fois pour célébrer les progrès déjà obtenus, et pour poursuivre l'enseignement dans un cadre inspirant.

Le rendez-vous avait été donné devant Sup' de Burnes qui, pour l'occasion, mettait deux voitures à la disposition du groupe. L'interphone sonna. Romane alla vite ouvrir, tout en maudissant sa valise qui refusait de se fermer. Son père la connaissait par cœur et elle lui sut gré de ne pas lui faire remarquer son état de nerfs. Jean-Philippe savait que pour elle, les jours de départ étaient toujours stressants. Il écarta gentiment sa fille de la valise pour la fermer à sa place. Son calme et sa force eurent tôt fait de venir à bout du bagage récalcitrant. Ils chargèrent le tout dans l'ascenseur.

Jean-Philippe se mit au volant. Romane s'étonnait toujours du calme qu'il avait su développer, qui tranchait tellement avec ses penchants burnés d'avant. Le trajet se passa en silence. Romane se sentait nerveuse. Elle déchiquetait un petit mouchoir en papier entre ses mains. Est-ce que son père sentait cela ? Oui, certainement. Cependant, il fut discret et ne lui posa aucune question, ce qu'elle apprécia. Quand ils arrivèrent devant Sup' de Burnes, tout le monde était déjà là. Patrick, Émilie, Bruno, Nathalie et… Maximilien. Il régnait une ambiance de colonie de vacances et les conversations allaient bon train. Romane commença à discuter joyeusement avec Maximilien, ce qui ne sembla pas échapper à son père. Elle voyait Jean-Philippe lorgner dans leur direction, comme pour essayer d'en savoir plus, les antennes aux aguets. Elle qui, d'habitude, partageait tout avec lui, avait pourtant envie de préserver son jardin secret. Elle croyait lire dans les yeux de son père un peu d'inquiétude et de désapprobation. Sans doute avait-il peur qu'elle s'aventure sur un terrain risqué avec ce monsieur burné qui pourrait potentiellement blesser sa petite fille ? Pour la première fois depuis longtemps, elle se sentit vraiment agacée par les penchants surprotecteurs de son père. Elle fit en sorte de lui tourner le dos pour qu'il ne puisse plus voir son visage. Jean-Philippe se mit alors à rouspéter sur l'heure qui tournait et poussa tout le monde au départ, à grands coups de *Allezallezallez* agités.

Maximilien se proposa pour conduire. Il semblait y avoir repris goût depuis qu'il se passait de chauffeur. Romane monta à l'avant et Nathalie pris place à l'arrière. Jean-Philippe se mit au volant de l'autre voiture : là où ils se rendaient, en Haute-Normandie, les GPS ne passaient pas toujours et il serait utile d'avoir quelqu'un qui connaissait le chemin à l'approche de l'arrivée.

Le trajet devait durer deux heures. Direction : « Les Pommiers du Possible », un authentique manoir. Romane leur expliqua le concept de ce lieu qu'elle avait créé avec son père et qui mixait art, philosophie et développement personnel. Une fois sur place, le groupe ferait la connaissance de Sofia et Vincent, un couple d'hôtes atypiques qui tenait le lieu à l'année en collaboration avec Sup' de Burnes.

Le trajet se passa sans encombre, à ceci près que les nerfs de Romane furent mis à fleur de peau. Deux heures dans un habitacle clos, à sentir la main de Maximilien lui frôler le genou à chaque changement de vitesse, c'était un petit supplice. Certes assez doux, mais supplice quand même! La jeune femme ne fut pas mécontente de voir leur destination approcher.

La petite troupe à peine descendue de voiture, Romane rassembla tout le monde dans le salon de la vieille bâtisse normande au charme indéniable.

Les participants prirent place dans un immense canapé rouge en forme d'arc de cercle, garni de larges coussins parme et lilas. Une imposante cheminée, dont le coffrage en bois massif montait jusqu'au plafond, offrait par sa verticalité une certaine majesté à la pièce. Au-dessus de leur tête, un joli lustre aux ampoules imitant des bougies éclairait les visages de reflets chauds. Au plafond, les poutres apparentes contrastaient avec le blanc des portes vitrées s'ouvrant directement sur le jardin.

Sofia et Vincent, debout devant le groupe, souhaitèrent la bienvenue à tout le monde. Elle, jolie brune aux cheveux longs, habillée d'un sarouel noir contrastant avec les imprimés orientaux de son haut qui enrubannait son buste. Lui, robuste gaillard, les cheveux presque ras, une fine barbe, les traits burinés et les prunelles pétillantes. Il se dégageait du couple une bonne humeur contagieuse.

— Sofia et Vincent vont vous montrer vos chambres mais avant cela, je vais vous demander de me confier vos doudous électroniques! sourit Romane.

— Nos quoi? s'inquiéta Maximilien.

Romane s'approcha de lui sans se départir de son sourire et tendit la main à plat, attendant visiblement qu'il se déleste de quelque chose…

— Ton téléphone, Maximilien.

Il la regarda, ahuri.

— Hors de question de me passer de lui!

Un bras de fer visuel commença.

— Maximilien! Ce téléphone prend trop de place dans ta vie, fais-moi confiance! Tu dois apprendre à te dé-co-nnec-ter.

Romane devait avoir un peu trop haussé le ton car son père s'approcha.

— Un problème?

Apparemment, Jean-Philippe avait décidé de se mêler de tout, ce qui énerva à nouveau Romane.

— Mais non, papa, pas de problème. J'expliquais juste à Maximilien l'importance de prendre le temps de l'essentiel en se passant un peu de son portable…

Puis, se tournant vers Maximilien:

— Promis, tu y auras droit une heure en début de soirée pour consulter tes messages…

Maximilien avait perdu la partie. Il sortit à contrecœur son smartphone de sa poche et le tendit à Romane en maugréant. Celle-ci ne fléchit pas. Tant pis s'il n'était pas content! Sa mission à elle était de lui faire découvrir d'autres sensations, moins artificielles, plus authentiques, qui lui permettraient de se retrouver, lui. Néanmoins, cela lui coûtait de contrarier Maximilien à un moment où elle avait plutôt envie de s'en rapprocher davantage…

Romane mit tous les autres participants au même régime et ramassa les doudous électroniques dans un petit panier, comme elle aurait cueilli les pommes du jardin. Elle expliqua brièvement comment ces objets censés n'avoir qu'une vocation fonctionnelle étaient devenus pires que des objets transitionnels : des objets tyrans, imposant leur dictature d'omniconnexion, vampirisant les temps de présence à l'autre, créant une dépendance néfaste, une addiction renforçant l'anxiété de son propriétaire, maintenu malgré lui dans un constant état de vigilance.

Romane voulait que son groupe expérimente les vertus du calme, le vrai, celui qui permet de se reconnecter à soi.

Pour l'heure, les participants ne l'entendaient pas de cette oreille et faisaient grise mine en se séparant de leur objet fétiche, dans un ressenti proche de la mise à nu. Ils montèrent vers les chambres en jetant à Romane des regards noirs.

J'espère que le programme que je leur ai prévu ce week-end suffira à me faire pardonner…

40

Après avoir pris possession de sa chambre, Maximilien avait décidé de se promener dans le grand jardin et commençait enfin à se détendre. Car sincèrement, au départ, il avait eu peur d'atterrir dans un tel trou, loin de toute civilisation.

Dans la voiture, à l'aller, il s'était d'abord demandé ce que le programme du week-end réserverait d'atypique... À vrai dire, la perspective d'être enfermé dans un huis clos de verdure ne l'enchantait guère. Ultra-citadin, il s'était forgé la croyance (encore une) que lui et la campagne ne feraient jamais bon ménage. Il y craignait un ennui pascalien. En franchissant les grilles des «Pommiers du Possible», ses craintes s'étaient confirmées : il avait atteint le milieu de nulle part. Aucun commerce, aucune animation en vue. Du vert. Beaucoup trop de vert.

Mais la présence de Romane changeait la donne. Elle justifiait à elle seule le déplacement. Il croyait bien avoir ressenti les prémices d'une attirance réciproque, sans pour autant en être certain. Il s'inquiétait aussi de ce qu'il avait montré de lui lors de la séance sur les fausses croyances. Ce visage de lui, en pleurs, n'allait-il pas jouer en sa défaveur ? Que pouvait penser Romane d'un homme qui montre ainsi ses failles ? Maximilien souhaitait profiter du week-end pour capter les sentiments de la jeune femme à son égard et faire aussi la lumière sur les siens.

Le temps tournait à l'orage. Maximilien fut contraint d'écourter sa balade et de rejoindre le groupe dans le grand salon. Avec l'humidité, il faisait un peu froid. Vincent, l'hôte des lieux, alluma un feu de cheminée qui projeta bientôt ses éclats de lumière dans la pièce.

Sofia arriva les bras chargés d'un joli plateau gravé d'une ferronnerie locale, couvert de tasses de chocolat chaud et de biscuits maison. Il régnait une ambiance gaie et décontractée dont Maximilien avait peu l'habitude. Il était le premier surpris du plaisir qu'il prenait à se trouver parmi ces gens, dans ce lieu coupé du monde…

Quelques-uns s'étaient regroupés autour de Vincent, soudain inspiré pour se lancer dans une improvisation musicale à la guitare. Quant à Sofia, elle avait sorti un drôle de coffret. Un jeu de cartes, visiblement. Maximilien s'approcha et lut sur la boîte : « Le Jeu du Phénix ».

— De quoi s'agit-il ? demanda-t-il curieux.

— C'est un tarot philosophique, répondit Sofia en lui souriant.

— Ah ! Vous allez vous transformer en madame Irma, alors ?

— Non, pas du tout. Ce n'est absolument pas un jeu divinatoire. En fait, chaque tirage offre simplement un éclairage à la personne sur une situation ou un domaine de sa vie… C'est d'ailleurs pour cela que les cartes s'appellent des « flammes ».

— Intéressant.

— Vous voulez essayer ?

Maximilien décela une pointe de défi dans sa voix et fut tenté. Il ne croyait vraiment pas à tout cela mais après tout, qu'avait-il de mieux à faire, alors même qu'il était privé de son smartphone et de tout contact avec l'extérieur ? Sofia lui fit signe de s'asseoir et lui demanda de poser une question. Maximilien profita du fait d'être un peu à l'écart pour oser poser celle qui le taraudait : comment pouvaient évoluer ses relations, en particulier avec les femmes.

Sofia lui sourit et lui tendit l'éventail de cartes afin d'explorer la question sous différents angles.

Dans les minutes qui suivirent, il tira successivement six cartes, dont trois retinrent particulièrement son attention : la première parlait de son énergie du moment, la carte de la Tempête folle symbolisant un tourbillon salutaire de changement, une vague capable de balayer ses vieilles manières et habitudes néfastes, et de le conduire vers du neuf régénérant.

Bluffant, songea Maximilien.

La seconde révélait ses désirs intimes à travers la carte du Miel. Maximilien en eut la chair de poule. La flamme mettait en lumière sa secrète envie de trouver le bonheur en son « autre », précieux amour qui, à l'instar du nectar qu'est le miel, saurait guérir ses blessures et lui apporter la douceur et la joie dont il avait tant manqué jusqu'à ce jour…

— Intéressant, dit-il laconiquement en essayant de cacher son trouble.

La troisième carte, censée lui révéler la façon dont il était perçu par les femmes, lui arracha une grimace : un dragon cracheur de feu ! *Charmant !*

— Maximilien, avez-vous parfois l'impression de faire peur, de trop en imposer ?

— Mmm. Peut-être… Mais de là à être perçu comme un dragon !

— Ce que le jeu veut vous dire à travers le Dragon, c'est d'être vigilant à ne pas blesser les autres avec des paroles « calcinantes ». Et spécialement avec les femmes, de vous montrer plus doux, plus bienveillant.

Maximilien jeta un coup d'œil en direction de Romane et se demanda si, elle aussi, le considérait comme un affreux dragon… Sofia perçut son inquiétude et se voulut rassurante.

— Ne vous inquiétez pas : rien d'irréversible ! Il existe des moyens tout à fait à votre portée pour dompter votre dragon…

À ce moment précis, Nathalie s'approcha de leur table, interrompant leur conversation.

— On passe à table ! s'exclama-t-elle joyeusement. Tu viens, Maximilien ? dit-elle en lui tendant le bras.

Au moins, je ne suis pas un dragon pour tout le monde, songea l'homme d'affaires, un brin rassuré. Sofia le rappela alors qu'il s'éloignait.

— Si vous voulez, après le dîner, je pourrai procéder à un tirage complémentaire… pour vous éclairer sur votre dernière carte.

Elle tapota sur le Dragon en adressant un clin d'œil entendu à Maximilien, qui toussota.

— Super, Sofia ! Merci. À tout à l'heure alors.

Il rattrapa Nathalie pour aller dîner et la laissa le conduire jusqu'à la salle à manger, bras dessus, bras dessous. Romane leur jeta un drôle de regard. Il espérait qu'elle ne se méprenait pas sur sa proximité avec la responsable de communication.

Il mangea distraitement et écouta tout aussi distraitement le babillage de Nathalie. Il ne rêvait pas : elle lui faisait un numéro de charme. En d'autres temps, il n'y aurait pas été insensible. Mais là, il n'avait d'yeux que pour Romane, et ces histoires de flammes le renvoyaient surtout à elle, sage des temps modernes aux yeux pas si sages, surtout quand, entre deux passages de plats, elle le regardait aussi. Il avait hâte d'entendre les prochaines révélations de Sofia pour savoir comment ne plus être perçu comme un dragon… Ce serait dommage de se prendre un retour de flamme de la seule femme qu'il ferait volontiers entrer dans son donjon…

41

APRÈS LE DÎNER, CHACUN regagna le grand salon d'un pas lent et détendu. Romane arriva dans la pièce en portant le grand panier qui contenait les téléphones des participants. Elle s'approcha de Maximilien pour lui proposer de reprendre le sien.

— Oh. Merci, Romane, dit-il d'un air détaché. Il prit l'objet et le rangea distraitement dans la poche de sa veste, avant de se tourner vers Sofia qui venait de s'asseoir devant lui.

Romane tourna les talons et Maximilien la suivit des yeux. Il aurait juré qu'elle aurait bien aimé rester là, à écouter le «sensage» de Sofia, l'art de donner du sens aux cartes tirées.

— Voilà, Maximilien: je vous propose donc un tirage complémentaire pour vous donner quelques conseils afin de ne plus être perçu par les femmes comme un dragon… Allez-y, tirez une première carte!

Maximilien avait un peu peur de la flamme qu'il allait retourner, et en même temps se sentait excité. Il avait beau ne pas croire au pouvoir des cartes, ce jeu semblait néanmoins offrir un sacré effet miroir à qui osait le pratiquer… Il tira la flamme du Jardin, qui représentait effectivement un beau jardin situé à l'intérieur d'une sorte de forteresse, cerclé de remparts. Un énorme pied se présentait à la porte entrouverte, comme en attente d'une invitation à entrer. Le jardin en lui-même offrait une luxuriance incroyable et un irrésistible attrait. Maximilien guettait la réaction de Sofia.

— Symboliquement, cette flamme vous invite à laisser entrer l'autre dans votre intimité… Cela vous parle?

— Mmm. Oui, assez… souffla Maximilien en pensant spécialement à Romane.

— C'est très intéressant par rapport à la carte du Dragon: car le dragon, une fois qu'il baisse la garde, à quoi donne-t-il accès?

— Eh bien… Je ne sais pas, moi… À un trésor?

— Oui, Maximilien! C'est ça! Et le trésor que vous avez à y gagner, c'est quoi?

Maximilien avait la réponse, mais n'osait laisser le mot franchir ses lèvres. Sofia répondit pour lui à mi-voix.

— Mais oui, il s'agit bien de cela, Maximilien. L'amour! Mais pour cela, vous devez baisser votre pont-levis, pour donner accès à votre jardin!

Maximilien rosit légèrement, ce qui n'avait pas dû lui arriver depuis l'école primaire…

Romane, à l'autre bout de la pièce, était absorbée dans une partie d'échecs avec son père. Gagnait-elle? L'homme d'affaires n'aurait su le dire à cette distance, mais trouva charmant le pli de concentration sur son front.

— Alors, comment faire pour ouvrir cette porte, Maximilien? poursuivit Sofia.

Maximilien tira une autre flamme: l'Enfant.

— La flamme de l'Enfant! Voilà une belle invitation à être moins dans «votre adulte» et à plus vous amuser. Retrouvez la capacité à vous émerveiller et à être dans la spontanéité! Visiblement, jusque-là, vous avez été trop sous contrôle… «L'adulte apprend à l'enfant à ne plus craindre la nuit et l'enfant apprend à l'adulte à ne plus craindre le jour.» Maximilien, vous devez laisser parler votre cœur sans chercher à tout rationaliser!

Osez vivre pleinement l'expérience que la vie vous propose… Et maintenant, nous allons voir ce que vous devez changer dans vos relations avec les femmes.

Maximilien tira alors la carte du Phénix, la plus spéciale du jeu. Symboliquement, il devait faire mourir l'ancien Maximilien, perçu comme un dragon, et faire naître le nouveau Maximilien, capable d'ouvrir son cœur. Une vraie renaissance !

Le tirage avait touché Maximilien bien plus qu'il ne l'aurait cru. Il leva les yeux vers les escaliers, où il aperçut Émilie, Patrick et Jean-Philippe qui montaient se coucher. Le jeu avait duré longtemps !

— C'est bientôt fini, lui annonça Sofia comme si elle lisait dans ses pensées. L'ultime étape, dit-elle d'un ton cérémonieux : de quoi devez-vous prendre conscience pour réussir à ouvrir la porte de votre jardin ?

Face à l'éventail, les doigts de Maximilien tremblèrent un peu, puis furent comme attirés par le magnétisme d'une des cartes. Il retourna l'Étreinte.

Sofia laissa échapper un petit cri. Maximilien tressaillit devant l'audace de la carte, qui montrait deux corps nus enlacés, un corps à corps passionnel entre un homme et une femme.

Chaud, le Jeu du Phénix !

Et il eut encore plus chaud quand Romane s'approcha d'eux.

— Alors, ça se passe bien ? Tu apprends de belles choses, Maximilien ?

Dans un mouvement un peu puéril, Maximilien retourna d'un geste sec la carte de l'Étreinte. Il ne voulait pas que Romane la voie.

Il marmonna entre ses dents qu'il trouvait en effet le jeu très intéressant. La jeune femme dut sentir sa gêne car elle s'éclipsa, visiblement un peu déçue d'être mise à l'écart.

— Bon, bonne nuit, alors !

— Bonne nuit, Romane, répondit Maximilien en la suivant du regard jusqu'à être sûr qu'elle ait disparu avant de retourner la carte embarrassante.

— Ah, l'Étreinte ! poursuivit Sofia. La flamme de l'improvisation sensuelle… Un cœur à cœur et corps à corps ! Regardez ces corps mis à nu, abandonnés l'un à l'autre en toute quiétude. Les yeux fermés : chacun fait confiance à l'autre… N'est-ce pas là le secret pour enfin trouver le bonheur avec votre alter ego féminin ?

Maximilien resta interloqué par ce tirage, sans toutefois le laisser trop paraître. Il remercia chaleureusement Sofia de lui avoir consacré du temps.

— Vous avez un don, la complimenta-t-il tout en l'aidant à ranger les cartes dans leur coffret. C'est très… divertissant, en tout cas ! Même si ce ne sont que des cartes…

— Oui, bien sûr… Et ce qui compte, c'est qu'elles fassent écho en vous et vous permettent d'y voir plus clair sur ce que vous ressentez.

Maximilien ne put s'empêcher de repenser à la grâce de Romane grimpant un peu plus tôt les escaliers menant aux chambres, et aux émotions qu'il avait ressenties.

— En effet… J'y vois on ne peut plus clair à présent, marmonna-t-il.

42

ROMANE AVAIT PASSÉ une nuit quelque peu agitée, après cette drôle de soirée qui n'avait pas été très agréable pour elle. Maximilien avait eu l'air si absorbé par le tirage de Sofia. Elle se demandait ce que celle-ci avait bien pu lui dire pour qu'il soit aussi captivé. C'était à peine s'il avait fait attention à elle lorsqu'elle était venue le voir… Quant à son rapprochement avec Nathalie durant le dîner, c'était tout simplement déplacé ! Romane se maquillait en s'observant dans le joli miroir ovale orné de fer forgé suspendu dans sa chambre. Elle reconnut la lueur dans ses yeux qu'elle allongeait de khôl. *Ne serais-tu pas un peu… jalouse ? Oh, ça va !* Agacée par la tournure que prenait son dialogue intérieur, elle se hâta de descendre pour le petit déjeuner.

La jeune femme apprécia ce moment qui lui redonna un peu d'entrain. Elle goûtait cette scène pleine de charme où, comme dans un tableau de Vermeer, les convives se retrouvaient baignés de la lumière dorée qui perçait à travers la véranda. Quand Maximilien descendit pour les rejoindre, elle fit celle qui ne lui prêtait pas la moindre attention, il n'y avait pas de raison qu'il soit le seul à jouer le jeu de l'indifférence. Elle avait bien conscience que tout ceci était un peu ridicule et qu'elle ferait mieux de se reconcentrer d'urgence sur son travail. La mission à remplir avec ce groupe, y compris avec Maximilien. Toute la matinée, elle se tint donc à distance de lui, tandis que leur hôte Vincent leur offrait un atelier équestre pour apprendre à parler à l'oreille des chevaux…

Quand vint l'heure du déjeuner, les participants découvrirent toutes les merveilles préparées par le chef du lieu, André, un repas typiquement normand avec les meilleurs produits issus de la mer et d'un terroir riche et généreux. Ancien chef d'un restaurant parisien étoilé, André avait trouvé ici une retraite paisible pour exprimer son art sans subir les pressions du grand monde. Il mettait ainsi au service du manoir et des groupes de Sup' de Burnes toute son inventivité et son raffinement dans une cuisine pleine de surprises et de saveurs.

La tablée s'émerveilla du feuilleté d'andouille à la crème de camembert (meilleur en bouche que sur le papier !), tout en savourant un pinot noir de la région.

— Il ne faut pas avoir un rendez-vous galant après ! s'exclama Patrick, disant tout haut ce que tout le monde pensait tout bas. Tout le monde rit et Romane un peu trop fort, ce qui lui valut un regard bizarre de Maximilien. Confuse, elle songea qu'il fallait qu'elle arrête illico de boire le pinot comme du Pulco... Elle avait les nerfs à fleur de peau. Son père s'en aperçut et il lui glissa :

— Ça va, ma chérie ?

— Oui, oui, tout va bien, répondit Romane sur le même ton pour le rassurer.

Le chef apporta ensuite des gambas flambées au calvados, servies avec un chardonnay sec et fruité. Romane mit sa main en travers du verre pour refuser l'alcool. Mieux valait qu'elle garde la tête froide. Déjà que... Le plat, joliment présenté, imposa le silence parmi les convives, tant il semblait savoureux et parfumé. Le tout était servi accompagné de pain au cidre et de teurquette, autre pain typique au savoir-faire datant du Moyen Âge.

En dessert, le chef présenta des mirlitons, rouleaux biscuités fourrés de crème pralinée et fermés à leurs extrémités par un petit bouchon de chocolat. *Je vais exploser!* songea Romane tout en plongeant dans sa bouche le cylindre gourmand. Sa délectation devait faire plaisir à voir, car Maximilien ne la quittait pas des yeux. La jeune femme faillit avaler de travers et rosit légèrement. Puis elle se rendit compte que son père n'avait pas perdu une miette de la scène. Elle voyait bien qu'il n'allait plus s'en laisser compter : il avait compris. Ce n'était plus anguille, mais mammouth sous roche. Et Jean-Philippe n'avait pas l'air extrêmement réjoui du tour que prenaient les choses.

Romane but un grand verre d'eau pour essayer de retrouver l'esprit clair, puis commanda les cafés, qui seraient bienvenus pour tout le monde. Elle sentait une douce léthargie s'installer dans le groupe et se devait de les secouer un peu : aucune sieste prévue au programme !

— On ne s'endort pas ! Dans quinze minutes, on commence notre atelier surprise, animé par Sofia et Vincent !

— Ça se passe où ? s'inquiéta Émilie.

— Dans la dépendance que vous avez aperçue à l'entrée de la propriété…

Tous s'y rendirent au pas lent de la digestion.

Quand Romane fit entrer le groupe dans la maisonnette, ils furent surpris d'y découvrir… un théâtre !

Ils ne reconnurent pas tout de suite les personnages qui les attendaient là dans un drôle d'accoutrement. Romane s'amusa de leurs réactions en voyant s'avancer des clowns.

— C'est une farce, ou quoi ? s'exclama Patrick, vaguement inquiet.

La mise en scène se révélait, en effet, « ébouriffante ». Romane s'étonnait à chaque fois de la transformation de Vincent, leur hôte, qui s'avançait vers eux en ce moment même, méconnaissable : un traditionnel nez rouge, un chapeau melon noir, une veste gris taupe dans laquelle il flottait ridiculement, un pantalon beigeasse retenu par des bretelles turquoise, un nœud papillon, les yeux agrandis de noir, les joues enflammées de rouge qui contrastaient outrancièrement avec le blanc du visage…

— Bienvenouuu à tous ! prononça-t-il avec un accent bizarre pour mettre tout le monde dans le bain.

Romane, à l'inverse du groupe, reconnut d'emblée Sofia sous une énorme perruque frisée noire, qui en guise de bonjour exécuta une irrévérencieuse révérence au groupe, balançant sa courte jupe bouffante vers l'arrière et révélant par là même un postérieur énorme, diablement rembourré. L'après-midi s'annonçait palpitant.

43

MAXIMILIEN AVAIT un peu de mal à se remettre du déjeuner. Et la nourriture n'y était pour rien. Le comportement de Romane l'avait déstabilisé. D'abord, il n'avait pas l'habitude de la voir ainsi, presque fébrile, à fleur de peau, à s'agiter et à rire pour un rien… Et ces regards, qu'elle n'avait cessé de lui lancer ! Quant au moment où elle avait sensuellement englouti son cylindre à la praline… Il avait cru défaillir ! Était-elle totalement inconsciente de l'effet qu'elle produisait sur lui, ou jouait-elle à plaisir avec ses pauvres nerfs ?

Ce fut donc la tête dans les nuages qu'il se mit en chemin vers la dépendance où les attendait l'occupation de l'après-midi. Quand il comprit qu'il s'agissait d'un atelier clowns, il eut d'abord envie de prendre ses jambes à son cou. Franchement, il ne se sentait pas d'humeur ! Il grimaça en direction de Romane, qui lui lança un petit sourire encourageant. Maximilien capitula ; que n'était-il prêt à accomplir pour impressionner une femme…

D'emblée, Clown-Vincent voulut les mettre à l'aise : l'après-midi serait placé sous le signe du plaisir. Prière de laisser son esprit critique et son sur-contrôle au vestiaire.

Tandis que Clown-Sofia installait sur une immense table sa caverne d'Ali Baba d'artifices (maquillage, costumes, perruques et accessoires en tous genres), Romane prit la parole.

— J'ai souhaité vous offrir cet espace d'expression pour vous permettre d'expérimenter cette partie de vous spontanée, qui

© Groupe Eyrolles

préfère jouer plutôt que juger, se libérer plutôt que contrôler. Le clown que vous créerez aujourd'hui sera à la fois une partie de vous caricaturée, mais aussi affranchie. Affranchie du regard des autres, prête à oser s'amuser, à prendre du plaisir. J'espère que vous passerez un merveilleux moment!

— Et toi, tu ne participes pas? s'enquit Maximilien.

— Moi, non. Il faut bien quelqu'un pour prendre les photos!

Lâcheuse, avait-il envie de lui souffler.

Romane dut lire dans ses pensées, car elle rassura tout le monde.

— Ne vous inquiétez pas, tout va bien se passer! Profitez de cet atelier pour prendre une vraie distance par rapport au regard des autres, et même au regard critique que vous portez sur vous-même. Ici, il n'y a pas de performance à réaliser. Il n'y a rien à réussir. Juste à être vous-même et à vous amuser!

Puis elle s'affaira avec son appareil photo pour se préparer à immortaliser les prochains instants. Maximilien voyait d'ici la tête de ses actionnaires s'ils tombaient sur une photo de lui déguisé en clown! Il riait jaune dans son coin et sentait un certain mal-être le gagner, alors même que se manifestait chez ses compagnons le plaisir de s'abandonner peu à peu à la métamorphose. Clown-Vincent leur avait donné les consignes de base: aujourd'hui, chacun d'eux allait donner naissance à son propre clown.

— Il ne s'agit pas d'être schizophrène. Le clown n'est pas un «autre vous», mais une partie de vous que vous allez pouvoir dévoiler, ce que vous n'oseriez peut-être pas faire autrement.

— Et le nez, comment on le met? interféra Nathalie, impatiente d'en essayer un.

— Très important pour le nez: on ne le met jamais devant les autres, toujours en cachette du public! Et après, interdiction de le toucher. Vous verrez: c'est peut-être le plus petit masque du monde, mais il permet d'en faire tomber bien d'autres…

Voilà qui n'était pas pour rassurer Maximilien.

— Songez à caricaturer vos traits de personnalité, ou bien à aller aux antipodes de ce que vous êtes ! continuait Clown-Vincent. Oui ! Bien, Émilie ! cria-t-il en la voyant se créer un clown exagérément mère, au ventre et aux seins énormes.

Romane s'approcha avec son appareil pour immortaliser les personnages qui étaient en train d'éclore.

Le rideau d'une cabine d'essayage de fortune s'ouvrit d'un geste sec sur un Bruno méconnaissable. Lui, Mister Robot, le manager impeccable, toujours tiré à quatre épingles, avait réussi une métamorphose impressionnante. Tout le monde éclata de rire : des petites lunettes jaunes et rondes, des lèvres rouges peintes en cœur, le nez rouge, des prolongements de cils noirs dessinés au-dessus des sourcils, une cravate jaune, une chemise rose, une veste vert bouteille et, pour couronner le tout, un bonnet de piscine sur la tête.

Wao, il va faire des étincelles, songea Maximilien, admiratif et surpris du courage de Bruno à se travestir ainsi. Jamais il n'aurait cru quelqu'un comme lui capable d'oser une telle extravagance. Il n'y avait pas à dire : il avait fait du chemin depuis le début du programme…

Patrick, quant à lui, s'était inventé un personnage que Maximilien avait encore du mal à identifier… Il avait demandé du carton à Sofia et était en train de fabriquer quelque chose. Mystère. Patrick et lui avaient souvent été à couteaux tirés les premiers mois. Mais beaucoup de choses avaient changé depuis leur incroyable échange à la suite de la séance sur les fausses croyances. Au-delà de leurs différences, ils s'étaient sans doute sentis liés dans leur douleur respective d'être rejeté par une personne aimée.

Maximilien sentait poindre une légère anxiété : les autres trouvaient des idées et pas lui… Il se sentait bloqué. Et, il fallait l'avouer, il avait peur de ce que Romane pourrait penser de lui s'il ne se sortait pas à son avantage du challenge… Si tous les autres avaient réussi, il ne pouvait pas se permettre de rester sur la touche. Finalement, en farfouillant, une idée lui vint. Pourquoi ne se créerait-il pas un personnage aux antipodes de ce qu'il était : un clown vagabond ! Il soumit son idée à Clown-Sofia qui approuva d'emblée et proposa de le guider. Devant le miroir, il regarda son visage se transformer tandis que ses doigts appliquaient la peinture blanche, puis rouge tout autour de la bouche. Le bonnet gris enfoncé jusqu'aux oreilles lui donnait un air miteux qui le ravit. Clown-Sofia l'aida à dessiner des sourcils désolés. Une modeste veste à fins carreaux gris ton sur ton que Maximilien s'appliquait à maintenir serrée sur sa poitrine comme s'il avait froid, une hideuse cravate rouge trop courte et la posture voûtée achevèrent la transformation du personnage, humble à souhait.

Le jeu allait pouvoir débuter. Clown-Vincent installa au sol une corde pour délimiter un cadre dont il ne faudrait pas sortir.

— Aujourd'hui, vous allez mettre en scène la naissance de votre clown… annonça cérémonieusement Clown-Sofia, semant un léger vent de trac. La première chose à faire est d'abord de prendre un instant pour lui trouver un nom ! Allez-y ! Prenez ce qui vient sans trop réfléchir ! Ne vous censurez pas !

Clown-Sofia aida chacun à accoucher d'un nom. Nathalie devint Patati, Bruno se baptisa Moustik, Émilie, Coquillette, évoquant la tendre mère poule en elle, Patrick, Roudoudou, par rapport à ses bonnes bouées qu'il essayait d'assumer… Ne restait plus que Maximilien qui séchait encore et maugréa à voix haute :

— Trouver un nom, c'est le pompon…

— Eh bien le voilà, ton nom ! s'exclama Clown-Sofia.

— Quoi ?

— Pompon !

Maximilien ne savait quoi penser de son nouveau sobriquet, mais se serait bien passé des regards amusés que lui jetaient ses camarades, sans parler de ceux de Romane, qui avaient l'air d'être à la fête. Clown-Vincent donna ses consignes : les clowns s'associeraient en binôme. Au départ, les deux personnages seraient endormis sur la scène. Puis, au signal, le premier s'éveillerait. Au second signal, il se figerait, tandis que le second clown s'éveillerait. Enfin, au troisième signal, les deux clowns se prêteraient à un jeu d'improvisation commune dont la seule contrainte serait de dire oui à toute proposition scénique de l'autre.

— Moi, je veux bien être avec Maximilien ! décréta Patrick, contre toute attente.

Maximilien en resta comme deux ronds de flan. Certes, ils avaient récemment enterré la hache de guerre, mais de là à devenir partenaires au théâtre !

Nathalie semblait contrariée et se pencha à son oreille.

— Dommage ! J'aurais bien voulu passer avec toi…

Clown-Vincent demanda à un premier binôme de se lancer. Maximilien s'enfonça profondément dans son siège, comme pour se faire oublier. Nathalie, toujours prête à se mettre en avant, fut la première à relever le défi, entraînant Émilie avec elle. Puis ce fut le tour de Bruno, qui passa avec Clown-Sofia. Tous se plièrent à l'exercice avec une étonnante facilité et Maximilien se demanda d'où leur venait une telle aisance. Cela ne fit qu'accroître son trac, une sensation assez inhabituelle pour lui, accoutumé à tenir la dragée haute à des assemblées bien plus impressionnantes. Mais là… cette mise à nu théâtrale ! C'était une autre affaire… Le moment tant redouté arriva cependant. Tous les regards se tournèrent vers lui et Patrick, attendant qu'ils montent sur scène.

— Je… Je ne sais pas si je saurai faire… tenta Maximilien.

— Laisse-toi aller, Maximilien. Fais avec ce qui vient. Ne réfléchis pas trop.

Contre toute attente, ce fut Patrick qui lui prit le bras pour lui donner de l'entrain.

— Allez, viens, compère !

Et il l'entraîna derrière le paravent.

— Vas-y. Mets ton nez. Détends-toi.

Patrick qui le coachait ? C'était le monde à l'envers.

— T'inquiète. On va bien rigoler, lui assura Patrick-Roudoudou.
Je commence ?

Il lui fit alors un clin d'œil complice avant de passer sur le devant
de la scène. Maximilien, tout seul derrière le paravent, ne pouvait
plus reculer. Le trac lui nouait la gorge. *Allez, Pompon !* se dit-il,
un brin sarcastique, pour se donner du courage tandis qu'il
prenait une grande bouffée d'oxygène. Tout cela était d'un ridicule ! Mais d'intuition, il savait qu'il décevrait beaucoup Romane
s'il ne passait pas. Il vit Patrick déjà allongé par terre, comme
endormi, et se souvint qu'il devait faire de même pour pouvoir
jouer, quand son tour viendrait, la « naissance de son clown ».
Le premier signal retentit et Roudoudou se mit en mouvement,
déclenchant les premiers rires. *Il s'en tire bien, le bougre !* Patrick-
Roudoudou racontait son histoire à l'assemblée suspendue à ses
lèvres. Comment il avait perdu son cœur lorsque la femme qu'il
aimait l'avait quitté… C'est pour cela qu'il avait un gros trou
dans la poitrine (Patrick avait déchiré la chemise à cet endroit
et peint un trou noir symbolique avec le maquillage). Émouvant
le public avec ses expressions poignantes, il expliquait comment,
depuis, il était devenu réparateur de cœurs pour les autres…
C'est pourquoi différents outils sortaient de sa blouse blanche
et qu'il traînait derrière lui, accroché par une ficelle, un cœur
avec un gros pansement dessiné dessus.

Maximilien n'en revenait pas de l'imagination et de l'émotion
que Patrick arrivait à susciter. Il le bluffait littéralement. Qui
eût cru qu'un jour, il aurait pensé ça de cet homme ?

Perdu dans ses réflexions, Maximilien tressaillit quand il
entendit le signal résonner. Patrick-Roudoudou suspendit alors

© Groupe Eyrolles

son improvisation et se figea. Maximilien déglutit : c'était à lui. Qu'allait-il bien pouvoir sortir de son personnage de clown vagabond ? *Laisser venir*, se répétait-il en boucle *ne pas penser aux regards sur moi*. Il commença à bouger lentement. Très lentement. À s'étirer. À se frotter les yeux. Comme s'il se réveillait d'un sommeil de plusieurs siècles. Il se mit à regarder ses vêtements et prit soudain conscience d'être habillé en haillons. Alors, il se laissa aller à pousser un long et profond râle de pleurs, exagérant outrancièrement l'émotion.

— Mais kécequiméarrivééééééééééé ?

Maximilien-Pompon fouilla ses poches et les retourna pour montrer qu'elles étaient vides.

— Sur la paille. Je suis sur la paiiiiiiiiiiiiiiiille ! criait-il à présent, transformant les syllabes en cris stridents de douleur et en pleurant de plus belle.

Il entendit les gens rire. Était-ce parce qu'il était ridicule ? Ou parce qu'il était drôle ? Pompon ne doutait pas, mais Maximilien, si. Le troisième signal retentit. Les spectateurs applaudirent. Le double jeu avec Patrick-Roudoudou pouvait commencer. Maximilien crut entendre le bravo de Romane, ce qui lui donna du courage pour poursuivre. Il enchaîna :

— J'ai tout perduuuuu ! Toute ma fortune, mon empire, mon pouvoiiiiiir… Tout ce que j'avais…

Écrasé de chagrin, le clown Pompon avait le dos voûté et les épaules secouées de sanglots.

— Eh, l'ami, dit Patrick-Roudoudou, tu m'as l'air bien mal en point, en effet. Tu dis que tu as tout perdu ? Mais es-tu sûr que toute cette fortune et ce pouvoir te rendaient heureux ?

— Je ne sais pas… Mais quand on n'a plus ça, qu'est-ce qui reste ?

— Eh bien, réfléchis, l'ami, il reste sans doute le plus précieux…

Maximilien n'en revenait pas. Patrick était-il en train de philosopher ? Le voilà qui l'amenait à réfléchir à des questions bien profondes pour un simple petit jeu théâtral…

— Et c'est quoi, le plus précieux ?

Patrick-Roudoudou tapota la poitrine de Maximilien et s'exclama comme une évidence :

— Le cœur, mon ami, le cœur ! Quoi d'autre ?

— Ahhh ! Et comment sais-tu cela, toi ?

Le visage de Patrick-Roudoudou s'assombrit.

— Oh, moi… Je l'ai compris à mes dépens. Car je l'ai perdu, mon cœur…

— Fais voir ? Ah oui, c'est vrai, c'est tout vide dedans. Mais peut-être qu'un cœur, ça se retrouve, non ?

— Je n'en suis pas sûr, se lamenta Patrick-Roudoudou. Et puis, ça ne dépend pas que de soi… Alors, en attendant que cela s'arrange pour moi, je suis devenu réparateur de cœurs pour les autres.

— Je n'avais encore jamais entendu parler d'une chose pareille !

Maximilien affichait une expression admirative envers son compère.

— Tu vois qu'on ne sait pas tout, même quand on est tout en haut de la pyramide, avec la fortune et le pouvoir ! Alors, dis-moi, tu veux que je regarde dans quel état il est, ton cœur ?

— Je veux bien…

Patrick-Roudoudou fit mine de sortir une loupe pour examiner le cœur de Maximilien-Pompon, en mimant une auscultation qui provoqua le rire du public.

— Ouh là là ! Il n'est pas très beau à voir, le tien ! Il est tout cabossé !

© Groupe Eyrolles

Maximilien, totalement pris par le jeu de scène et par son personnage, s'émouvait des paroles de Patrick, comme si, d'un seul coup, il visualisait ce cœur plein de bosses dont il ne s'était guère soucié jusqu'à présent.

— On va réparer tout ça! s'enthousiasma Patrick-Roudoudou en sortant ses drôles d'outils de ses poches et en jouant aux mécanos du cœur. Et voilà! Tout beau tout neuf! Il va pouvoir remarcher du tonnerre! Mais prends garde, dorénavant, à mieux prendre soin de lui.

— Merci, cher ami. Je ne sais comment te remercier… Je n'ai guère d'argent à te donner pour tes bons services…

— Ce n'est pas ça qui compte…

— Mais il me vient une idée… Puisque tu as eu la bonté de réparer mon cœur, accepterais-tu que je t'en donne un petit morceau en attendant que tu retrouves le tien?

— C'est bien gentil à toi, dit Patrick-Roudoudou ému.

— Et tu sais quoi? Je vais t'aider, moi, à le retrouver, ton cœur perdu!

— Tu ferais ça?

— Pour sûr, compère!

Les deux clowns se regardèrent intensément et se serrèrent la main avec émotion pour sceller leur accord. Un nouveau signal retentit, mettant fin à la scène. Le public applaudit chaleureusement. Maximilien ressentit une vive fierté d'être allé au bout de l'impro et d'avoir ressenti des émotions aussi intenses qu'inattendues. Il ne pourrait plus voir Patrick de la même manière, pour sûr! Il eut envie de le féliciter.

— Bravo, Patrick. Tu as été… incroyable!

Patrick paraissait surpris d'un tel compliment de la part de Maximilien.

— Tu as été pas mal non plus ! sourit-il.

Puis, afin de couper court à un épanchement gênant, ils firent mine de ranger leurs affaires.

Dans les coulisses, les commentaires allaient bon train. Maximilien n'en revenait pas de s'être laissé aller ainsi. Comme si, l'espace d'un atelier, il avait pu recontacter une joie d'enfant, de l'enfant libre de transgresser les codes rigides de l'adulte, de scier les barreaux du politiquement correct et d'oser jouer. Quelles sensations grisantes ! Mais le plus beau cadeau restait probablement la fierté qu'il lisait dans les yeux de Romane…

44

QUAND L'ATELIER PRIT FIN, Romane aida le groupe à ranger le matériel et fut heureuse de les sentir enthousiasmés par l'expérience. Aujourd'hui, chacun à sa manière avait osé aller un peu plus à la rencontre de soi et de l'autre et y avait gagné une richesse nouvelle.

Elle passait auprès des uns et des autres pour les féliciter. Tous l'avaient bluffée. Mais c'était bien Maximilien qui avait remporté la palme. Incontestablement. Jamais elle ne l'aurait cru capable d'aller aussi loin dans le jeu. Les expressions de son visage de vagabond et les émotions qu'il avait réussi à transmettre l'avaient vraiment émue. *Le masque qui démasque*, songea-t-elle. Elle apercevait désormais clairement la sensibilité de cet homme, trop longtemps verrouillée de l'intérieur et qui, maintenant qu'elle se libérait, donnait encore une autre dimension au personnage. Et le rendait dangereusement attachant…

Le week-end touchait déjà à sa fin. Le temps de rassembler ses affaires et c'était l'heure de regagner Paris. Le groupe remercia chaleureusement Sofia et Vincent, qui avaient su enchanter tout le monde.

Maximilien reprit le volant et Nathalie s'empressa de monter à l'avant pour pouvoir discuter avec lui durant le trajet du retour. Romane, un brin contrariée, s'installa à l'arrière sans piper mot.

Jean-Philippe accepta de se faire conduire par Bruno. Émilie et Patrick, devenus grands amis, s'assirent côte à côte sur la banquette arrière.

Durant le trajet, Romane constata une fois encore que Nathalie n'avait pas son pareil pour entretenir une conversation durant des heures ! Son babillage comblait le silence, si bien que la musique de ses mots finit par se transformer en une sorte de berceuse. Elle somnolait presque, juste tenue éveillée par les petits coups d'œil discrets que lui lançait Maximilien dans le rétroviseur.

Bien que l'autoroute soit assez encombrée, ils arrivèrent bientôt dans Paris. Maximilien déposa Nathalie en premier. Avant de refermer la portière, elle se pencha pour dire au revoir, ses yeux trahissant le regret de ne pas rester la dernière à partager la route avec Maximilien. La loi de l'itinéraire. Romane la vit esquisser un signe de la main tandis que la voiture s'éloignait.

Nous voilà seuls… songea Romane qui était repassée à l'avant.

— Je te dépose devant chez toi ? Après, j'irai ramener la voiture de Sup' de Burnes à ton père…

— C'est vraiment adorable de ta part… J'aurais pu m'en charger !

— Tu en as déjà fait beaucoup, pendant le week-end. Tu as bien le droit de te reposer, maintenant.

Lorsqu'ils arrivèrent devant l'immeuble haussmannien de Romane, il s'était mis à pleuvoir des cordes ; ils avaient ramené un peu de Normandie avec eux. Maximilien se gara sur une place de livraison et alluma les warnings.

— Attends, ne bouge pas. Je viens t'ouvrir ! J'ai vu un parapluie dans le coffre…

Luttant contre les baleines récalcitrantes, Maximilien déploya le grand parapluie aux armes de Sup' de Burnes puis contourna la voiture pour ouvrir galamment la portière à Romane. Ils se réfugièrent rapidement sous le porche.

— Je vais chercher ta valise, reste là.

Quelle prévenance ! Maximilien remonta son col sans juger nécessaire de prendre le parapluie pour aller jusqu'au coffre récupérer le petit bagage de Romane. Quand il réapparut un instant plus tard, son visage ruisselait de fines gouttelettes froides.

— Voilà, dit-il en déposant la valise à ses pieds. Il semblait presque gauche et la regardait, interdit, comme s'il avait voulu lui dire quelque chose mais que les mots bouchonnaient dans sa gorge.

— Merci, vraiment, pour ce week-end… fabuleux ! Je…

Il s'était sensiblement rapproché d'elle et Romane serra plus fort son petit bagage, dernier rempart entre eux deux. Tout à coup, une sonnerie suivie d'un bruit sec retentit : quelqu'un sortait de l'immeuble. Ils s'écartèrent pour le laisser passer. Romane sourit. Puis plus. Le silence s'installa entre eux, avec pour seul bruit de fond la musique de la pluie sur les voitures. *Il ne faut pas que ça se passe, il ne faut pas que ça se passe.* Mais la jeune femme ne sut l'empêcher.

Dans un élan incontrôlé, Maximilien l'attrapa par le revers de son col pour l'attirer à lui et l'embrassa fougueusement. Dans ce moment d'égarement, elle n'arrivait pas à penser à autre chose qu'à ses lèvres brûlantes contre les siennes. Après quoi, dans un sursaut de lucidité, elle l'écarta brutalement.

— Maximilien, non… Je ne crois pas que cela soit une bonne idée, essaya-t-elle d'articuler. Le… Le programme n'est même pas encore terminé et, je… Enfin, tu comprends ?

Déboussolé, Maximilien la fixait, ses grands yeux écarquillés par l'étonnement, avec le regard de quelqu'un qui n'a pas l'habitude qu'on lui refuse quoi que ce soit.

Il fit celui qui comprenait. Déstabilisé, il se passa une main dans les cheveux d'un geste nerveux, puis salua poliment la jeune femme avant de s'éclipser.

Romane s'engouffra dans son immeuble comme une voleuse.

— Et merde ! soupira Romane dès que la lourde porte eut claqué.

Elle monta chez elle et ne put s'empêcher d'aller à la fenêtre pour écarter les rideaux. Il était déjà reparti.

Tu as eu raison ! essaya-t-elle de se persuader. Une part d'elle-même était soulagée d'avoir résisté. Commencer une histoire avec quelqu'un comme lui, c'était dire adieu à sa quiétude ! Et niveau déontologie, c'était plus que discutable… Mais malgré ces arguments sensés, une autre part d'elle-même restait frustrée. Elle ne pouvait nier qu'elle en avait envie ! Mais il valait mieux pour tout le monde que certaines envies restent sous clé…

45

C'ÉTAIT BIEN LA PREMIÈRE fois de sa vie que Maximilien se faisait éconduire. Et cela le plongeait dans des affres de perplexité. Où était donc passé son sixième sens légendaire ? Il aurait juré que Romane partageait son attirance… Avait-il pu se tromper à ce point ? Que penser ? Et si, finalement, il ne lui plaisait pas ? Tout cela était si agaçant. Il repensait au Jeu du Phénix et à Sofia, qui lui avait conseillé d'ouvrir sa porte. Elle en avait de bonnes ! Eh bien, il l'avait ouverte, sa porte. Sauf qu'il se l'était prise en pleine face ! Maximilien ne cessait de ressasser, et lors de ses interminables soirées en solitaire, finit par apprécier la compagnie de Pelote. Elle, au moins, ne lui refusait pas son affection. L'homme d'affaires prit l'habitude de la poser sur ses genoux et de caresser son doux pelage, étonné que le chaton puisse lui apporter un tel réconfort. Malgré tout, ses pensées le ramenaient sans arrêt à Romane. Il n'avait pas ressenti un tel trouble depuis très longtemps et flottait un peu dans ces émotions trop grandes pour lui. Il manquait d'entraînement pour gérer ces facettes sentimentales, surtout quand celles-ci devenaient des parois lisses et arides sur lesquelles il ne trouvait aucune prise. Pourquoi tout ne se gérait pas aussi facilement qu'une multinationale ? Maximilien soupira, en mal d'un éclairage extérieur. Et cette fois, ce n'était pas à Romane qu'il pourrait demander conseil !

Par-dessus le marché, une gêne pesante s'était installée entre eux deux, gâchant les dernières séances à Sup' de Burnes.

Romane faisait comme si rien n'était arrivé, son indifférence le rendait fou. Mais, par fierté, il finit par adopter le même jeu. Il se rapprocha aussi davantage de Nathalie qui, elle, semblait vraiment rechercher sa présence.

Lors de la séance suivante, Romane les prévint d'une nouvelle opération. Elle expliqua qu'on les sollicitait dans le cadre de l'association HappyLib' pour participer à une journée de bonnes actions en faveur d'enfants défavorisés. L'expérience avait bien sûr une valeur pédagogique dans le cadre du programme : gommer les reliquats d'égocentrisme, développer son altruisme et autres valeurs vaccinant contre la burnerie : gentillesse, don de soi, sens du partage…

— Soyez en forme ce jour-là ! dit-elle sur le ton de l'humour. La journée promet un véritable feu d'artifice de surprises !

Mystère… Le jour dit, un bus vint chercher les participants et, pendant tout le trajet, Maximilien resta retranché dans un mutisme boudeur. Ce n'était sûrement pas la meilleure attitude à adopter pour conquérir Romane mais, pour l'heure, sa déception cuisante l'empêchait d'envisager une quelconque tactique.

Il ne savait toujours pas ce qui les attendait. La stature imposante et majestueuse du Cirque du Soleil lui livra une partie de la réponse.

— Romane ! Qu'est-ce que tu as encore manigancé ? s'exclama Patrick.

— Ne t'inquiète pas. Quoi qu'il soit prévu, on est ensemble ! répondit Émilie en lui lançant un clin d'œil complice.

Maximilien s'émouvait en silence de leur amitié surprenante. Au moins deux qui s'étaient trouvés…

Au même moment, un grand car scolaire déversa auprès du groupe une flopée d'enfants hurlants et joyeux, qui devaient tous avoir entre neuf et douze ans.

Je n'aurai pas la force ! songea Maximilien en panique.

Romane leur expliqua enfin ce qu'on attendait d'eux.

— Votre mission d'aujourd'hui est de faire vivre un merveilleux moment à ces enfants, en leur permettant d'essayer les disciplines du cirque. Pas de panique : vous aurez juste à prêter main-forte aux artistes ! C'est votre implication et votre joie communicative qui pourront transformer cette journée en un moment inoubliable pour ces jeunes. Alors, à vous de jouer !

Puis elle se rapprocha de Maximilien qui faisait grise mine.

— Avec le sourire, lui murmura-t-elle.

— Il n'y a qu'une seule chose qui pourrait me rendre le sourire, marmonna l'homme d'affaires en guise de réponse.

Sa remarque glissa sur Romane qui s'éloigna d'un pas léger.

C'est ça, fais celle qui n'a rien entendu ! rumina-t-il ensuite dans sa barbe, tandis que la régisseuse lui tendait un chapeau et une canne en guise de déguisement.

Puis un éducateur vint à sa rencontre.

— Maximilien, c'est ça ? Enchanté. Voilà : je vous confie Stella, Lam, Momo et Aziz. Vous pouvez les accompagner aux différentes animations ?

Avait-il le choix ? Quatre paires d'yeux le scrutaient, pleins d'espoir et de plaisir anticipé. Dans un vrai rôle de composition, Maximilien étira ses zygomatiques aussi largement qu'il en était capable et maquilla sa voix d'un enthousiasme qu'il ne ressentait pas encore.

— En route, les enfants !

Tous battirent des mains, sauf Aziz, sur la réserve.

Les quatre voulurent d'abord s'essayer à la marche sur le fil. L'artiste leur montra comment procéder et ils s'entraînèrent un à un, se gaussant des inévitables gamelles des copains. Heureusement, le fil n'était pas bien haut…

La petite Stella, très ronde, eut beaucoup de mal à réussir l'exploit. Maximilien sentit que les larmes menaçaient.

— Eh, Stella ! Fallait pas te gaver de bonbons ! se moqua Momo.

Maximilien prit la défense de la fillette.

— Tout le monde va y arriver, jura-t-il avec énergie et conviction.

Il se précipita alors aux côtés de Stella et aida la petite fille à s'élancer sans crainte sur le fil, en lui offrant sa main pour qu'elle puisse rétablir son équilibre au fur et à mesure. Il nota que non loin de là, Romane le couvait d'un regard bienveillant. Mais il n'avait que faire de sa bienveillance ! Il fronça les sourcils pour lui signifier de s'éloigner, provoquant une expression un peu triste sur le visage de la jeune femme. Il haussa les épaules. Quelle option lui restait-il ? Ce n'était pas sa faute si leur relation tournait court.

La petite Stella était contente, mais Maximilien s'aperçut qu'Aziz restait toujours en retrait. Il s'approcha de lui.

— Tu viens essayer le trapèze ?

— Non. J'sais rien faire.

Visiblement, l'enfant avait décidé de se braquer. Maximilien aurait pu laisser couler, mais quitte à être là, autant essayer de bien faire les choses… Avec ce gamin, il fallait ruser.

— Mais dis-moi, je vois que t'es costaud, dis donc !

— Ah bon, vous trouvez ? demanda le jeune garçon en observant ses biceps.

Maximilien gagnait un point.

— Allez, viens me montrer tout ça.

— Seulement si vous essayez aussi !

— Mais, c'est que… je suis trop vieux, moi, tenta Maximilien pour échapper au défi.

Mais Aziz le fixait de ses yeux noirs qui ne laissaient pas d'échappatoire.

L'artiste du Cirque du Soleil affréta deux trapèzes côte à côte. Monter dessus ne fut déjà pas une mince affaire. Y rester encore moins! Maximilien faillit mordre la poussière, ce qui fit rirc le jeune Aziz. À sa tête, on voyait qu'il commençait à bien aimer ce monsieur qui déployait tant d'efforts pour les divertir. Maximilien tâchait de faire bonne figure et, guidé par l'artiste, se lança dans un ambitieux cochon pendu à une jambe. C'est à ce moment-là qu'il gagna définitivement le cœur de la petite Stella. Les autres, quant à eux, l'applaudirent vivement. Maximilien ayant relevé le défi, Aziz dut s'exécuter lui aussi. Ce qu'il réussit magnifiquement, grâce à son jeune corps léger et longiligne.

Maximilien l'aida à redescendre, puis lui prodigua de jolis compliments. Le jeune garçon se tortillait, à la fois heureux et gêné: ce n'était pas tous les jours qu'on lui jetait ainsi des fleurs.

Romane avait raison, songea Maximilien. *Les vertus de la valorisation sont inestimables. Si seulement on pensait à appliquer ce principe plus souvent!*

Maximilien et les quatre enfants achetèrent ensuite des barbes-à-papa, qu'ils allèrent déguster assis sur les gradins.

— T'as des enfants, toi? lui demanda Aziz.

— Non…

— Tu devrais. Tu ferais un bon père, lui dit Aziz tout en croquant à pleine bouche dans sa sucrerie.

Bim. Il le cueillait à cœur découvert.

— Je ne sais pas si je saurai… Mon papa à moi ne m'a pas donné un très bon modèle.

— Il t'emmenait pas au cirque, ton papa?

— Ah, non. Ce n'était pas vraiment le genre de la maison…

Ne voulant pas s'aventurer trop loin sur le terrain des confidences, Maximilien proposa aux enfants de tester un immense trampoline où son petit groupe s'en donna à cœur joie.

— Alors, c'était comment? demanda Maximilien en voyant Aziz revenir vers lui.

— Trop cool!

Puis Aziz lui apprit à «toper» en bonne et due forme: toute une chorégraphie de mains pour être branché.

La journée touchait à sa fin. Maximilien sentait un coup de pompe arriver (côtoyer des actionnaires se révélait plus simple que manager des gamins!) mais n'en laissa rien paraître devant les enfants.

Les artistes ainsi que tous les participants de Sup' de Burnes se rassemblèrent devant le bus. Stella, Lam et Momo saluèrent affectueusement Maximilien. Aziz, quant à lui, le désarma par sa requête:

— Dis. Tu crois qu'on pourra refaire un truc ensemble, un jour?

Maximilien le scruta, plus touché qu'il ne l'aurait voulu.

— Oui. Oui… Promis, bredouilla-t-il, lui-même surpris par sa réponse.

L'enfant lui sauta au cou, sous les yeux ébahis de ses collègues et de Romane.

Maximilien ébouriffa les cheveux du jeune garçon et le poussa vers le bus pour qu'il n'ait pas le temps de voir ses yeux s'embuer. Décidément, il devenait sensible, ces derniers temps…

Dans le minibus de Sup' de Burnes, Maximilien resta songeur tout le chemin du retour. Dire qu'il avait intégré ce programme dans l'espoir de se changer, lui. Il réalisait, contre toute attente, qu'en se changeant lui, il pouvait aussi changer la vie d'autres personnes… Une découverte qui l'emmenait plus loin que ce qu'il aurait imaginé. Il ferma les yeux un moment pour repasser le film de l'après-midi et lorsqu'il les rouvrit, il saisit le regard de Romane posé sur lui. Il tressaillit. Ce regard exprimait tout sauf du rejet.

46

DEPUIS LEUR BAISER échangé sous le porche de son immeuble, Romane se sentait agitée, frustrée. Cette histoire la mettait à vif. Ce midi, elle avait même eu une scène désagréable avec son père alors qu'ils déjeunaient tous les deux près de Sup' de Burnes. La voyant soucieuse et fatiguée depuis quelques jours, Jean-Philippe avait mis les pieds dans le plat.

— C'est à cause de Maximilien, c'est ça?

Romane avait commencé par nier, ce qui avait blessé son père. Froissé, il lui avait témoigné une froide offuscation.

— Je vois. Tu ne veux plus rien me raconter… Je pensais que nous n'avions plus ce type de relation, toi et moi. Mais c'est ton choix. Je ne vais pas te forcer…

Excédée de son petit jeu affectif, Romane était montée au créneau et avait fini par cracher sa pilule.

— Tu veux que je te raconte quoi, à la fin, hein? Qu'il m'attire? Que j'ai envie de sortir avec lui, c'est ça? Eh bien oui, figure-toi, j'en ai envie! Et figure-toi aussi que je ne l'ai pas fait, si tu veux tout savoir! Ça te va comme explication?

Saisissant ses affaires au vol, elle avait quitté le café en le plantant là, assommé par sa grande scène du deux.

Évidemment, depuis, Romane regrettait son emportement. Elle n'avait pas du tout envie de se fâcher avec son père, surtout à un moment où elle avait autant besoin de lui. Elle essaya de le joindre à deux reprises, mais elle tombait sur sa messagerie. Elle qui détestait être en froid ! Elle bénit presque son rendez-vous avec Janine, qui l'avait contactée et semblait pressée de lui parler, sans doute à la suite de la lettre que Patrick lui avait envoyée. L'effet Grand Pardon… Peut-être cela lui changerait-il les idées ? Au moins, elle ne penserait plus ni à son père ni à Maximilien ! Une récré pour ses nerfs en pelote… Quand elle arriva chez l'ex-femme de Patrick, la maison embaumait les pommes chaudes.

— Merci beaucoup d'être venue. J'ai vraiment besoin d'échanger avec vous sur ça.

Janine tapota alors sur la lettre qu'elle avait accrochée sur le frigo avec un magnet ramené d'un week-end à Bruxelles, l'une des seules escapades avec son mari (enfin… ex-mari) ces dernières années.

Car ex ou pas ex, telle était la question, comprit d'emblée Romane à mots couverts. Janine lui expliqua que cela faisait des jours et des jours qu'elle tournait et retournait l'histoire dans sa tête. Et dans son cœur. Elle qui pensait l'affaire close… Et voilà que ce programme de déburnerie comportementale venait tout bousculer à nouveau !

— Vous comprenez, je commençais à m'y habituer, à cette nouvelle vie sans homme. Je m'étais presque résignée à vivre sans lui. Et voilà que vous arrivez et que l'impossible semble se produire : mon mari change. Il y a encore quelques semaines, je n'aurais pas misé un kopeck sur cette éventualité. Même si, c'est vrai, il me manquait malgré tout.

Elle souleva le magnet pour libérer le feuillet et tendit celui-ci à Romane pour qu'elle puisse le lire.

— Tenez, lisez ! À haute voix.

Romane s'exécuta.

Janine,

Le soleil de mes jours, c'est toi

Et l'étoile de mes nuits, c'est encore toi

Ta cruelle absence m'a ouvert la conscience.

À t'aimer et t'honorer, je veux me consacrer.

Imaginer ma vie sans toi ? Je ne le pourrais pas...

M'ouvriras-tu à nouveau ton cœur si je promets d'y planter des fleurs ?

Être le jardinier de notre amour, c'est ce que je veux pour le restant de mes jours...

Ton Patrick.

P.-S. : Un monsieur qui s'appelait Henry Thoreau disait que les choses ne changent pas. C'est nous qui changeons. J'ai changé, Janine. Je saurai te le prouver si tu me donnes une deuxième chance...

Romane voyait bien l'émotion qui gagnait Janine. Bien sûr, le poème était malhabile. Et les métaphores un peu enfantines... Mais ce qui avait touché Janine, c'était de découvrir les efforts qu'il avait dû déployer pour écrire ces quelques vers, lui qui était si peu porté sur les choses écrites...

— Vous avez vu, sur le côté, ça fait « Je t'aime » !

Les yeux de Janine brillaient d'excitation. Romane se revoyait, quant à elle, apprendre à Patrick le principe de l'acrostiche pendant la dernière séance : un poème écrit de telle sorte que, lues verticalement de haut en bas, les premières lettres de chaque vers composent un mot.

— Alors, qu'est-ce que vous en pensez ?

— Ce n'est pas vraiment à moi d'en penser quoi que ce soit... Tout ce que je peux vous dire, c'est que Patrick a écrit cette lettre avec beaucoup de sincérité et de soin. Maintenant, à votre place...

— Oui, quoi ?

— … j'écouterais simplement ce que me dit mon cœur.

Janine accueillit le conseil et alla le méditer un instant près de la fenêtre. Romane respecta son silence.

— Mais quand même, Romane, dites-moi. Balayer comme ça tant d'années de burnerie, vous croyez que c'est possible, vous ?

Romane pouvait-elle dire à Janine qu'elle se posait les mêmes questions pour un autre homme qui commençait à prendre beaucoup de place dans sa tête ? Elle tâcha de répondre le plus honnêtement possible.

— Ma chère Janine. On ne peut changer personne contre son gré. Par contre, une personne qui décide réellement de changer, de son propre chef, peut obtenir des résultats bluffants. Et je pense sincèrement que c'est le cas de votre mari… Votre départ a été un véritable électrochoc pour lui. Un déclencheur imparable à sa prise de conscience. Donc oui : je pense que vous pouvez avoir confiance. Rien ne sera plus comme avant. Il aurait trop peur de vous perdre à nouveau.

Janine souriait de toutes ses dents. Elle venait d'entendre ce qu'elle avait envie d'entendre. Il était temps pour Romane de s'éclipser ; elle avait rempli sa mission. En reprenant sa voiture, elle songea que Janine avait de la chance : pour elle, les choses s'éclaircissaient. Malheureusement, c'était loin d'être son cas… Et son père ne répondait toujours pas à ses messages.

47

MAXIMILIEN PASSAIT en revue sa penderie, garnie de costumes de toutes sortes, griffés des plus belles marques. Aujourd'hui, il voulait être particulièrement à son avantage. Romane avait donné rendez-vous à toute l'équipe sur le tournage de *Graines de chef*. Elle avait apparemment réussi à pistonner Thomas, le fils d'Émilie, pour participer aux épreuves de sélection. Ce garçon semblait avoir de belles prédispositions pour l'art culinaire. Mais Romane avait confessé avoir joué une autre carte pour obtenir cette faveur : le producteur, Luca Morini, n'était autre qu'un ancien participant de Sup' de Burnes, conquis à la cause, et qui ne perdait jamais une occasion de lui renvoyer l'ascenseur.

Aux dernières nouvelles, depuis leurs retrouvailles dans la Zen Room, Émilie et son fils vivaient à nouveau sous le même toit, prêts à tisser des relations sur des bases entièrement revisitées. La dernière fois, Maximilien avait entendu Romane proposer à Émilie des séances individuelles, pour lui apprendre les rudiments de l'ado-première langue et l'aider à mettre en place la ligne de conduite adéquate avec son fils. Tandis que Maximilien se préparait, Pelote vint pointer un bout de museau.

— Ah, te voilà, toi ?

Depuis que le chaton avait griffé son père, Maximilien ne le voyait plus tout à fait du même œil. Une certaine complicité avait même commencé à s'installer. Il s'empara d'une paire de chaussettes roulées en boule, la lança à Pelote et s'amusa à la regarder jouer un instant.

On sonna à la porte : la cat-sitteuse était là. Maximilien n'avait pas eu de mal à la fidéliser : les clients qui laissaient carte blanche n'étaient pas si courants. Il partit donc l'esprit tranquille sur le lieu du tournage.

Maximilien aimait bien les ambiances de plateau. Il y régnait toujours une effervescence électrique qu'il trouvait galvanisante et pas si éloignée de son propre univers dans le business du luxe. Quant au monde invisible qui s'agitait derrière les caméras, il trouvait fascinant d'imaginer le nombre de personnes impliquées dans la réalisation d'une émission !

Romane attendait avec les autres. Une assistante alla prévenir Luca Morini de leur arrivée. Quand celui-ci les rejoignit, il n'y en eut que pour Romane.

D'emblée, Maximilien prit le producteur en grippe. Il observa d'un œil jaloux la façon dont Luca entoura Romane de ses bras, la serrant dans un *hug* qu'il jugea aussi débordant que déplacé.

Puis Luca sembla prendre enfin conscience que Romane n'était pas venue seule. Il entreprit donc de faire le tour des autres membres du groupe pour leur serrer la main. Maximilien tendit la sienne à contrecœur. Répugnante jovialité.

Romane trottinait gaiement aux côtés de son ex-élève, le suivant dans les méandres du plateau, riant à ses petites blagues, ayant l'air de boire ses paroles avec délectation.

Maximilien observait ce petit manège d'un œil mauvais, se traînant quant à lui Nathalie, toujours sur ses talons. Ne pouvait-elle pas lui donner de l'air ? Il eut honte de penser cela, alors même qu'il avait beaucoup de sympathie pour elle. Il était dans un jour sans, avec un retour de boomerang de burnerie…

— Tu n'as pas l'air dans ton assiette. Tout va bien ? se hasarda-t-elle.

— Ça va… lança-t-il comme s'il l'envoyait au diable.

L'image du dragon cramant tout sur son passage revint à l'esprit de Maximilien. Il savait qu'il avait tort de se comporter ainsi, mais il ne pouvait pas s'en empêcher, il ne digérait pas sa colère et sa frustration. Et surtout, il avait peur. Peur que son plus beau trésor lui échappe. Peur que Romane ne l'aime pas… Après tout, était-il digne d'être aimé ? Jamais il n'en avait eu l'assurance auprès de sa propre mère. Blessure d'enfance qu'il pensait indolore et qui, depuis quelques jours, se réveillait, comme au son d'un tam-tam frénétique, emballant son cœur inquiet.

Le groupe monta au salon maquillage. Thomas passait entre les mains expertes de la professionnelle pour quelques touches de fond de teint, indispensables à l'écran pour éviter un visage cireux, y compris pour les hommes.

Thomas se leva d'un bond pour venir saluer tout le groupe. D'abord sa mère, bien sûr, qu'il serra dans ses bras. Puis les autres. Luca Morini lui tapa dans le dos.

— Ça va ? Pas trop le trac ? Si, quand même ? Bah. Ce n'est pas grave. C'est le métier qui rentre ! Ah, ah, ah !

Gnark, gnark, gnark, grogna Maximilien intérieurement.

Et Romane, qui riait en chœur. N'importe quoi ! Elle n'avait d'yeux que pour ce producteur, c'était insupportable ! Et si jamais elle le trouvait à son goût ? À cette pensée, Maximilien eut des sueurs froides. C'était pourtant vrai : l'homme n'était pas mal ! Charismatique, même… Les femmes, paraît-il, aimaient beaucoup ce look poivre-et-sel soigné de près.

Puis vint l'heure du tournage. La lumière rouge. Le silence. L'action.

La prod' avait installé des chaises pour les visiteurs. Dans le noir, Maximilien se sentait désemparé. Il aurait voulu pouvoir prendre Romane à part, pour lui tout seul, et lui dire, tout lui dire… Mais Romane avait gardé une place libre à côté d'elle que Luca Morini s'empressa d'occuper. La demi-heure qui suivit plongea Maximilien en enfer. Surtout quand Morini se penchait au creux de l'oreille de Romane pour lui murmurer des paroles. Il avait l'impression de voir le regard de la jeune femme briller trop fort dans le noir. Maximilien extermina un mouchoir en papier resté dans la poche de sa veste. Les nerfs.

À la pause-déjeuner, un brunch était prévu pour toute l'équipe. Émilie irradiait de fierté : son fils avait été brillant. La salle se remplit bientôt de conversations animées et joyeuses. Maximilien s'assit en face de Romane, elle-même assise à côté de Luca Morini. Ils semblaient avoir des tonnes de choses à se raconter, ce qui rendit Maximilien encore plus amer. Submergé d'émotions négatives, il décida de tacler l'homme et se montra odieux. En commençant par le questionner innocemment sur sa carrière. Puis en insinuant qu'il était dommage pour un producteur d'être « suiveur » et de se contenter d'exploiter le même concept international d'émission. Manque d'audace ? Manque d'originalité ? Luca leva un sourcil étonné, ne comprenant pas le pourquoi de ces piques déplacées, mais sans pour autant daigner monter au créneau, au grand dam de Maximilien désireux de croiser le fer.

Au moment du dessert, Maximilien se leva pour aller chercher un café à la machine. Romane l'y rejoignit illico.

— On peut savoir ce qui te prend ? lança-t-elle, courroucée.

Maximilien haussa les épaules sans répondre, décidé à être odieux jusqu'au bout.

— Franchement, cette attitude est insupportable ! poursuivit la jeune femme.

— Pas plus que la tienne… souffla Maximilien dans un chuchotement rageur.

— Quoi, qu'est-ce qu'elle a mon attitude ? Attends. J'ai peur de comprendre… Ne me dis pas que ma « camaraderie » avec Luca t'indispose !

Il se tourna vers elle pour braquer son regard sur le sien.

— Peut-être bien que si !

Romane semblait outrée et terriblement en colère.

— Alors je crois que tu ferais mieux de t'en aller.

Maximilien accusa le choc, posa sa tasse de café un peu brusquement, et tourna les talons sans un regard.

Qu'ils aillent au diable, elle et ce maudit cannelloni trop bien coiffé pour être honnête ! Maximilien fonça vers la sortie, les mains vissées dans les poches dans une rage contenue. Il heurta alors brutalement un monsieur qui arrivait en sens inverse. C'était Patrick. Son visage à lui rayonnait.

— Ça va, Maximilien ?

Il lui souriait comme on sourit à un ami. Avec affection. Quel revirement !

— Je dois partir. Tu as l'air content.

— C'est Janine, irradiait Patrick. Elle est d'accord pour me revoir ! Elle m'a donné un rendez-vous !

— Ça me fait plaisir pour toi…

Ironie du sort ! Le clown triste croisait le clown joyeux. Maximilien s'enfuit du studio, malheureux, habité par son clown vagabond, à la rue de ses sentiments.

48

ROMANE VENAIT DE quitter Luca Morini, qui lui avait fait promettre de se revoir très vite tant il avait été ravi de cette journée. En sa présence, Romane avait maquillé jusqu'au bout son humeur, pourtant barbouillée de déception, de tristesse et de colère contre Maximilien. Tandis qu'elle marchait dans les rues pour s'aérer la tête, elle ne pouvait s'empêcher de ruminer : s'était-elle à ce point trompée à son sujet ? Garderait-il irrémédiablement ses mauvais travers burnés ? Jaloux, possessif, excessif, était-ce là le portrait de l'homme qu'elle voulait aimer ? Car il fallait se rendre à l'évidence, elle avait des sentiments pour lui, qu'elle le veuille ou non. Aujourd'hui, Maximilien l'avait vraiment énervée et déçue. Mais malgré tout, il accaparait ses pensées. Et malheureusement, son baiser volé ne cessait de l'obnubiler. Combien de temps tiendrait le bouclier de la déontologie ? Réussirait-elle à lui résister s'il faisait une nouvelle tentative ?

La vérité, c'est qu'elle se sentait totalement tiraillée entre son attirance pour lui et sa peur aux multiples visages : peur de l'intensité de ses émotions. Peur de se lancer dans une histoire avec un homme tel que lui. Peur d'être charmée. Peur d'être déçue. Peur de souffrir à nouveau… Peur, peur, peur, peur. La seule idée qui lui vint fut d'appeler son père. Elle avait besoin de lui, de son avis, de son soutien. Elle pria pour qu'il ne lui batte pas froid.

Jean-Philippe fut prompt à lui proposer de venir le rejoindre, ce qu'elle fit prestement. Quand son père ouvrit la porte, elle se jeta dans ses bras avec effusion. Il l'installa confortablement avec une agréable collation et, enfin, elle put raconter sa déconvenue. Combien la jalousie de Maximilien la décevait, et les doutes que cela jetait sur toute possibilité de début d'histoire. Jean-Philippe l'écouta longuement, heureux qu'elle se confie à nouveau à lui. Il alla même jusqu'à lui reparler de sa burnerie d'avant.

— Souviens-toi comme j'étais jaloux avec ta mère aussi. La jalousie est un poison. Mais dans une certaine mesure, c'est aussi le signe qu'il a des sentiments pour toi… Et puis s'il y travaille, avec ton aide, il n'est pas exclu qu'il progresse sur ce point, à la longue…

Le point de vue de son père sur une possible histoire avec Maximilien était-il en train d'évoluer ? C'est ainsi que Romane eut envie de prendre la chose. Et cette éclaircie dans le ciel de ses doutes lui donna un élan d'optimisme. Elle rentra chez elle rassérénée par cet échange. Le lendemain, après une longue grasse matinée, Romane passa la journée à buller chez elle, ce qui ne lui était pas arrivé depuis longtemps. En fin de journée, elle était sur le point de lancer un film lorsque la sonnerie de la porte retentit. La jeune femme ouvrit à un homme à tête en carton. En fait, non. L'énorme carton s'écarta pour découvrir le visage rond et rouge d'un livreur un peu essoufflé.

— Votre ascenseur est en panne.

— Ah…

— Vous êtes bien madame Romane Gardener ?

— Oui, c'est moi.

— Tenez, c'est pour vous. Signez là.

Romane s'exécuta tout en se demandant ce que pouvait bien contenir le paquet. Après avoir donné un pourboire et remercié le livreur, elle porta vite le carton sur sa table. Excitée, elle prit une paire de ciseaux pour fendre le scotch qui scellait la boîte et en écarta les pans. Elle tomba d'abord sur une enveloppe

© Groupe Eyrolles

blanche qu'elle décacheta aussitôt. C'était Maximilien. Son cœur fit un saut dans sa poitrine.

Pour me faire pardonner mes élans de mauvaise burnerie d'hier (promis juré, ça ne se reproduira plus) et parce que tu es une fleur parmi les fleurs... M. V.

Romane sourit, plus touchée qu'elle n'aurait voulu l'admettre. Frétillante, elle ôta le papier de soie qui chapeautait ce qu'elle devinait être de magnifiques orchidées. Elle plongea les mains avec bonheur au fond du paquet pour saisir le pot par en dessous lorsque soudain elle sentit quelque chose courir le long de son avant-bras. Elle retira promptement ses membres du paquet en poussant un cri, envoyant valdinguer tout le colis ! Une horrible bestiole noire qu'elle assimila d'emblée à une blatte semblait avoir la prétention de grimper sur son bras en mode envahisseur. Dans un pur réflexe défensif, Romane l'éjecta d'un geste brusque en poussant un deuxième cri hystérique. Tremblante, elle battit en retraite de deux pas pour tenter de rassembler ses esprits en déroute. Le cœur pulsant comme un sonar, elle se mit à passer le périmètre au peigne fin, tel un démineur en zone ennemie. Sans un bruit, elle déchaussa son escarpin droit. Cette arme à la main, affichant une feinte assurance de guerrière intergalactique, la jeune femme s'approcha à pas feutrés du territoire infesté, ce colis éventré au sol, avec ses éclats de terre façon obus, ses ruines de carton et ses cadavres d'orchidées. Et là, embusqué derrière le pot en céramique, l'ennemi surgit ! Cinq monstrueuses bestioles, grossies par un imaginaire paniqué, se propulsèrent autour d'elle comme pour l'encercler ! *Mayday, mayday !* Romane poussa un irrépressible cri d'horreur et, abandonnant son escarpin au camp adverse, s'enfuit pour se barricader dans sa chambre. Tremblante et dégoûtée, elle dut se rendre à l'évidence : pour jouer les Exterminator de salon, elle n'avait pas le physique du rôle... Tandis qu'elle essayait de calmer sa respiration saccadée et de se faire à l'idée qu'elle ne gagnerait pas cette guerre des mondes, elle s'assit sur son lit pour tenter de réfléchir.

Voyons, Romane ! C'est Maximilien qui t'a envoyé ces fleurs. Il doit avoir une explication !

Elle décrocha son téléphone et l'appela d'une voix tremblante.

— C'est Romane… articula-t-elle péniblement.

— Qu'est-ce qui se passe, Romane ? Quelque chose ne va pas ? As-tu… As-tu reçu mes fleurs ? se hasarda l'homme d'affaires.

— Ou… oui ! Just… Justement ! Je viens d'ouvrir le paquet et… et… Il y avait des blaaaattes à l'intérieur ! hurla presque la jeune femme.

— Quoi ? Je ne comprends pas ! Qu'est-ce que c'est que cette histoire ?

— Je… suis… phobique des blattes !

— Romane ?

— Ouiii ?

— Ne bouge pas, j'arrive.

Quand Maximilien entra, il la trouva encore tremblante. Il prit immédiatement les choses en main. Dans la bataille, elle avait renversé le colis et le splendide pot d'orchidées qu'il contenait. De la terre s'était répandue partout sur le sol et Maximilien aperçut rapidement les quelques blattes restées agglutinées.

— Monte là, ordonna-t-il à Romane en la faisant grimper sur son canapé pour qu'elle ne risque pas de tomber à nouveau nez à nez avec une méchante bestiole.

En mode Rambo des salons, Maximilien alla fouiller dans la cuisine pour y trouver une pelle et un grand sac poubelle et entreprit d'aller jeter les indésirables. Il arborait une drôle de grimace et Romane se demanda si, pour elle, il ne passait pas outre sa propre répulsion. En moins de deux, il descendit au vide-ordures encombré de son sac poubelle infesté. Quand il remonta, il se lava rapidement les mains et s'approcha de Romane, accroupie sur le canapé.

— Ça va ? Tu te sens mieux ?

La jeune femme acquiesça doucement, pas encore totalement remise de ses émotions.

— Je vais finir d'inspecter la pièce pour voir s'il n'y a plus rien, d'accord ?

— M... Merci...

Romane observa le curieux manège de Maximilien s'agenouillant, se pliant en quatre pour regarder partout, sous chaque meuble, derrière chaque coussin, pour traquer les éventuelles rescapées à six pattes. Elle sursauta en frémissant d'horreur lorsqu'il finit par en tuer une dernière.

— Là. C'est fini.

Il dut se dire qu'un petit remontant s'imposait, car il se rendit dans la cuisine pour en ressortir avec deux verres à pied et un bon Saint-Émilion dégotté sur le porte-bouteilles mural.

Romane, enfin redescendue du canapé où elle était perchée, l'attendait comme un sauveur.

— Tiens, bois, ça va te faire du bien.

Ils s'assirent autour de la table ronde et burent à petites gorgées le nectar à la robe sombre. Romane retrouvait des couleurs et ses esprits, et prit alors conscience de la situation : Maximilien, chez elle, à moins d'une longueur de bras. Le verre collé au nez comme un bouclier, elle le regardait par-dessus ce rempart de cristal, essayant d'ignorer les lourdes particules de désir encombrant l'atmosphère.

— Je me demande ce qu'il s'est passé, tenta Maximilien, histoire de dire quelque chose. Il faudra que j'appelle le fleuriste. C'est incompréhensible... Moi qui voulais me rattraper de ma conduite d'hier ! C'est raté...

— Oui ! Enfin, non... Ce n'est pas raté... Ça m'a fait... plaisir.

L'évocation de sa conduite de la veille ralluma néanmoins chez Romane une pointe de colère. Pour rompre le contact visuel, elle se leva d'un bond et se mit à arpenter la pièce. Elle avait besoin de vider son sac, de mettre les points sur les i, et qu'il ne s'imagine surtout pas que, parce qu'il l'avait sauvée des blattes, elle en oublierait aussitôt tout le reste.

— Écoute, Maximilien, j'apprécie beaucoup que tu sois venu m'apporter ton aide avec ces saletés de bestioles. Mais ça n'efface pas tout… Hier, ton comportement m'a vraiment… beaucoup blessée !

— Je sais, mais je…

Il s'était levé pour tenter de s'expliquer.

— Reste assis, s'il te plaît ! ordonna-t-elle d'une voix sans appel. Non, je ne crois pas que tu saches ! C'est bien là tout le problème. Tu ne te rends pas compte de l'effet que ça fait, de voir une personne qu'on apprécie (elle choisissait ses mots avec soin et songea au passage qu'elle maniait plutôt bien l'art de l'euphémisme)… une personne qu'on apprécie, reprit-elle, agir soudainement comme le pire des machos et des goujats !

— J'ai bien conscience que…

— Laisse-moi finir ! ordonna-t-elle encore.

Le visage de Maximilien avait légèrement blêmi. Il ne devait pas avoir l'habitude qu'on lui parle sur ce ton. Elle s'attendait à ce qu'il riposte vertement, mais il n'en fit rien. Elle poursuivit.

— Depuis le fameux soir, à notre retour de Normandie, où tu m'as… enfin, où on s'est…

— … embrassés.

— Oui ! rétorqua-t-elle presque rageusement. Eh bien, tu t'es sans doute mis en tête de me conquérir et que, comme tout ce qui te fait envie, tu allais l'obtenir d'un claquement de doigts…

— Mais non, pas du tout…

Maximilien s'était levé à nouveau et s'était rapproché d'elle. Beaucoup trop près. Les yeux de Romane lançaient des éclairs et elle le repoussa.

— Stop ! Ton petit numéro de charme ne passe pas avec moi !

— Mais quel numéro de charme, Romane ? commençait-il à s'énerver.

Allait-elle lui révéler ce qu'elle avait depuis des jours sur le cœur ? Oui, tant pis, il le fallait...

— Tu crois que je ne sais pas que tu es un tombeur ? Tu crois que je n'ai pas vu ton petit numéro avec Nathalie et toutes les autres ?

— Quoi ! Non mais je rêve !

C'était au tour de Maximilien d'être courroucé. Il marchait de long en large entre la fenêtre et la table du salon. Romane tremblait un peu et craignait d'être allée trop loin. Maximilien s'emportait.

— Tu me fais une scène parce que je me suis montré jaloux hier de ton producteur Machin-Chose mais, Romane, écoute-toi parler ! Qu'est-ce que tu fais d'autre, toi, aujourd'hui, hein ?

— Ça n'a rien à voir ! hurla-t-elle presque.

— Ah oui, et c'est quoi la différence ?

Ils étaient à présent face à face, arc-boutés par leur colère respective.

Romane prit son courage à deux mains pour lui jeter sa vérité.

— La différence, c'est que je n'ai aucune envie d'être un numéro de plus dans la liste de tes conquêtes, voilà !

Son aveu eut l'air de radoucir un peu Maximilien, même si ses traits et son corps restaient tendus. Il attendit un instant avant de lui répondre.

— Ça ne risque pas d'arriver.

— Ah. Et pourquoi donc ?

Il s'approcha encore d'un pas et attrapa ses épaules pour l'attirer à lui.

— Tu sais très bien, pourquoi.

Elle frissonna en saisissant l'expression de son regard qui ne soulevait aucun doute sur la réponse. Elle aurait voulu fuir, mais il ne lui accorda pas d'échappatoire. Il l'embrassa et elle n'eut d'autre choix que de le laisser faire. Le contact de ses lèvres tièdes, puis bientôt brûlantes, lui ôta toute capacité de résistance. Il dut sentir chez elle l'envie de s'abandonner et l'embrassa encore plus voluptueusement. Mon dieu ! Comment parvenait-il à la mettre dans tous ses états en moins de deux minutes ? L'expression « divinement bon » lui traversa l'esprit, tandis qu'elle goûtait leurs souffles se mêlant de plus belle. Romane fut surprise par ce mélange d'assurance et de délicatesse dans la manière que Maximilien avait de la toucher. Ses mains, d'une indécente douceur, glissaient sur elle, comme s'il voulait la modeler de caresses. Elle frissonna sous son étreinte, ce qui le poussa à s'enhardir encore. Ils se mirent à valser à tâtons dans le salon jusqu'à la chambre. L'esprit embrumé par un brouillard sucré, Romane succomba totalement et, dans un tourbillon de sensations vertigineuses, laissa leurs corps se raconter des histoires.

49

Maximilien était arrivé tôt au bureau. Il n'avait pas décramponné de son ordinateur depuis des heures pour essayer de rattraper le retard accumulé depuis plusieurs jours. Il appuya sur le bouton de l'interphone pour appeler Clémence, qui arriva promptement.

— Oui, monsieur Vogue ?

— Clémence, je vais m'absenter pendant l'heure du déjeuner. Je dois rendre visite à ma sœur à la Clinique de l'Eau rousse. Je voudrais lui ramener un petit quelque chose. Auriez-vous le temps de lui trouver un cadeau, s'il vous plaît ?

— Vous avez une idée ?

— Vous avez carte blanche. Je vous fais confiance.

Maximilien lui sourit comme il avait souri à tous les gens qu'il avait croisés ce matin, béatement. Puis il se replongea aussitôt dans ses dossiers. Il eut une pensée pour Romane, qu'il avait quittée le matin même, encore endormie, belle, magnifique, sublime dans son écrin de draps… La vérité, c'est qu'il n'avait pas une, mais mille pensées pour elle à la minute et que s'il voulait avancer dans son travail, il allait lui falloir trouver le moyen de se concentrer !

Il devait d'ailleurs sans plus tarder aller vérifier l'avancée du chantier du deuxième étage : il était en train de faire aménager un bar à sieste pour offrir à ses salariés un espace de relaxation. Depuis quelques semaines, et grâce à l'impact du travail accompli à Sup' de Burnes, il s'intéressait de près à l'humain dans l'entreprise et aux idées innovantes qui permettraient à chacun de se sentir mieux, plus heureux dans son travail, moins fatigué, moins stressé. C'était bien sûr une clé de la performance, mais pas seulement… Maximilien avait aussi ouvert les yeux sur ce qui faisait l'essence même d'un projet collectif réussi : le sentiment d'appartenance, l'impression d'être dans le même bateau. Alors autant faire en sorte que le bateau ne ressemble pas à une galère, mais plutôt à un galion !

Le bar à sieste prenait belle tournure. Maximilien en fut ravi. On avait fait livrer des fauteuils « Apesanteur » qui, grâce à une position de gravité neutre et à un programme de massages intégré, chassaient la fatigue accumulée. Maximilien ne doutait pas que les lits massants shiatsu remporteraient eux aussi un vif succès ! Ils n'avaient pas leur pareil pour combiner les bienfaits de la chaleur infrarouge et des pierres de jade. Et les salariés de Cosmetics & Co recevraient dorénavant des « crédits Zen », à dépenser librement sur leur temps de déjeuner, à raison de deux heures par mois.

Content de ces avancées, Maximilien félicita le chef de chantier et remonta à son bureau où Clémence l'attendait avec un cadeau pour sa sœur.

— Merci, Clémence, quelle efficacité ! lui lança-t-il avec un grand sourire, soucieux d'appliquer les principes enseignés par Romane sur l'importance des signes de reconnaissance. Au fait, pouvez-vous me réserver pour ce soir une table pour deux personnes, chez Itinéraire ?

Son assistante marqua un temps d'arrêt, avant d'acquiescer.

— Parfait, merci.

Clémence quitta la pièce en lui lançant un drôle de regard. Maximilien le remarqua, mais replongea vite dans ses occupations.

© Groupe Eyrolles

Quand il arriva à la clinique, il trouva Julie beaucoup mieux. Sa sœur avait repris des couleurs et sa sortie était prévue huit jours plus tard. Il l'embrassa chaleureusement.

— Comment te sens-tu ?

— Mieux. Beaucoup mieux. Je suis contente de te voir !

— Et moi donc !

— Tu sais, je voulais te demander pardon d'avoir été aussi dure avec toi…

— Arrête avec ça…

— Si. J'ai tout mélangé et j'ai projeté sur toi toutes mes colères, mes peurs… Après tout, tu n'y es pour rien si je connais une traversée du désert !

— Le passé, c'est le passé. Ce qui compte, c'est ce que tu vas faire maintenant. Tu as tellement de talent ! Je suis sûr que tu vas très vite rebondir… Ne t'inquiète pas. Prends bien le temps de te requinquer et ensuite, tu pourras tranquillement imaginer le projet de vie qui saura t'épanouir. Je t'aiderai si tu en as besoin. Je pense que dans cette histoire, ce qui t'a le plus enfoncée, c'est ta rupture avec Walter… Pardonne-moi, mais je me suis toujours un peu méfié de lui.

— J'aurais dû moi aussi faire plus attention ! Ces derniers mois, il m'a raconté des salades. En réalité, il n'a jamais eu d'intentions sérieuses avec moi… Quand je pense qu'il m'a plaquée pour cette midinette !

— Il ne t'arrivait pas à la cheville. Tu verras, toi aussi tu trouveras ta moitié ! Une personne qui t'aimera vraiment pour ce que tu es.

Julie scruta le visage de son frère et osa lui poser une question indiscrète.

— Et toi ? Tes amours ? Il me semble que cette Romane tient beaucoup à toi…

— Qu'est-ce qui te fait dire ça ?

— Oh, tu sais, quand elle est venue me voir… Il y a des signes qui ne trompent pas ! Ses yeux quand elle parle de toi, ses joues qui s'empourprent…

— Ah…

Que pouvait-on cacher à son jumeau, de toute façon ? Maximilien sourit à sa sœur comme un collégien qui avoue son premier amour.

— C'est vrai que nous nous sommes pas mal rapprochés, ces derniers temps…

— Maximilien ! À d'autres !

Julie le taquina sur son idylle naissante. Maximilien était vraiment heureux de cette tendre complicité retrouvée. Ils échangèrent encore un moment à propos de tout et de rien, puis il fut temps pour Maximilien de repartir.

— Et n'hésite pas à m'appeler si tu as besoin de quoi que ce soit, d'accord ?

La jeune femme acquiesça, et Maximilien fut heureux qu'elle accepte enfin son soutien.

Il réitéra sa recommandation en repassant sa tête dans l'embrasure de la porte.

— … de quoi que ce soit, hein ?

Son petit manège fit rire sa sœur, et c'est le cœur plus léger que Maximilien regagna sa voiture. Il avait maintenant rendez-vous avec Jean-Philippe à Sup' de Burnes. Cela ne durerait pas longtemps, mais il avait accepté de l'aider sur un dossier litigieux. Il espérait aussi gagner des points auprès de lui, car la réserve de Jean-Philippe à son égard lors du week-end en Normandie ne lui avait pas échappé. Comment pouvait-on ne pas être protecteur, quand on avait une fille comme celle-là ?

Maximilien frappa à la porte de la salle de réunion et la voix de Jean-Philippe lui dit d'entrer. Il trouva l'homme concentré, penché sur une masse de papiers étalés sur la grande table.

— Il était temps que j'arrive ! lui lança Maximilien comme une boutade.

Jean-Philippe paraissait en effet soulagé de ce relais inespéré. Les deux hommes travaillèrent une heure et demie sans lever le nez. Maximilien sentit que son aide avait été précieuse. Il s'apprêtait à prendre congé lorsque Jean-Philippe l'interpella.

— Maximilien ? Ma fille…

Maximilien devina au ton employé que la conversation allait aborder un sujet beaucoup plus personnel.

— Oui ?

— Elle vous plaît bien, je crois ?

Maximilien en resta interdit. Il pensait avoir été discret.

— Oui.

— Je m'en doutais. Alors, juste une chose…

— Oui ?

— Ne jouez pas avec elle.

— Ce n'est pas mon intention.

— J'espère bien.

Jean-Philippe le raccompagna vers la sortie et posa une main amicale dans son dos.

— Merci de votre aide et… N'oubliez pas ! Attention à ma fille, sinon, gare ! Ce serait dommage de faire rejaillir mes vieux élans burnés…

Le sous-entendu était on ne peut plus clair. Maximilien se le tint pour dit.

Il regagna sa voiture, encore troublé par les paroles de Jean-Philippe. Sa relation avec Romane avait beau être toute neuve, il sentait d'ores et déjà que ce ne serait pas une histoire comme les autres.

Il démarra et dut manœuvrer pour sortir de la place : une grosse Mercedes s'était collée à lui. Il roula quelques mètres et remarqua quelque chose de bizarre, comme si la voiture penchait d'un côté. Et quel drôle de bruit ! Il se gara dès que possible et descendit pour voir ce qui n'allait pas. En inspectant les pneus, il fallut se rendre à l'évidence : l'un d'eux était crevé. Il ne manquait plus que ça ! Il appela son assureur pour qu'on lui envoie une dépanneuse, puis le bureau pour prévenir Clémence qu'il serait en retard à la prochaine réunion. Bizarre. Son assistante ne décrochait pas. Il essaya sur son portable. Elle s'excusa : elle avait dû descendre à la pharmacie, elle ne se sentait pas très bien. Il la rassura : il ne voyait pas d'inconvénient à ce qu'elle quitte le bureau plus tôt. En raccrochant, il nota intérieurement qu'il aimait le patron qu'il était en train de devenir. Il appela ensuite un chauffeur privé et regagna Cosmetics & Co.

En fin de journée, il reçut un appel du garagiste.

— Monsieur Vogue ? C'est juste pour vous prévenir que votre voiture sera prête demain. Par contre, on a dû mettre un pneu neuf. L'autre était irrécupérable…

— Comment ça ?

— Coup de couteau. Ça ne pardonne pas, ça.

— Quoi ? C'est incroyable, je n'en reviens pas…

— Oh, vous savez… Le vandalisme, de nos jours…

Maximilien raccrocha et resta songeur quelques instants. *Un manque de chance*, songea-t-il. Il avait fallu que ça tombe sur lui. Bah. Heureux comme il était en amour, il fallait bien qu'il paye un petit tribut de malchance ! Il se remit vite au travail car ce soir, il avait prévu d'emmener Romane dîner. Le lieu de rendez-vous lui paraissait parfait : Itinéraire, un restaurant au concept original où le chef proposait une cuisine à base de pétales de fleurs aux délicates variations aromatiques, une approche presque picturale de l'assiette, un festival de couleurs et de subtilité… L'homme d'affaires espérait bien ravir Romane et émoustiller leurs sens, si tant est qu'en présence l'un de l'autre, cela soit nécessaire…

Il arriva à 20 h 30 précises. Romane l'attendait déjà. Ils s'embrassèrent langoureusement et un passant espiègle leur lança un « Ça va, les amoureux ? ».

En levant les yeux vers lui, Maximilien aperçut un reflet étrange derrière la vitre d'une voiture garée de l'autre côté de la rue. Mais en observant un peu mieux, il n'y avait personne au volant. Sans doute juste une drôle d'impression…

50

La fin du programme approchait, l'heure du bilan aussi pour les cinq participants. Romane avait prévu une incroyable cérémonie : un enterrement de vie de burnerie ! Ce serait royal pour clôturer ce parcours. Son équipe avait sélectionné un lieu magique : un triplex en plein cœur du quartier de Montmartre, qui offrait une vue imprenable sur tout Paris grâce à d'immenses baies vitrées. Ce loft design et ultra-tendance saurait créer une atmosphère festive et, l'espérait-elle, inoubliable…

Les préparatifs allaient bon train. Tant que le programme n'était pas achevé, Romane avait demandé à Maximilien de se montrer discret vis-à-vis des autres membres du groupe à propos de leur relation naissante. Depuis qu'ils avaient franchi ensemble ce pas d'intimité, Romane passait par tout un prisme d'émotions contradictoires : euphorie, excitation, mais aussi doutes et peur… Son pauvre cerveau ressemblait à un champ de bataille où les sentiments positifs et négatifs livraient un combat sans merci. *Pourquoi ces conflits intérieurs ?* s'agaçait-elle contre elle-même. *Je devrais flotter sur un nuage rose, point final !* Au lieu de ça, les questions affluaient à son esprit. Beaucoup trop. N'était-ce pas une erreur d'être tombée si vite dans ses bras ? Cette histoire ne serait-elle qu'un feu de paille, une amourette fulgurante pour le séducteur qu'était Maximilien ? Réussirait-elle à se faire une place dans sa vie sans être coincée entre deux créneaux d'un agenda surbooké ?

Lors des derniers jours passés à Sup' de Burnes, Romane s'était surprise à épier les faits et gestes de Maximilien. Sa façon de regarder Fantine, la jolie assistante de Sup' de Burnes, et même Nathalie, avec qui il se comportait comme larrons en foire. Elle ressentait alors de fulgurants pincements de jalousie. Elle, céder ainsi à de tels penchants burnés ? Inacceptable ! Il fallait réagir et réajuster le tir très vite. Romane connaissait le moyen : elle devait embaucher illico un coach intérieur pour remettre bon ordre dans ses idées.

Elle l'appela Jiminy, en clin d'œil à Jiminy Cricket, le gentil compagnon plein de sagesse de Pinocchio, qu'elle aimait tant quand elle était petite. Et prit l'habitude de solliciter ce nouveau coach plusieurs fois par jour pour l'aider à y voir clair et apaiser ses craintes.

Ce qui donnait parfois un dialogue intérieur un peu étrange :

« Romane : Jiminy ! Et si jamais il s'intéresse à une autre femme ?

Jiminy : Confiance, petite Romane ! Aucun risque que cela arrive si tu restes toi-même, comme il aime : souriante, généreuse, pleine de vie… Combien de fois t'ai-je dit que ces mauvaises pensées que tu fabriques sont des poisons mentaux qui, eux, peuvent finir par intoxiquer ton histoire d'amour !

Romane (chouineuse) : Mais alors, Jiminy, que faire ?

Jiminy (extra-bienveillant) : Ma Romane, pourquoi ne pas te répéter comme une douce ritournelle quelque chose comme : "J'ai confiance en moi et en notre histoire. J'accueille ce qui vient. Je dis oui à ce qui est…"

Romane (entêtée dans son scénario négatif) : Mais si je suis nulle ? Si je ne suis pas à la hauteur ?

Jiminy (avec un claquement de langue désapprobateur) : Tut, tut, tut, jolie Romane. Arrête de jouer ton Caliméro ! Dans une histoire d'amour, personne ne te demande d'être à la hauteur.

Juste d'être fidèle à qui tu es et d'oser laisser l'autre rentrer dans ta bulle… L'univers fera le reste.

Romane (accrochée à sa trouillonite) : Plus facile à dire qu'à faire, Jiminy ! Et j'ai peur d'y laisser des plumes… Si jamais il me trahit, je ne m'en remettrai pas…

Jiminy (avec douceur et fermeté) : Arrête ton mauvais disque, Romane ! Tu sais bien qu'on ne peut pas vivre avec la peur pour compagne… Aie confiance et laisse-toi porter. Tout va bien se passer. Commence par être douce avec toi-même. Regarde-toi dans la glace avec une main sur le cœur et répète-toi : "Je m'aime et je m'accepte comme je suis, malgré mes peurs et mes doutes…" Tu verras, ça aide…

Romane (un peu rassérénée) : O.K. Jiminy, merci, tu es un ange…

Jiminy : Euh, pas vraiment, non, juste un grillon, tu sais bien ! »

— À qui tu parlais ? demanda Jean-Philippe en pénétrant dans la cuisine où Romane tenait une conférence au sommet.

— Euh, à personne, papa, à personne…

« Romane : Allez chut, Jiminy, ouste ! Tu vas me faire prendre pour une folle !

Csi, csi, csi… » répondit Jiminy, ce qui voulait dire oui en langage grillon.

Les jours se succédaient ainsi, chacun amenant Romane à faire un pas de plus dans son histoire avec Maximilien. Parfois, elle s'abandonnait sincèrement à ce tourbillon d'émotions et de sensations nouvelles que Maximilien excellait à provoquer. D'autres fois prise de tournis, elle freinait des quatre fers.

51

LE GRAND SOIR DE l'enterrement de vie de burnerie arriva.

Romane avait de quoi se réjouir : tout le monde avait répondu présent à l'appel. Son groupe au complet, bien sûr. Mais aussi tous ceux qui de près ou de loin avaient participé à l'aventure : Thomas, le fils d'Émilie, Janine, la femme de Patrick, et Clémence, l'assistante de Maximilien.

Pour l'occasion, chacun s'était trouvé une tenue d'apparat. Romane avait choisi une robe en satin de soie rouge framboise, joliment cintrée d'une mousseline corail, qui épousait ses formes comme une seconde peau. Elle espérait bien faire chavirer Maximilien.

Pourtant, quand il la vit, il lui dit à peine bonsoir et se réfugia au bar.

« Romane : Au secours, Jiminy ! Il m'ignore royalement !

Jiminy : Calme-toi, Romane ! N'est-ce pas toi qui lui as demandé de rester discret ? »

Et en effet, lorsqu'elle croisa le regard ardent de l'homme d'affaires, elle comprit qu'elle avait eu tort de s'inquiéter. Ouf ! Son répit fut malheureusement de courte durée lorsqu'elle aperçut Clémence. Celle-ci s'approchait de Maximilien moulée dans une somptueuse robe fourreau noire. Et quelle ne fut pas sa stupéfaction quand Clémence fit la bise à Maximilien ! La bise, à son patron ! Maximilien prit alors les deux mains de Clémence dans les siennes pour pouvoir l'admirer des pieds à la tête. Romane crut lire sur ses lèvres des paroles qui ressemblaient fort à «Vous êtes radieuse…» Toute sa joie s'envola en un clin d'œil. C'était à peine si elle entendait les convives lui dire bonsoir.

Romane ressentit un besoin pressant de s'isoler aux toilettes. Tout ce monde, cette agitation! Soudain, elle eut cette soirée en horreur! Si seulement Maximilien et elle étaient restés en tête à tête, jamais elle n'aurait assisté à ce ballet de jolies femmes tentatrices autour de lui! Romane se regarda dans la glace et eut pitié de son visage défait où les larmes menaçaient.

«Eh, oh! Ma Romane! Reprends-toi! criait Jiminy aussi fort qu'il pouvait dans l'esprit de la jeune femme qui essayait de faire la sourde oreille.

Romane: Tais-toi, Jiminy! Laisse-moi tranquille… C'est raté de toute façon…

Jiminy: Je vais me fâcher! Tu arrêtes tout de suite tes salades! Tu es magnifique, regarde-toi. Oui, allez, regarde ce fichu miroir!»

Romane leva à nouveau les yeux vers la glace et dut reconnaître qu'elle était vraiment à son avantage dans cette tenue.

«C'est toi qu'il aime! insista Jiminy. Mets-toi ça dans le crâne une fois pour toutes. Il n'y a qu'une seule personne qui est en train de tout gâcher… C'est toi!»

Romane renifla bruyamment. Quelqu'un surgit dans les toilettes. *Oh non, pas elle!* Clémence se tenait là, radieuse, insolente de beauté et de décontraction. Romane se redressa dans un sursaut de fierté, essayant de se recomposer une expression de façade.

— Oh, Romane! Vous allez bien?

Pas la peine de dégouliner d'amabilité, ma belle. Je ne suis pas dupe de ton petit manège…

— Oh, oui, très bien, Clémence, merci.

— Mmm. Vous avez l'air un peu fatigué… Organiser ces réceptions doit être épuisant !

Romane encaissa le tacle en silence.

— Ça l'est, en effet. Mais tout va bien, Clémence. À tout à l'heure. Amusez-vous bien…

Pourquoi fallait-il qu'elle considère cette femme comme une rivale ? Romane s'en voulait de ces réactions irrationnelles…

Néanmoins, quand Maximilien s'approcha enfin d'elle pour lui souffler un tendre compliment à l'oreille, elle se montra distante et le remercia sans chaleur, ce qui parut le contrarier. Du coup, il s'éloigna d'elle pour se rapprocher du groupe dans lequel Nathalie riait à gorge déployée et l'accueillit on peut dire à bras ouverts. Décidément.

Jiminy rappela Romane à l'ordre : elle avait une soirée à animer. Elle était la maîtresse de cérémonie et devait tenir son rôle !

Romane prit sur elle pour enchaîner et convoquer ses énergies positives avant d'appeler l'attention des convives en faisant tinter sa coupe de champagne avec un couteau.

— Bonsoir et merci à tous d'être là ! C'est une grande émotion pour moi que de clore ce programme avec vous et de constater tout le chemin que vous avez parcouru. Laissez-moi vous le dire : vous me rendez très fière ! Vous avez accompli en à peine quelques mois des changements incroyables. Vous avez osé vous remettre en question avec courage et détermination, quand la plupart des gens préfèrent rester comme ils sont… Je crois pouvoir dire que vous avez sérieusement tordu le cou à vos penchants burnés !

L'assemblée applaudit, visiblement émue par ces compliments sincères.

Romane leva la main pour ramener le silence.

— C'est donc un honneur pour moi que de vous remettre votre diplôme, ainsi qu'un petit cadeau souvenir…

Les surprises avaient été recouvertes d'un drap noir. Romane ménagea ses effets puis, d'un geste théâtral, elle retira le voile. Tous les invités s'approchèrent pour mieux voir.

Ils découvrirent, disposés sur de petits socles lumineux individuels, d'incroyables portraits en trois dimensions de chaque participant du groupe, imprimés dans de la résine transparente. L'effet était saisissant! Le groupe s'extasia de cette trouvaille originale. Leur enthousiasme fit chaud au cœur de Romane et lui redonna tout son entrain.

— Pour ne jamais oublier le «vous d'avant», avec ses mauvais travers de burnerie qui vous jouaient bien des tours, aujourd'hui figé dans la résine, symboliquement canalisé. J'espère que ce petit objet vous permettra d'ancrer le chemin parcouru et de ne pas oublier tout ce que nous avons fait ensemble…

Les réactions fusaient.

— Ça ne risque pas, Romane!

— Merci, Romane!

— Bravo!

Applaudissement général.

Enfin gagnée par l'élan de sympathie et de reconnaissance que ses participants lui témoignaient, heureuse et souriante, Romane appela alors un à un les membres du groupe pour lui remettre son diplôme et sa figurine. À chaque passage, l'émotion était palpable. Émilie se jeta dans ses bras en essuyant une larme. Patrick avait l'air d'avoir une boule de coton coincée dans la gorge. Bruno, d'ordinaire très réservé, tendit la main à Romane puis, contre toute attente, lui assena deux bises sonores. Quant à Nathalie, elle se montra tout aussi reconnaissante. Vint enfin le tour de Maximilien. La petite contrariété du début de soirée semblait oubliée. Il la fixa intensément, de l'émotion plein les yeux.

— Merci, Romane. Tu as... changé ma vie.

Personne autour d'eux ne perçut la résonance de ces propos. Il lui fit un baiser unique, sur la joue droite. Elle le fixa avec la même intensité. Était-il besoin d'ajouter qu'elle pensait de même ? Romane croisa le regard de son père. Il semblait sincèrement touché. Triste et gai à la fois. Avait-il peur de ce que cette relation avec Maximilien allait amener comme changements entre eux deux ? Sans doute. Il faudrait le rassurer...

À ce moment-là, Patrick lança un « hip hip hip hourra » pour Romane. Suivi d'une ola pour saluer son travail. L'assemblée, bon enfant, se prêta volontiers au jeu. Romane s'inquiéta un instant de ne plus apercevoir Maximilien, mais il réapparut vite, un énorme paquet dans les bras. Le groupe avait tenu à faire un cadeau à celle qui les avait tant aidés. Touchée et impatiente, Romane arracha le papier pour découvrir une magnifique sculpture en cristal. Il s'agissait d'une femme qui accompagnait l'envol d'un oiseau. La jeune femme s'extasia, remercia, embrassa. Jean-Philippe fit discrètement signe aux serveurs de lancer une tournée générale : il était temps de porter un toast. Romane adorait les fines bulles du champagne. Elle en but une longue gorgée, puis posa sa coupe derrière le bar lorsqu'on l'appela pour une photo souvenir. Quand elle revint la récupérer, Clémence la lui tendit avec un sourire désarmant. « Allez, montre-toi un peu aimable ! Elle est adorable, cette fille ! » soufflait Jiminy. Romane s'obligea donc à échanger quelques mots avec Clémence en s'interdisant de grimacer devant son décolleté trop provoquant. Nerveuse, elle vida sa coupe en trois gorgées... Trop d'émotions !

Les serveurs passaient à présent avec des plateaux garnis de délicieux canapés. Les discussions allaient bon train, enveloppées par une musique d'ambiance savamment choisie pour habiller l'atmosphère avec douceur et discrétion.

Romane passait de groupe en groupe, faisant fi du léger vertige qui commençait à la saisir. Elle s'incrusta dans celui de Maximilien, à nouveau en grande discussion avec Nathalie qui visiblement l'accaparait. Que c'était agaçant! Décidément, éprouver des sentiments amoureux n'était pas de tout repos! Maximilien lui jeta alors un regard non équivoque qui la rassura. Ce n'était peut-être pas de tout repos, mais c'était tellement bon aussi! Romane aurait voulu l'embrasser là, tout de suite, mais à la place, elle dut se raccrocher à son bras, saisie par une fulgurante douleur au ventre. Voilà maintenant qu'il la regardait en fronçant les sourcils, visiblement inquiet.

— Ça va, Romane? Tu es toute pâle.

— Oui, oui, ça va, répondit la jeune femme sans en être vraiment sûre. Elle sentit alors ses jambes se transformer en coton, des tremblements gagner ses membres.

— Je… Je reviens, dit-elle d'une voix chevrotante.

Prise d'un haut-le-cœur, Romane partit en courant vers les toilettes en se couvrant la bouche de la main. Elle ne les atteignit jamais.

Maximilien la retrouva dans le couloir.

Quelqu'un arrêta la musique. L'ambiance chavira en une minute.

© Groupe Eyrolles

52

Maximilien passa la nuit au chevet de Romane, qui avait fini par s'endormir. Le lendemain, il resta aussi auprès d'elle, aux petits soins. Pour le déjeuner, il commanda auprès d'un traiteur qu'il connaissait bien une soupe légère et parfumée qui sut réconforter l'estomac encore remué de la pauvre Romane. Jean-Philippe vint rendre visite à sa fille en fin d'après-midi. Maximilien en profita pour s'absenter : il devait absolument passer au bureau pour récupérer un dossier urgent. Il partit l'esprit tranquille : Romane était entre de bonnes mains. Qui plus est, il n'en aurait pas pour longtemps.

Maximilien se gara dans le parking de Cosmetics & Co puis s'engouffra dans l'ascenseur, le sourire aux lèvres. Un agréable tintement indiqua que l'étage était atteint. Les portes s'ouvrirent sur des bureaux déserts. C'était samedi. Maximilien se mit à chercher partout le dossier sur lequel il comptait travailler. Introuvable. Il ouvrit un à un ses tiroirs en grognant, mais impossible de mettre la main dessus. Il pesta un instant contre Clémence.

— Où est-ce qu'elle m'a encore rangé tout ça ?

Il aimait bien Clémence, mais parfois, dans son zèle, elle prenait des initiatives qu'il n'appréciait pas, notamment en matière de rangement.

Elle l'a peut-être mis dans son bureau ? songea Maximilien en se dirigeant vers la pièce attenante. Il fouilla un à un les dossiers alignés sur le bureau de Clémence. Rien. Il ouvrit les tiroirs. Pas plus de succès. Mais l'un d'eux était verrouillé. Or, comme le dossier qu'il recherchait était classé confidentiel, il se dit qu'elle l'avait peut-être rangé là par prudence. Oui, c'était sûrement cela. Il lui fallait désormais ouvrir ce tiroir… Maximilien se souvenait d'avoir vu Clémence cacher sa petite clé dans l'un de ses pots à crayons. Avec un peu de chance ? Il renversa les pots en s'en voulant de mettre un tel bazar et découvrit la clé avec un soupir de soulagement.

Vite, il ouvrit le tiroir et se mit à farfouiller. Il vit en effet les chemises jaunes spécifiques aux dossiers sensibles, recouvertes par un véritable bric-à-brac. Des crayons, une boîte de trombones, des gouttes de Sanguinaire du Canada, des feutres… Sanguinaire du Canada ? Quel drôle de nom… *Qu'est-ce que ça peut bien être que ce produit ?* se demanda Maximilien. Puis il écarta les objets pour avoir accès aux dossiers et mit enfin la main sur celui qu'il cherchait. Soulagé, il s'en empara et entreprit de tout remettre en place. Au moment de ranger la petite clé, il culpabilisa un instant d'avoir fouillé dans les affaires de Clémence. Il espérait qu'elle ne le prendrait pas mal quand il le lui avouerait. Mais après tout, avait-elle vraiment à le savoir ?

Maximilien s'installa à sa table de travail, pour traiter les e-mails urgents en lien avec les données confidentielles du document. Tandis qu'il tapait ses messages, la petite bouteille de Sanguinaire du Canada lui revint en tête. Qu'est-ce que cela pouvait bien être ? Par curiosité, il tapa le nom dans un moteur de recherche. Il serait vite fixé. Plusieurs pages apparurent. La première indiquait « Comment se faire vomir ? » Il la parcourut rapidement. Pourquoi Clémence voudrait-elle se faire vomir ? Lui avait-elle caché un penchant boulimique ? L'image de Clémence dans sa robe fourreau noire lui revint. Puis celle de Romane vomissant pendant la soirée. Et une terrible pensée le traversa. Non… Ça ne pouvait pas être possible. Il devait sûrement se tromper… Il chassa cette idée et essaya de se reconcentrer sur son dossier, en vain. Il fallait qu'il en ait le cœur net. Il décida d'appeler Clémence.

— Bonjour, Clémence, je suis désolé de vous déranger un samedi. S'il ne s'agissait pas d'une affaire urgente… J'aurais absolument besoin du dossier Springtown et impossible de mettre la main dessus. Auriez-vous la possibilité de faire un saut au bureau ? Vous pourrez récupérer ces heures lundi matin si vous voulez.

— Pas de souci, monsieur Vogue. Je n'avais pas de programme particulier, de toute façon. Je serai là dans moins d'une heure…

Comme elle était prompte à lui rendre service ! Professionnalisme ou… ? Maximilien se passa la main dans les cheveux tandis qu'il raccrochait, tiraillé par des émotions contradictoires : Clémence ne s'était-elle pas toujours montrée une assistante exemplaire ? Ne devrait-il pas se sentir honteux d'oser la soupçonner d'un acte aussi malveillant ? Il en aurait bientôt le cœur net, mais à l'idée de cette confrontation, ses mains devenaient moites.

Il avait consciencieusement remis en place le dossier dans le tiroir de Clémence, qu'il avait vite refermé à clé. Il savait que, quand elle arriverait, c'est là qu'elle irait le chercher, il en profiterait pour innocemment lui poser une question sur les fameuses gouttes et étudierait sa réaction…

Les minutes s'égrenaient, décuplant son stress. Puis le tintement familier des ascenseurs lui indiqua que quelqu'un était en train de monter. Maximilien retint son souffle. Un instant plus tard, Clémence se tenait dans l'embrasure de la porte.

53

COMME À CHAQUE FOIS qu'elle apercevait Maximilien, Clémence tressaillit en son for intérieur. Quelle excitation ! Son patron avait prétexté l'urgence de trouver le dossier Springtown pour l'inviter à le rejoindre au bureau, un samedi. La jeune femme n'avait pas hésité un instant à sacrifier ses occupations pour répondre à sa demande. *J'ai vraiment réussi à me rendre indispensable*, songea-t-elle avec fierté. Il s'appuyait tellement sur elle, professionnellement, depuis tout ce temps. Mais Clémence le sentait, il commençait enfin à voir en elle non plus seulement l'assistante, mais aussi la femme : elle avait bien remarqué, à la fête, la façon dont il la regardait dans son fourreau noir. Il l'avait non seulement complimentée, mais aussi embrassée pour la première fois ! Certes, une bise… Mais ô combien prometteuse ! Aujourd'hui, cet appel était l'occasion qu'elle attendait depuis des années. Maximilien allait peut-être laisser tomber son armure de boss irréprochable et s'autoriser à franchir avec elle un seuil d'intimité… C'était enfin *leur* moment, celui où tout allait basculer. À elle de la jouer serré.

Incapable de camoufler le bienheureux sourire qui flottait sur ses lèvres, elle s'approcha de lui, chaloupant subtilement sa démarche. Ne fallait-il pas qu'il puisse remarquer les courbes harmonieuses que révélait son jean moulant « fatal slim » comme elle s'amusait à dire, et son top fétiche « piège-à-regard » ?

— Je vais vous trouver ce dossier tout de suite, sourit-elle avec ce petit air triomphant de la personne qui sait que l'on ne peut se passer d'elle.

Se dirigeant vers son poste de travail, Clémence sentit que Maximilien marchait sur ses pas et passa machinalement la main sur son chignon pour vérifier sa tenue. Un trouble délicieux la saisit quand elle imagina son patron en train d'admirer la courbe gracile de sa nuque.

Arrivée devant son bureau, elle renversa un peu trop fébrilement le pot à crayons où elle cachait la clé de son tiroir secret pour dossiers sensibles.

— Et voilà ! s'exclama-t-elle comme si elle venait de réussir un tour de magie.

Tandis qu'elle ouvrait le tiroir, Clémence vit Maximilien se pencher pour en observer le contenu. Elle espéra qu'il ne se formaliserait pas trop de ce joyeux désordre qu'elle se promettait de ranger depuis des semaines sans jamais en avoir le temps. Maximilien tendit tout à coup la main vers l'un des objets pour s'en saisir. Son flacon de Sanguinaire du Canada.

— Tiens, qu'est-ce que c'est que ça ? demanda-t-il doucement en braquant sur elle son regard marron glacé.

Clémence eut soudain des sueurs froides.

— Rien, répondit-elle en tentant de masquer sa peur. Elle reprit un peu trop brusquement le flacon des mains de Maximilien.

— Ce doit être très personnel…

— Oui, c'est très personnel ! Monsieur Vogue, ne vous a-t-on jamais dit qu'il ne fallait pas regarder les effets personnels d'une femme ? dit-elle sur un ton de tendre reproche, en émettant un petit rire cristallin de coquette embarrassée.

À quoi joue-t-il ? songea-t-elle très mal à l'aise, en rangeant précipitamment le flacon dans l'une de ses poches.

— Dites-moi, Clémence… Pourquoi possédez-vous un… vomitif ?

Le mot lui fit l'effet d'une bombe. Clémence blêmit. *Se pourrait-il qu'il ait deviné ? Impossible...* Elle sonda ses yeux.

— Je... Je ne vois pas où vous voulez en venir...

Elle s'empêtrait. Ses yeux tentèrent de fuir, mais en vain. Elle croisa le regard de Maximilien et à la lueur qu'elle y vit, elle sut qu'il avait compris. Elle ressentait comme un raz-de-marée intérieur. Mais à quoi bon nier plus avant ? À présent, elle bouillonnait d'une manière incontrôlable du désir de lui avouer. Car tout n'était peut-être pas perdu, s'il comprenait pourquoi elle avait agi ainsi ? De toute façon, les mots lui brûlaient la bouche depuis trop longtemps... Elle ne pouvait se retenir davantage : il fallait que ça sorte !

— Oh, Maximilien ! Ce que j'ai fait, c'est parce que... Je... Je vous aime ! Oui, Maximilien ! Je vous aime ! Plus que je n'aimerai sans doute jamais aucun homme ! Mois après mois, année après année, j'ai été là pour vous, à vos côtés. Nous formons le meilleur binôme de votre entreprise, vous le savez n'est-ce pas ? Vous et moi... Rien ne peut nous arrêter...

Comme elle aurait aimé lire dans ses pensées pour connaître l'impact de sa déclaration ! Maximilien présentait un air indéchiffrable, mais ne la lâchait pas des yeux. Clémence décida de prendre son silence pour un encouragement à poursuivre.

— Cette complicité que nous avons toujours eue, ce lien exceptionnel qui existe entre nous... C'est un signe, non ? Et puis... J'ai bien vu, lors de la fête, que vous me regardiez autrement...

Elle se sentait presque euphorique désormais, d'avoir franchi le cap.

— Mais enfin, Clémence, c'est complètement dingue ! Je ne crois pas vous avoir jamais donné de quelconques signes d'un penchant amoureux !

— Osez dire que vous ne me trouvez pas séduisante !

— Calmez-vous, Clémence, je n'ai jamais dit ça! Asseyez-vous!

Il ordonnait à présent… Une fois encore, Clémence le trouva impitoyablement beau. Elle avait toujours été séduite par sa force de caractère, même quand il fallait en essuyer les mauvais revers.

— Vous êtes une très jolie femme, mais là n'est pas le propos! poursuivit Maximilien. Vous avez empoisonné Romane, nom de dieu! À cause de vous, elle a été malade comme un chien!

Maximilien arpentait maintenant la pièce de long en large, tel un lion en cage. Sa colère était palpable.

— Ôtez-moi d'un doute, Clémence. Les blattes dans le bouquet de Romane, ce n'était quand même pas vous?

Clémence se mura dans le silence.

— B… de m…! s'écria Maximilien, fou de rage. Et… et… mon pneu crevé? C'était vous aussi?

Clémence baissa subitement la tête, suffoquée par le jaillissement de grosses larmes le long de ses joues. Comment justifier l'injustifiable? Lorsqu'elle osa relever les yeux vers Maximilien, elle vit que ses larmes le déstabilisaient. C'était la première fois depuis toutes ces années qu'elle se mettait à nu et montrait ses émotions.

— Pardon, pardon. Je n'ai jamais voulu vous faire de mal, je vous aime, je vous aime tellement! continua-t-elle sans parvenir à endiguer le flot des larmes.

Elle vit Maximilien se rapprocher d'elle.

— Clémence, Clémence, arrêtez de pleurer, dit-il plus doucement, en posant une main sur son épaule.

Clémence crut percevoir dans le geste de Maximilien une sorte d'absolution. Éperdue de reconnaissance, elle se jeta contre lui et se mit à l'embrasser fougueusement.

54

ROMANE COURAIT PRESQUE vers l'ascenseur en tentant de chasser de son cerveau la scène surprise dans le bureau de Clémence : la zélée assistante de Maximilien l'enlaçait dans un tableau non équivoque. Comment avait-il pu lui faire cela ? Comment cette Clémence avait-elle osé ? Cette femme appuyait là où ça fait mal et activait la peur irrationnelle de n'être qu'un numéro de plus dans la vie de Maximilien… Romane ne parvenait pas à maîtriser les battements de son cœur. Son téléphone sonna. C'était Maximilien. Était-elle en mesure de lui répondre ? Malgré tout, elle était curieuse d'entendre ses arguments.

— Qu'est-ce que tu veux ? répondit-elle sur un ton qu'elle s'efforça de rendre sibérien.

— Romane ! Ce n'est pas du tout ce que tu crois ! C'est Clémence, elle a perdu la tête, il faut que je te raconte ! Où es-tu ?

— En bas, à l'accueil…

— Ne bouge pas, j'arrive !

Romane appuya sur le bouton pour couper la communication et rangea son smartphone dans son sac d'un geste mal assuré.

Trouver ainsi Clémence dans les bras de Maximilien, voir cette femme mettre la main sur son homme et l'embrasser, lui avait procuré une sensation intolérable. Se pouvait-il qu'elle se soit trompée sur toute la ligne au sujet de Maximilien ? Les sangs complètement retournés, les mains tremblantes, elle attendait

© Groupe Eyrolles

avec impatience son arrivée pour qu'ils puissent s'expliquer. Tout à coup, la porte de la cage d'escalier s'ouvrit.

Ce n'était pas Maximilien, mais Clémence.

Les deux femmes se retrouvaient soudain face à face, les yeux écarquillés, figées dans un moment de stupeur. Clémence, les paupières rougies, déclencha les hostilités.

— Tout ça, c'est à cause de vous ! Depuis que vous êtes arrivée, vous avez tout fait rater…

— Mais raté quoi, Clémence ? demanda Romane d'une voix sourde.

— Qu'est-ce que vous croyez ? Ça fait des années que je le connais, moi ! Je sais tout de lui : lire ses sourires, décoder ses peines, respecter ses silences, être son pilier dans l'ombre… Et vous, vous pensez pouvoir débarquer comme ça et tout me prendre ? Quand je pense que c'est grâce à moi que vous l'avez rencontré !

— Vous délirez complètement, Clémence !

— Croyez-moi, j'en ai vu défiler, des femmes, dans sa vie, et ce n'est pas une de plus qui va me faire peur…

— Je ne vous permets pas, coupa Romane, refrénant une envie violente de dire ses quatre vérités à Clémence.

— C'est moi qui ne vous permets pas de me le voler ! J'étais sur le point de réussir à le conquérir, je le sais. Cette intimité entre nous, unique, extraordinaire, qui se renforçait chaque jour davantage… Nous sommes faits l'un pour l'autre, c'est une évidence !

Romane sentit ses oreilles qui bourdonnaient, et étrangement, monter du plus profond d'elle-même une détermination inébranlable. La vérité lui sautait à présent aux yeux : son amour pour Maximilien, qu'elle était prête à défendre envers et contre tout.

— Désolée, Clémence, mais vous vous trompez. Maximilien m'aime et moi aussi, je l'aime. Nous nous sommes trouvés. Vous devez l'accepter.

— Non ! Je ne l'accepte pas ! Maximilien était prêt à m'aimer, après tout ce que j'ai sacrifié pour lui pendant toutes ces années. Et vous, vous l'avez ensorcelé, avec votre fichu programme ! Espèce de s… !

Elle n'eut pas le temps de finir sa phrase. Romane avait cédé à l'irrépressible besoin de stopper ce discours insupportable et asséné une gifle cuisante à Clémence, qui poussa un cri strident de surprise. L'air complètement soufflé, elle porta machinalement la main à sa joue rougie.

Oh non ! songea Romane. *On dirait que mon tempérament italien m'a encore joué des tours !* Cependant, elle ressentait une sorte de libération : comme si cette gifle révélait à elle seule la force de ses sentiments pour Maximilien et la profondeur de son engagement pour lui. Elle prit une grande inspiration et aperçut Maximilien qui s'avançait vers elles, une expression médusée sur le visage. Il y eut comme un temps suspendu, aucun d'eux n'osa parler ni même bouger… Ce fut Maximilien qui rompit le silence le premier, approchant sa main du bras de Romane.

— Romane… Ce que tu as vu tout à l'heure, ce n'est pas du tout ce que tu crois… C'est Clémence qui s'est jetée dans mes bras. Je l'avais appelée au bureau car j'avais découvert quelque chose de grave : c'est elle qui t'a empoisonnée à la soirée !

Romane encaissa le choc de cette révélation et toisa Clémence. Maximilien reprit la parole :

— Clémence, parce que vous avez été une bonne assistante toutes ces années, nous n'allons pas régler cette histoire avec la police. Mais il va de soi que je vais devoir vous congédier. J'espère que vous réalisez la gravité de vos actes…

Blême, Clémence n'articulait plus le moindre mot. Son regard passait de Romane à Maximilien, de Maximilien à Romane. Elle comprenait. Qu'il n'y avait plus rien à faire.

Elle leur tourna le dos et s'engouffra dans le tourniquet de sortie aux larges portes vitrées…

Romane eut un pincement au cœur. Quelle triste histoire ! Elle-même n'avait-elle pas été en proie à la jalousie, récemment ? Oui, mais rien de comparable à ce qu'avait fait Clémence. Celle-ci avait vraiment laissé sa jalousie lui dicter sa loi et justifier ses comportements. Tout de même… Quoi de plus triste qu'un amour à sens unique ? Elle plaignait sincèrement Clémence et imaginait sa souffrance. Puis, revenant à Maximilien, elle le serra fort dans ses bras, consciente de sa chance. Il la couvait d'un regard amoureux.

— J'ai hâte de tout t'expliquer en détail… Ça va ? Tu n'es pas trop chamboulée ? Mais au fait, pourquoi es-tu venue ? Tu ne devais pas te reposer ?

— Mon père n'est pas resté très longtemps, puis je trouvais le temps long et j'ai eu envie de te rejoindre pour te faire la surprise !

— C'était une sacrée surprise. Et un peu musclée aussi…

Puis ses yeux se firent taquins.

— Dites-moi, chère Romane, vous n'auriez pas des penchants burnés, vous aussi ? Je ne vous aurais jamais crue capable d'expédier une gifle aussi magistrale à mon assistante…

Romane se sentait confuse, mais Maximilien prit son menton dans sa main pour lui offrir un regard plein de tendresse.

— Mais ce n'est pas pour me déplaire…

Romane poussa un profond soupir.

— C'est fou, toute cette histoire…

— Oui, mais le plus fou, c'est à quel point je suis fou de vous, mademoiselle… lui susurra amoureusement Maximilien à l'oreille.

Romane se sentit fondre. Maximilien l'enlaça étroitement par la taille et l'entraîna vers la sortie.

— Viens ! Allons-nous-en…

— Tu m'emmènes où ?

— Surprise…

Épilogue

DEUX ANS, SIX MOIS et vingt-cinq jours plus tard, par un bel après-midi de juin, Romane et Maximilien déambulaient dans les charmantes ruelles du quatrième arrondissement, à deux pas de Notre-Dame, savourant l'éclat d'un ciel bleu surréaliste pour Paris et le goût particulier de cette balade aux airs d'école buissonnière. Romane avait une envie de gaufre. Depuis quelque temps déjà, elle avait des envies de tout. Le syndrome fraises, paraît-il. Maximilien la regarda croquer avec délice dans sa pâtisserie et ne put s'empêcher de se pencher amoureusement pour goûter les lèvres parfumées au sucre glace de la jeune femme. Celle-ci se lécha les doigts comme une petite fille gourmande. Elle adorait voir le trouble dans ses yeux à lui. Ils marchèrent ensuite jusqu'au pont Marie et s'arrêtèrent un instant pour contempler la Seine et les minuscules langues de feu qui rayonnaient sur ses flots, donnant à ses berges un charme fou. Maximilien l'enlaça étroitement, nullement gêné par sa taille rebondie, et l'embrassa fougueusement dans le cou jusqu'à ce qu'elle rie à gorge déployée. Romane ne se rappelait pas s'être jamais sentie aussi vivante. Surtout aujourd'hui qu'elle lui offrait un fils.

— Un p'tit burné ! avait-elle plaisanté en sortant du cabinet d'échographie.

Ils avaient contemplé, émus, l'incroyable image en trois dimensions remise par le médecin, qui donnait déjà un portrait si fidèle de leur enfant à venir ! Un joli visage rond aux traits harmonieux qui les rendait si fiers…

Ils traversèrent ensuite l'île Saint-Louis comme des Robinsons : seuls au monde. Non pas perdus, mais éperdus, d'amour bien sûr, dans une forêt vierge de sentiments qui ne demandait qu'à être lentement défrichée. Nulle croix sur leur carte au trésor. Le trésor était déjà trouvé.

Ils s'installèrent à la terrasse d'un café. Romane repensa un instant à tout le chemin parcouru en deux ans et demi, depuis la folle trahison de Clémence. Après son renvoi, l'assistante de Maximilien avait disparu de la circulation, jusqu'à ce que, récemment, elle leur adresse une lettre. Étonnant.

Clémence s'était installée dans la région Paca et avait fini par créer une affaire. Un Cercle des amoureux éconduits qui, paraît-il, marchait très bien… Dans l'enveloppe, elle avait joint deux jolis petits bracelets porte-bonheur qu'elle avait fabriqués elle-même. Elle espérait qu'ils pourraient un jour lui pardonner ce qu'elle avait fait et leur souhaitait d'être pleinement heureux.

Julie et Maximilien, au fil des jours, tissaient des liens encore plus forts qu'avant, liés par une connexion que seuls des jumeaux peuvent avoir. Julie, après plusieurs semaines de réflexion – et constatant un véritable décalage entre ses aspirations profondes et la superficialité de l'univers de la mode dans lequel elle avait évolué jusque-là, décida d'opérer un virage à 180 degrés : changer de voie ! C'est ainsi qu'elle revint à ses premières amours pour les animaux et que, aidée par Maximilien, elle entreprit une formation de comportementaliste animalier.

Quelques mois après la fin du programme, Maximilien avait organisé à Romane la plus belle des non-demandes en mariage. Car Romane, déjà mariée une première fois, n'avait pas ressenti le besoin d'une union trop solennelle. Ce fut un beau jour. Tous les anciens du programme leur avaient fait l'honneur de venir. Et même Peter Gardener, l'ex-mari de Romane, s'était déplacé avec sa nouvelle compagne, ce qui avait réjoui la jeune femme, heureuse qu'il ait trouvé une âme sœur bien plus en harmonie avec sa personnalité qu'elle n'aurait jamais su l'être. Ils s'étaient chaleureusement serrés dans les bras, entérinant une amitié profonde et sincère. Romane se souvenait aussi avec émotion de son drôle d'échange de vœux avec Maximilien : devant Patrick qui avait accepté de jouer le rôle de maître de cérémonie, ils s'étaient non pas passé la bague au doigt, mais offert mutuellement un pendentif représentant deux cœurs en or entrelacés, enfilé sur un joli lacet très fin. Un lien. Pas une aliénation. Telle était leur façon de voir leur union.

Les nouvelles des membres du groupe étaient plutôt bonnes : Janine n'avait finalement pas voulu revenir vivre avec Patrick. Elle tenait trop à sa nouvelle indépendance et préférait inventer avec son mari une nouvelle forme de liaison, inspirée de la tendance américaine du LAT (*Living Apart Together*, ou l'art du vivre ensemble séparément ; avoir une relation forte sans habiter la même adresse, chacun chez soi, mais ensemble pour partager des temps de qualité, pour le meilleur et pour le meilleur). Leur manière à eux d'entretenir la flamme. Sûrement efficace, car Patrick n'était plus le même homme ! Il avait perdu dix kilos et s'entretenait à présent avec un soin de jeune premier pour séduire et re-séduire jour après jour sa femme chérie.

Bruno, lui aussi, avait considérablement évolué. Déjà dans ses pratiques managériales : avec son équipe féminine, l'atmosphère avait bien changé et Bruno avait mis le paquet pour créer des liens de confiance et de solidarité qui n'auraient jamais pu exister auparavant. Si bien que dans les couloirs, on parlait maintenant de «Bruno et ses Drôles de dames», une équipe qui forçait l'admiration de sa hiérarchie pour la qualité de son entente et de ses résultats… Quant à sa vie personnelle, Bruno avait aussi tenu parole et, un jour, avait sonné à la porte de sa vieille tante Astrée déguisé en livreur de cookies… Depuis ce jour, il était devenu un soleil dans la vie de la vieille dame… Il n'avait pas encore trouvé l'amour, mais ne désespérait pas et comptait sur les effets de sa déburnerie pour attirer à lui, un jour ou l'autre, une belle personne.

Thomas, le fils d'Émilie, avait été remarqué dans l'émission *Graines de chef* et s'était vu proposer une formation de gastronomie dans une prestigieuse école de la capitale. Un grand restaurant étoilé le suivait déjà de près pour lui permettre d'intégrer ses cuisines dès son diplôme en poche. Émilie en concevait bien sûr une grande fierté, même si tous ces événements lui avaient fait prendre conscience du plus précieux : le bonheur de pouvoir entretenir une belle relation avec son fils.

Nathalie, enfin, avait réussi à retrouver un poste dans la communication interne et avait appliqué ce qu'elle avait appris au cours du programme pour bien s'intégrer dans l'équipe, jusqu'à devenir extrêmement populaire et reconnue pour... ses qualités d'écoute ! Secrètement amoureuse de Maximilien, elle mit quelque temps à se remettre de sa déconvenue. Lors d'une soirée théâtre organisée par ses nouveaux amis, elle fit la connaissance d'un comédien à l'allure fière et au verbe haut. Après une joute oratoire d'anthologie au bistrot après le spectacle, Nathalie sut que ses amours avaient enfin trouvé à qui parler.

De son côté, Maximilien avait tenu parole et revoyait régulièrement le jeune Aziz pour lui offrir une belle journée. Pour Maximilien, c'était devenu une évidence : donner du bonheur donnait du bonheur. Entre eux deux, de jolis liens s'étaient tissés, et c'est peut-être là que Maximilien s'était découvert une fibre paternelle inattendue.

Quant à Pelote, elle avait fini par définitivement gagner le cœur de Maximilien. Bien sûr, en présence de Romane, l'homme d'affaires faisait mine de la traiter de sale bête et de ne pas vouloir en entendre parler, mais la jeune femme voyait bien qu'il la couvrait de caresses à la moindre occasion...

À la suite de la non-demande en mariage, Romane avait très vite emménagé dans le grand appartement de Maximilien et avait entrepris, week-end après week-end, de le décorer pour lui donner le supplément d'âme qui lui manquait jusque-là. *Un parfait nid d'amour*, sourit-elle intérieurement en sirotant son verre.

Romane voulut une nouvelle rondelle de citron. Maximilien leva aussitôt le bras pour faire signe au serveur. Ce côté chevalier servant n'était pas pour déplaire à la jeune femme. À la table d'à côté, un gros monsieur fumait le cigare et projetait des bouffées malodorantes dans leur direction. Seul au monde.

— Excusez-moi, monsieur ? Ma femme est enceinte… Ça vous embêterait beaucoup de ne pas cracher votre fumée par ici ?

Le monsieur haussa les épaules, les yeux vides de toute considération.

— La terrasse est grande. Vous n'avez qu'à vous installer ailleurs, répondit-il, implacable.

Puis il continua de crapoter son Cabanas. Romane sentit que Maximilien risquait de s'emporter et, d'une tendre pression sur son avant-bras, l'exhorta au calme.

— Allez, viens, allons-nous-en ! souffla-t-elle avec un beau sourire qui chassa l'irritation de son homme.

Néanmoins, avant de partir, elle ne put s'empêcher de sortir un tract de Sup' de Burnes. Elle savait bien, pourtant, qu'elle ne pouvait pas amener tout le monde à changer, surtout quand la burnerie était aussi prononcée que chez cet homme, mais elle se devait au moins d'essayer ! Chacune de ses sessions de déburnerie comportementale était peut-être une goutte d'eau dans l'océan, mais qui pouvait dire, avec l'effet papillon, la portée de ses actions, pour faire reculer, même un peu, la burnerie dans le monde ? C'est ce qui lui donna envie de déposer malgré tout le papier sur la table du monsieur.

— Pensez-y ! lui dit-elle avec un clin d'œil aimable.

L'homme regarda les deux amoureux s'éloigner en maugréant et jeta un coup d'œil sur le feuillet. Sup' de Burnes ? Qu'est-ce que c'était que cette connerie ?

Il froissa le tract et envoya la boulette valser sur le trottoir. Un instant plus tard, un passant la ramassa et, après avoir lu le contenu, glissa le papier dans sa poche…

FIN

Petit manuel anti-burnerie

ANTIDOTES ANTI-BURNERIE

Les qualités et valeurs à développer sans modération : humilité, tolérance, bienveillance, empathie, sens de l'écoute, tact, délicatesse, générosité, amour, altruisme...

BURNERIE (définition)

(n.f.) : Ensemble des comportements burnés ponctuels ou chroniques, produisant un impact négatif sur l'entourage professionnel ou personnel. Exemples : « petits attentats à la sensibilité » (manque de tact, manque d'écoute, manque d'empathie, mesquineries) ; penchant pour l'agressivité facile ou gratuite ; mauvaise foi en toute bonne foi ; tendance au jugement facile et aux critiques « en trois i » : injustes, injustifiées, inappropriées ; irrépressible besoin de mettre des pressions inutiles ou d'avoir raison plus que de raison...

- **Signes extérieurs de burnerie.** Couramment, à des degrés très variables : inflation de l'ego, narcissisme ou égocentrisme, instinct de domination et sentiment de supériorité plus ou moins exacerbé, penchant naturel pour les jeux de pouvoir ou les rapports de force, manque de souplesse ou d'ouverture d'esprit, difficulté à se remettre en question.

- **Les dix plaies de la burnerie.** L'orgueil, le jugement, l'égocentrisme, le manque d'écoute, le sentiment de supériorité, la soif de domination, la tendance à l'agressivité, l'impatience, l'intolérance, le manque d'empathie et d'altruisme.

Bozo (le réflexe de)

Vous connaissez Bozo le clown ? Quand vous sentez que vous commencez à vous prendre trop au sérieux (ce qui n'amène jamais rien de bon), touchez-vous le nez en disant «Bozo» (comme si vous mettiez un nez de clown), pour vous souvenir qu'il est bon de prendre de la distance et de mettre de l'humour et de l'autodérision en toute situation.

Burnobook (se créer un)

Dans un joli carnet de route, réfléchissez à vos propres comportements burnés : les identifier, cerner les éventuels éléments déclencheurs, imaginer les solutions pour ne plus se laisser prendre par ces mauvais travers burnés, nuisibles pour soi et pour l'entourage.

Coach intérieur (s'inventer un)

Quand vous vous sentez en proie au doute, à la rumination, à l'auto-flagellation, inventez-vous un coach intérieur (donnez-lui un prénom), une sorte de meilleur ami, guide bienveillant : qu'est-ce que ce meilleur ami vous dirait ? Quelles paroles réconfortantes et encourageantes prononcerait-il ? On le sait, on a plus de facilité à aider les autres qu'à s'aider soi-même. Or, se créer un coach intérieur permet d'entendre en son for intérieur une voix positive (comme celle d'une mère, d'un guide spirituel ou d'un meilleur ami) et de prendre de la distance par rapport à ses tracas.

Communication (devenir la perle des communicants)

La technique de l'é.c.r.i.n. : traitez vos relations comme des perles dans un écrin !

1. ÉCOUTER : écouter activement et avec une empathie sincère.

2. **COMPRENDRE**: comprendre et accueillir le message et les émotions de l'autre.

3. **REFORMULER**: reformuler le message de l'autre pour lui faire sentir qu'il est compris et reconnu dans sa demande.

4. **INVITER**: inviter à trouver des solutions propices ou des compromis favorables.

5. **NOURRIR**: donner à l'autre des signes de reconnaissance nourriciers pour conduire l'échange à un aboutissement positif et constructif.

La technique des trois phrases magiques : pour recadrer en douceur

• **Phrase magique n° 1 : exprimer les faits** d'une manière courte et concise.

• **Phrase magique n° 2 : exprimer votre ressenti** en disant « je », et non « tu », qui passe immédiatement pour un reproche et provoque l'agressivité.

• **Phrase magique n° 3 : exprimer votre besoin, vos attentes.** Et trouver un compromis ou un accord satisfaisant pour les deux interlocuteurs. Chacun doit pouvoir y trouver son compte.

DISQUE (changer de)

Nos « bad disques », ce sont les mauvaises histoires, souvent héritées de l'enfance, que l'on continue de se raconter malgré nous à l'âge adulte, et qui ont une influence négative dans notre vie : « Je n'ai jamais su… », « J'ai toujours été nul(le) », « Je suis incapable de… » Fausses croyances, pensées limitantes, vieux schémas répétitifs, scénarios de sabotage personnel… Prendre conscience de ces « bad disques », travailler dessus (coaching/thérapie) et les remplacer par des « yes disques », des nouvelles pensées valorisantes et positives : « Je suis capable », « Je peux y arriver », « J'ai confiance »…

Égoïsme éclairé (pratiquer l')

Le dicton dit : « Donne du plaisir à ton corps pour donner à ton âme l'envie d'y rester. »

Prendre soin de soi à tous les niveaux, physique ou psychologique, est le meilleur service à se rendre et à rendre à son entourage ! Les bonnes ondes que vous dégagerez vous permettront de rayonner d'une aura positive pour vous et pour les autres.

Faire face (à la burnerie)

Trois façons de réagir face à une « agression burnée » :

1. **La fuite.** Le ressort émotionnel, c'est la peur. Utile pour se « mettre en sécurité ». Vous vous « évaporez » façon cuisson vapeur.

2. **La lutte.** Le ressort émotionnel, c'est la colère. Comme une cocotte-minute, vous êtes chaud bouillant, sous tension. Mais gare aux réactions explosives. L'idée est d'arriver à exprimer une colère saine et proportionnée, sans violence.

3. **L'inhibition.** Pas de ressort. Les émotions restent bloquées à l'intérieur façon cuisson à l'étouffée. D'ailleurs, vous étouffez. Vous subissez et laissez grandir frustration, colère rentrée, tristesse, abattement... C'est la posture qui vous fait le plus de mal. Mieux vaut en sortir au plus vite.

Trois façons de contrer la burnerie :

- **Savoir poser ses limites.** L'autre ne peut respecter vos limites si vous ne les avez pas clairement énoncées. Communiquez donc bien en amont sur ce qui est « acceptable ou non » pour vous. Il s'agit d'établir une sorte de « contrat tacite » avec vos proches, ou même avec les personnes de votre entourage professionnel.

- **Apprendre à dire non.** Pratiquer le « NON » ferme et résolu, sans agressivité. Appliquer la technique du « disque rayé » : répéter en boucle et sans agressivité sa résolution, jusqu'à ce que l'autre accepte. Exemple : « Je comprends que ça ne te fasse pas plaisir, mais de mon côté, c'est non pour t'acheter ça. »

- **Cultiver son affirmation de soi.** Une des techniques pour renforcer votre affirmation de soi est d'ancrer efficacement vos qualités, vos succès et vos ressources personnelles. Capitalisez sur ces trésors intérieurs !

À faire : créez votre bracelet moi-d'or

Avec des perles ou des pierres, créez-vous ou offrez-vous ce bijou qui deviendra un objet fétiche pour ancrer votre confiance en vous : certaines perles/pierres incarneront vos qualités, d'autres vos moments états ressources (quand vous dansez, quand vous écoutez de la musique, quand vous vous sentez bien), d'autres vos plus belles réussites. À la manière des chapelets d'autrefois, récitez-vous tous les jours vos qualités, ressources et réussites !

FÉMININ-MASCULIN (équilibrer)

Le secret de l'harmonie en soi et autour de soi, c'est de trouver le bon dosage entre son « féminin » et son « masculin », le fameux équilibre des forces. Le yin et le yang, le jour et la nuit, le chaud et le froid… Développer son féminin, c'est par exemple mettre de la rondeur là où il y avait trop d'angles, de l'empathie et de la tolérance là où il y avait du jugement, du calme et de la douceur là où il y avait violence…

FERMER LA BOUTIQUE (savoir)

Trop en faire. Travailler trop. S'acharner sur un projet ou une tâche est infructueux et vous épuise inutilement. Il est bon d'apprendre à savoir s'arrêter, lâcher prise et prendre le temps de refaire ses énergies.

Fréquence intérieure (se brancher sur)

Tout comme on choisit une fréquence radio, vous pouvez aussi décider de changer votre fréquence intérieure, et d'établir par exemple un état intérieur empreint de paix, de bienveillance, de tolérance, de gentillesse. Dès lors, les ondes que vous dégagerez transformeront irrémédiablement vos relations et votre rapport au monde. Cette nouvelle fréquence vibratoire influencera aussi grandement ce que vous attirerez à vous (en termes de personnes et d'événements), ce qui n'est pas sans rapport avec la loi de l'attraction.

Gratitude (exprimer sa)

La gratitude va bien au-delà de la simple politesse. Elle participe activement à la bonne santé émotionnelle de ceux qui en font un usage régulier. Dire merci tous les jours pour ce que la vie vous offre (même des choses qui vous paraissent acquises ou banales, avoir un toit sur la tête, profiter d'un bon repas en paix, embrasser un être cher…) est le meilleur moyen de renforcer votre sentiment de bien-être général et de développer une psychologie positive bénéfique à tous, et à vous en premier !

Intention positive (dans le sourire et le regard)

Apprenez à mettre une intention positive dans votre sourire et votre regard. Offrez ce cadeau à vos interlocuteurs au quotidien : à l'intérieur de vous, sentez-vous habité(e) de bienveillance, de bonté et de générosité et restituez-les dans votre façon de regarder l'autre et de lui sourire. Dites-lui à travers ce regard et ce sourire que vous le considérez comme une personne unique au monde, et constatez les indéniables effets.

Lâcher-prise

Vouloir « à tout prix ». Vite. Tout de suite. En force. Voilà qui conduit bien souvent à des problèmes ou des désillusions. Le remède : cultiver le lâcher-prise. Première idée : détourner son attention, défocaliser. S'occuper à autre chose, si possible des activités physiques ou manuelles. S'entraîner au calme intérieur et à la patience : méditation, yoga, taï-chi, marche en pleine conscience ou toute discipline qui remet du calme dans un mental qui s'emballe.

LIGNE DE CONDUITE (se donner une)

Qui n'a pas besoin d'une ligne directrice inspirante pour guider ses actions et réaligner ses comportements ? Chaque jour, tendre à cultiver le Bon, le Beau, le Bien peut vous donner une philosophie de vie propice à créer votre bonheur et celui de votre entourage. Que ce soit par de petites ou de grandes actions.

MODÈLES DE NON-BURNERIE

Identifiez vos modèles de non-burnerie, personnages de paix, de non-violence, d'altruisme. Lisez leur biographie, imprimez leur image. Jouez, dans certaines situations, à vous mettre dans leur peau. Comment réagiraient-ils ? Que feraient-ils ? Que diraient-ils à votre place ?

NUANCE (faire dans la)

Développer son intelligence émotionnelle en évitant de juger les gens ou les situations à travers un filtre « tout noir ou tout blanc ». Afin de diminuer les risques d'excès, développer finesse et subtilité. Mettre des mots justes sur ses ressentis et dans ses pensées. Apprendre à se mettre en auto-observation pour repérer et s'alerter quand l'expression d'une émotion s'avère excessive, inappropriée ou injustifiée.

PARDON (savoir demander)

Dans le mot « pardon », vous pouvez lire « par don » : savoir demander pardon, c'est en effet faire un cadeau à soi-même et à l'autre. C'est un acte fort, courageux et bénéfique, qui permet de réparer la relation et qui prouve une grande maturité relationnelle. Demander pardon, c'est montrer qu'on est capable de se remettre en question, de reconnaître ses erreurs et de faire un pas vers l'autre. Il est alors bien rare que la personne ne vous tende pas sa main en retour…

PLACE DANS L'UNIVERS (revoir sa)

Rien ne vaut, pour prendre de la distance et remettre les choses en perspective, de se souvenir de notre place dans l'univers : un petit point minuscule, un grain de poussière ! Nous ne sommes donc pas le centre de l'univers. En revanche, nous sommes intimement liés à toute chose et à tout être. D'où l'importance d'être responsable de nos actions.

POISONS MENTAUX (se débarrasser de ses)

Toutes les pensées toxiques que notre cerveau se fabrique sont des poisons mentaux. Pensées jalouses, envieuses, hargneuses, auto-dénigrement, comparaison néfaste… Premier réflexe salvateur : la prise de conscience ! S'observer en train de s'intoxiquer avec des pensées destructrices permet de pouvoir dire stop ! Un travail de fond pour comprendre la racine de tels schémas de pensée peut s'avérer nécessaire pour définitivement en venir à bout !

POSTURES DE VIE (les trois)

- **Posture burnée :** tendance au sentiment de supériorité ; «Je suis mieux/Je fais mieux que les autres» ; tendance à développer, spécialement sous stress, des attitudes de reproche, jugement, dénigrement…

- **Posture de souffre-burné :** tendance au sentiment d'infériorité ; «Les autres sont/font mieux que moi» ; autoflagellation, estime de soi basse, doute de soi, autocritique… ; tendance à subir, tendance à la passivité.

- **Posture gagnante** : affirmation de soi, écoute, dialogue, respect, pour créer des relations saines et harmonieuses !

PRÉSENT (être présent au présent)

Mettre ses pensées sur « off » et ses cinq sens sur « on », telle est la clé pour s'entraîner à la pleine conscience. Être présent à soi-même, revenir à sa respiration, observer ce qui se passe en soi et autour de soi.

REGARD DES AUTRES (s'affranchir du)

Ce qui compte démesurément pour vous compte en réalité beaucoup moins pour les autres. Ainsi, une fois que vous avez pris conscience que tout le monde a tendance à « se regarder le nombril », prenez tranquillement du recul par rapport au regard des autres ! Enfin, plus vous vous affirmerez dans « ce que vous êtes », mieux les autres vous accepteront. Ce sont les doutes, les hésitations qui créent une brèche et donnent prise aux critiques.

RESPONSABILITÉ (prendre sa part de)

Conflits, mésententes, rancœurs viennent souvent de ce réflexe premier à rejeter la faute sur les autres, sans réfléchir à sa part de responsabilité dans toutes les situations. Si chacun apprend à faire un pas vers l'autre et à reconnaître, qui ses erreurs, qui sa part de responsabilité, la discorde se dissout alors rapidement, comme par enchantement !

SINGES (appliquer la sagesse des trois singes)

- Premier singe avec les mains sur les oreilles : « **Sois vigilant à ne pas faire la mauvaise oreille.** » Offrez à l'autre une vraie qualité d'écoute, une authentique qualité de présence et d'attention.

- Deuxième singe avec les mains sur la bouche : « **Sois vigilant à ne pas dire de mauvaises paroles.** » Entraînez-vous à être dans l'économie et la justesse de paroles, et à bannir les paroles mal à propos ou mal intentionnées.

- Troisième singe avec les mains sur les yeux : « **Sois vigilant à ne pas avoir une vision faussée des situations.** » Méfiez-vous de vos filtres déformants : jugements, croyances, préjugés, fausses idées… Essayez d'avoir le regard le plus juste possible sur la réalité et sur les gens.

SOLEIL (devenir le soleil dans la vie de quelqu'un)

Donner de l'amour et du temps de qualité à une personne, un enfant, un animal et même à des plantes ! Voilà l'une des clés du bonheur véritable.

SYSTÈME PERSONNEL (étudier son)

À l'aide de boules de polystyrène de tailles différentes, essayez de reconstituer votre univers personnel (comme une sorte de système solaire où les personnes de votre entourage seraient les planètes) et la place de chacun autour de vous. Certains prennent-ils trop de place ? D'autres sont-ils oubliés ou laissés de côté ? Constatez-vous des déséquilibres ou des choses que vous aimeriez changer ?

TROC-FAUTEUIL

Oser changer de point de vue pour se mettre réellement à la place de l'autre, comprendre ce qu'il vit, intégrer le fait qu'il a un système de perception, de valeurs différent du nôtre, c'est tout l'enjeu du Troc-fauteuil. S'ouvrir à d'autres points de vue que le sien, ne pas chercher à avoir raison à tout prix, accepter la différence, et au besoin avoir l'humilité de se remettre en question… Les bénéfices ? Désamorcer les conflits et les dialogues de sourds où chacun reste campé sur ses positions, s'enrichir des différences, gagner en souplesse, en tolérance, en empathie. Comprendre l'altérité et en faire une force.

Raphaëlle Giordano

Écrivain, spécialiste en créativité et développement personnel, artiste peintre… La création est un fil rouge dans la vie de Raphaëlle. Diplômée de l'école supérieure Estienne en Arts appliqués, elle cultive sa passion des mots et des concepts pendant quelques années en agences de communication à Paris, avant de créer sa propre structure dans l'événementiel artistique.

Quant à la psychologie, tombée dedans quand elle était petite, formée et certifiée à de nombreux outils, elle en a fait son autre grande spécialité. Ainsi, ses premiers livres proposent une approche résolument créative du développement personnel (*Les Secrets du docteur Coolzen*, *Mon carnet de coaching 100 % bonheur*, *J'ai décidé d'être zen…*)

Avec son premier roman, *Ta deuxième vie commence quand tu comprends que tu n'en as qu'une*, elle s'est consacrée à un thème qui lui est cher : l'art de transformer sa vie pour trouver le chemin du bien-être et du bonheur. *Le jour où les lions mangeront de la salade verte* est son second roman.

Pour suivre l'actualité de Raphaëlle Giordano,
rendez-vous sur www.raphaellegiordano.com

Certifié PEFC

Ce produit est issu
de forêts gérées
durablement et de
sources contrôlées.

pefc-france.org

Composé par *Soft Office*

Achevé d'imprimer par Normandie Roto Impression s.a.s.
sur papier bouffant Munken Print White 80g
N° d'imprimeur : 1701709
Dépôt légal : mai 2017

Imprimé en France